SV

Ralf Rothmann

Museum der Einsamkeit

Erzählungen

Suhrkamp Verlag

Erste Auflage 2025
Originalausgabe

Umschlaggestaltung und Foto: Hermann Michels und Regina Göllner
Satz: Satz-Offizin Hümmer GmbH, Waldbüttelbrunn
Druck: Pustet, Regensburg
Printed in Germany
ISBN 978-3-518-43230-3

Suhrkamp Verlag AG
Torstraße 44, 10119 Berlin
info@suhrkamp.de
www.suhrkamp.de

Inhalt

Sometimes I wonder what it's gonna take
To find dignity

Bob Dylan

Normschrift

Fast jeden Morgen wurde ich wach, bevor es in den Lautsprechern rauschte und knackte. Sehr leise erst, ein Wispern auf den langen Fluren und in den Waschräumen, kam die Musik von einem Endlosband und wurde jede Viertelstunde etwas lauter gedreht. Herr Pinnegg, der Hausmeister, den alle Pillek nannten, hatte die Stücke selbst aufgenommen, eine Mischung aus Schlagern und softem Pop, und es war unüberhörbar, dass er Dusty Springfield mochte, einen Star seiner Jugend. Bis zum Arbeitsbeginn auf der Schulbaustelle um halb neun hörte man mindestens drei Mal »Son of a Preacher Man«, »I Just Don't Know What to Do with Myself« oder »Just a Little Lovin'«.

Die keuschen Kleider und Betonfrisuren der Sängerin fand ich immer zum Wegsehen, aber ich mochte die Stimme mit dem zarten, leicht aufgerauten Silberrand gern. In jenen Wochen hatte sie etwas mit dem Duft der Brötchen auf den Tischen des Speisesaals zu tun, mit den durchsonnten Honiggläsern und dem heißen Kaffee in Zweiliterkannen, und sie war in den morgenmüden Bewegungen der Köchinnen und dem Wiegen der Pappeln am Horizont. Vor allem aber klang sie nach dem Rauch der ersten Zigarette.

Zu Hause wachte ich kaum je einmal vor dem Rasseln des Weckers auf; oft hörte ich ihn gar nicht, und dann klopfte meine Mutter an die Tür, wobei sie den Ringfinger benutzte, ihren scharfkantigen Achat. An den Wochenenden schlief ich mindestens bis zum Mittagsläuten von Sankt Jakobus, durchwachte die Nächte lesend oder zeichnend, übersetzte mir die Songs meiner Lieblingsbands mit dem Wörterbuch und ging erst im Morgengrauen wieder ins Bett. Doch auf der Schulbaustelle, die alle Lehrlinge jedes Jahr ein paar Wochen lang absolvieren mussten, war das anders.
Hier, in einem ehemaligen Karmeliterkloster am nördlichen Rand des Ruhrgebiets, wo an die hundert zukünftige Maurer, Betonbauer, Zimmerer und Schlosser in Vierer- oder Sechserzimmern untergebracht waren, hatte man bis zum Verlöschen des Lichts um Mitternacht keine ungestörte Minute. Jeder betrat fraglos jedes Zimmer, die Duschen waren ein einziger großer Raum, die Klokabinen hatten nur brusthohe Wände mit Pendeltüren, und lärmende Kassettenrekorder, brüllende Skat-Runden oder Flur-Schlägereien wegen des Fernsehprogramms waren das Normale. Und wenn man dann ins Bett sank und glaubte, endlich schlafen zu können, kriegte man noch ein »Gute Nacht!« der besonderen Art und griff in irgendetwas Feuchtes, Klebriges oder Stacheliges unter dem Kissen.
Die einzige Chance, Ruhe zu haben und wirklich für sich zu sein, gab es folglich am frühen Morgen, vor dem Arbeitsbeginn. Wie spät ich in der Nacht auch zum Schla-

fen gekommen sein mochte – sobald ein Hauch von Dämmerung hinter den Vorhängen zu ahnen war, wurde ich ohne jeden Wecker wach, raffte meine Kleider, Schuhe und Reclam-Hefte zusammen und stahl mich aus dem Zimmer, das ich mit drei anderen Maurerlehrlingen teilte. Unter den nackten Füßen waren immer Sandkörner zu spüren, und während ich mir im Waschraum die Zähne putzte, schaute ich über die Dächer der Theorie-Baracken zum Horizont, wo das frühe, von Vögeln durchzuckte Licht die weiße Wand des Autokinos überglühte.

Und dann freute ich mich auf die ungestörten Stunden im Speisesaal, die vor mir lagen, auf das Alleinsein mit der Zeitung oder den Erzählungen von Tschechow und auf den heißen Kaffee. Denn auch wenn offiziell ab sieben Uhr geweckt wurde, kamen die meisten erst um kurz vor halb neun aus den Federn, kippten eine Tasse des mittlerweile lauen Kaffees im Stehen hinunter, belegten sich zwei Brötchen und gingen mampfend über den großen, von Materialschuppen und Silos umstellten Hof zu ihrem Werkstück, einer halb eingeschalten Kragplatte etwa, einem gemauerten Spitzbogen mit Rosette, einer Wendeltreppe ins Blaue hinauf.

Die Lehr- oder Schulbaustelle Wildruff war eine Einrichtung der Industrie- und Handelskammer und verdankte sich wohl der immer häufigeren Verwendung von Fertigteilen und dem dauernden Zeitdruck auf dem Bau. Was man unter solchen Bedingungen längst nicht mehr lernte, sollte wenigstens einige Zeit im Jahr praktiziert werden, denn es gehörte zum Berufsbild des Handwerkers, und manche Prüfer fragten es ab. Obschon die meisten Architekten Formsteine aus der Fabrik verplanten, mauerte man hier noch Konvexbögen oder komplizierte Kaminverbände mit Ziegeln im Normalformat. Obwohl man inzwischen alle Gewölbe, sofern sie nicht gleich aus dem Betonwerk kamen, mit Blechen oder biegbaren Sperrholzplatten einschalte, nagelte man die Hohlformen hier noch aus konischen Leisten zusammen, Zentimeter für Zentimeter, tagelang. Und auch wenn es kaum mehr Dächer mit Dachreitern oder Fledermausgauben gab, wurden sie in Wildruff gezimmert und verschindelt wie vor hundert Jahren.

Die Schulbaustelle, auf der nachmittags sogar Kuchen serviert wurde, war für die meisten eine Erholung: Man arbeitete nicht mehr mit der Uhr im Nacken und konnte sich unterstellen im Regen; man musste nicht mehr durch jeden Dreck kriechen, nur weil man Lehrling war, es gab keinen Akkord, keine Überstunden und keine brüllenden Poliere. Allein die Qualität der Werkstücke zählte, die Genauigkeit oder auch Schönheit ihrer Ausführung, von geduldigen Meistern überwacht, und ich war sicher nicht der Einzige, der in Wildruff zum ersten Mal so etwas wie Handwerkerstolz fühlte.

An jenem Donnerstag Anfang August hatte ich in Erwartung des Wochenendes kaum ein Auge zugekriegt, was ausschließlich an Lynn lag, einer Schauspielschülerin an der Folkwangschule in Essen. Fast zwanzig, also gut drei

Jahre älter als ich, hatte sie mich in der »Ampütte« angesprochen, einem Essener Lokal ohne Sperrstunde, in dem viele Theaterleute verkehrten, und obwohl wir jede Menge Bier und Wein tranken an dem Abend, brachte ich sie auf meinem Moped nach Steele, wo sie wohnte. Seit ich Lynn kannte, hörten sich die morgendlichen Songs von Dusty Springfield anders an; plötzlich waren irgendwelche Heimlichkeiten darin, das Rascheln von Nylonstrümpfen, endlose Knutschereien in Hauseingängen, ein atemloses »Nicht, nicht, *nicht*!«, und besonders in »I Close My Eyes and Count to Ten« klang mir die Stimme wie vor Liebe entzündet.

Mit dem alten Mercedes-Cabrio von Lynns Vater wollten wir am Freitagnachmittag in die Eifel fahren, in das Ferienhaus der Familie bei Maria Laach, nur wir zwei, und der Gedanke, nach all den raschen Sachen auf der Parkbank oder im Kino in einem frisch bezogenen Bett mit ihr zu liegen und in aller Ruhe die Dinge zu tun, die Männer und Frauen in der Nacht zusammen machen, wieder und wieder, bis Montag früh, hatte mich um den Schlaf gebracht. Noch vor dem Sonnenaufgang schlurfte ich zu den Toiletten, stellte eine Stange Wasser in die Ecke und ging in den Waschraum, wo die Zahnputzbecher auf einem gekachelten Sims standen und an den Haken darunter die Handtücher hingen.

Normalerweise. Doch an dem Morgen lagen alle auf dem genoppten Steinboden, ein großer Haufen, aus dem ein dunkelblonder Schopf hervorsah; alle außer meinem, und ich knipste eine Lampe über den Spiegeln an.

Socke, ein Betonbauer, der eigentlich Detlef Sobotta hieß, hatte es hängen lassen, und als ich mich über ihn beugte und ihm mit gekrümmtem Finger gegen die Stirn klopfte, schreckte er zusammen. Stift war er noch, also im ersten Lehrjahr, und die Angst in seinen großen Augen sah durch die Schlafbenommenheit irgendwie nackter aus, dramatisch fast. »Ach du«, keuchte er, setzte sich auf und rieb sich bibbernd die Schultern; dann sackte er gegen die Kachelwand. »Ich dachte schon, die Killer kommen.«

Er trug nur eine Turnhose und ein Unterhemd, und die Lücke, die seit einigen Tagen in seiner oberen Zahnreihe klaffte, ein Geschenk von Thersek, einem Maurerlehrling auf seinem Zimmer, ließ ihn etwas nuschelnder sprechen. Ich griff in den Haufen, befühlte die Handtücher; fast alle waren klamm. »Was soll denn das!«, sagte ich. »Hast du etwa die ganze Nacht hier auf den kalten Kacheln geschlafen? Brauchst du einen Krankenschein, oder bist du einfach nur bescheuert?«

Er gähnte, kratzte sich den Kopf mit beiden Händen. Fahl die Wangen, blutleer die Lippen, und sogar die selbstgestochenen Tätowierungen auf seinem linken Arm, gekreuzte Dolche und ein fast fertiges Herz, das wie eine Kartoffel aussah, wirkten blasser. »Ja, was konnte ich denn tun«, sagte er und schluckte hart; der große Adamsapfel an seiner Kehle ruckte auf und ab. »Die haben mich ausgesperrt, Mann. Ich sollte Sachen machen … Kann man keinem erzählen. 'ne Gurke hatten die!«

Den größten Teil des Tages arbeitete er bei den Eisenbiegern, seine Fingernägel waren rostbraun gerändert, und obwohl er auch sonst etwas ungewaschen aussah, mit getrocknetem Speichel in den Mundwinkeln und eitriger Akne auf der Stirn, galt er vielen damals als »Hundertfünfundsiebziger«. Mir war nicht klar, wie man so etwas überhaupt erkannte; völlig von der Schönheit von Mädchen verzaubert, von ihren Stimmen, ihrer Frechheit und ihrem Witz, fehlte mir womöglich das Sensorium dafür. Jedenfalls war er sowohl bei den Ausbildern als auch bei den Lehrlingen nicht sehr beliebt, und dass man ihm meistens kühl oder gar ruppig begegnete, lag vielleicht auch an der Furcht, selbst als homosexuell zu gelten. »Wieso ausgesperrt?«, sagte ich. »Es gibt doch gar keine Schlüssel.«

Er grunzte spöttisch, zog das Kinn an den Hals. »Machst du Witze, Mann? Wir haben zwei Bauschlosser auf der Bude!«

Die Sonne ging auf, erste Pappelschatten wuchsen über die Kinowand jenseits des Bauhofs, und ich sah mich um, wobei mich ein leises Missbehagen überkam. Es gab keine Schilder über der langen Reihe emaillierter Haken, die Namen, die manche mit Filzstift darübergeschrieben hatten, waren im Duschdampf schon wieder herabgetränt, und da mein Frotteetuch, ein weißes mit eingewebtem Möwenmuster, als einziges an seinem Platz hing, würde man wohl mich verdächtigen, alle anderen auf den Boden geschmissen zu haben. »Na, ich hoffe jedenfalls, du hast dir gemerkt, welche Lappen wo hingehören«, sagte ich. »Sonst werden sie dich nämlich kopfunter an den Kran hängen und in den Speiß tunken. Oder dein Spezialfreund Thersek nagelt dich an sein Kreuzgewölbe.«

»Na und? Soll er doch!« Grinsend zeigte er auf ein großes, mit dem blauen Schalke-Logo bedrucktes Tuch in der Ecke. »In dem seins hab ich reingewichst«, sagte er. »Drei Mal. Ich hatte solche Schmerzen in der Lücke, weißt du, und gegen Zahnweh hilft am besten Wichsen. Der wird Augen machen, wenn er sich das Gesicht abtrocknet – falls er es überhaupt wäscht.«

Er rappelte sich auf, zog etwas Rotz unter der Nase hoch, leckte sich die Lippen. So dürr, wie er war, konnte keine Beschreibung sein. Die haarlose Brust schien sich leicht nach innen zu wölben, und er trug ein Goldkettchen mit einem aufklappbaren Amulett; darin war, er hatte es mir einmal voller Stolz gezeigt, das Bild von Pep, seinem Jack Russell Terrier. »Hör mal, Simon«, sagte er und gähnte erneut. »Meinst du, ich könnte mit einem aus deinem Zimmer tauschen? Vielleicht mit dem Kalde? Der ist doch auch aus dem Münsterland, oder? Der würde sich mit dem dicken Schwein gut verstehen.«

»Nein, der ist Ostwestfale«, antwortete ich und versuchte, ein paar Handtücher aus dem Gedächtnis an die richtigen Haken zu hängen; das Schalke-blaue rührte ich allerdings nicht an. »Kein Mensch versteht sich mit deinem Thersek, nicht mal sein eigener Vater. Den hat er auch schon zusammengedroschen. Das ist ein krimineller Fall.«

So alt wie ich, war er annähernd zwei Meter groß, und in seinem Gesicht ließ sich vor Fett kaum je eine Miene erkennen. Kein Wochenende und schon gar keins mit einer Kirmes in Oberhausen und Umgebung, an dem er sich nicht in eine Prügelei stürzte; seine Fäuste waren immer zerschrammt. Wir hatten in den ersten beiden Jahren in derselben Firma gelernt, bei »Küppers«, doch eines Tages betrank er sich während der Arbeit, pisste gegen den Jaguar eines Bauherrn und wurde entlassen. Aber er konnte seine Lehre bei »Trapp« fortsetzen und war jetzt schon ein ziemlich guter Maurer, besser als viele Gesellen. »Du solltest ihm endlich die Kehle durchschneiden und das Herz aus dem feisten Leib reißen. Wenn er schläft, meine ich.«

Wie ein kleines schwarzes Loch in dem frühgoldenen, in allen Spiegeln funkelnden Morgenlicht sah Sockes Zahnlücke aus, als er lachte. Die Schultern bis zu den Segelohren hochgezogen, krümmte er die Finger und sagte mit verstellter Stimme, einem unterirdischen Krächzen: »Genau, Alter! Und dann sauf ich sein Blut, bis mich das Fieber überkommt und mir das Wolfsfell den Nacken hochkriecht, und noch seine Kinder und Kindeskinder werden zittern vor meiner Rache ...«

Ich nickte. »So will ich dich haben, immer zum Äußersten bereit«, antwortete ich und sah auf die Uhr. »Hör zu, ich brauch einen Kaffee und meine erste Zigarette, sonst krieg ich Verstopfung. Du kannst noch gut zwei Stunden pennen; hau dich in mein Bett, bevor es kalt wird. Aber pass auf, das Türglas scheppert im Rahmen. Wenn

der olle Kalde erst mal wach ist, quasselt er dich zu. Der kennt die Namen aller Kühe, die sein Vater früher hatte, auch die vor seiner Geburt.«
Sockes Augen wurden groß und seltsam starr, die Mundwinkel mit den getrockneten Speichelspuren zuckten. Er griff sich an den Hals und befühlte das goldene Amulett, rieb es zwischen Daumen und Zeigefinger und fragte leise, fast flüsternd: »Ist das jetzt dein Ernst?« Er schluckte erneut. »Könnte ich da rein?«
Einen Moment lang hatte ich das Gefühl, er würde gleich weinen; jedenfalls glänzte es feucht zwischen den Lidern. »Ja, wieso nicht?«, sagte ich im Davongehen. »Wir Oberhausener müssen zusammenhalten, oder? Dafür kriege ich natürlich deinen Pudding heute Mittag. Und die Laken bleiben sauber, klar?!«

Dass das Hauptgebäude ein ehemaliges Kloster war, sah man allenfalls noch im Treppenhausturm, wo es ein paar bunt verglaste Fenster mit den Bildern der Kreuzigungs-Utensilien gab: Hämmer, Nägel und die Dornenkrone. Auch Geißeln und Würfel auf einem tiefroten Gewand waren abgebildet, und die eine oder andere Konche hatte früher wohl eine Heiligenfigur beherbergt; jetzt befanden sich Feuerlöscher in den halbrunden Wandnischen und hier und da auch diese Einmal-Aschenbecher aus Aluminium, die der Hausmeister täglich verteilte.
Der Duft des Rasierwassers, das Herr Pinnegg mehr als reichlich benutzte, schwebte mir bereits im ersten Stock

entgegen. Als ich die Eingangshalle durchquerte, stand er in der Mitte des Terrazzosterns, stemmte die Fäuste an die Hüften, was den mächtigen Bauch betonte, und blickte in die Höhe. Wie immer trug er einen grauen Kittel mit unzähligen Kugelschreibern in der Brusttasche. »Wie kann ich da raufkommen?«, murmelte er und kratzte sich die Glatze. »Das ist doch eine Schnapsidee! Auf dem ganzen Lehrbauhof gibt es keine Leiter, die so lang ist. Oder soll ich mich durch die Dachluke abseilen? Was meinst du, Simon?«
Ich bog den Kopf in den Nacken. Auch dort oben, unter der Treppenhauskuppel, befand sich eine kleine Nische, die freilich noch nicht ausgeräumt war. Das schmale Gesicht der Statue lag im Schatten eines Umhangs, seines gekräuselten Saums, an dem ein Rest Blattgold schimmerte. Die Hand, mit der sie einmal gegrüßt oder gesegnet hatte, war abgebrochen, und trotz der dicken Staubschicht konnte man einen blauen Mantel erahnen. »Weshalb wollen Sie denn da hoch?«, fragte ich.
Er betrachtete mich kurz, wischte mir irgendwas vom Hemdkragen, und ich erstarrte, um nicht reflexartig zurückzuweichen; damals berührten sich erwachsene Männer, die sich nicht prügeln wollten, höchstens beim Handschlag. »Na, die Madonna soll weg! Befehl von oben. Die fängt an zu bröckeln in der Luft hier. All das schwüle Testosteron …« Er zwinkerte mir zu. »Aber du bist ja versorgt, oder? War das eigentlich deine Freundin, diese Kleine mit dem Mercedes neulich?«

»Sie ist nicht klein«, sagte ich. »Sie ist sogar eine Handbreit größer als ich. Und der Wagen gehört ihrem Vater. Der ist Professor für englische Literatur in Bochum.«
Er nickte. »Süß, wirklich schnuckelig, diese Mädchen mit den kurzen Haaren neuerdings. Ich meine, wenn sie schlank sind ... Und was macht sie? Studentin?«
»Ja«, sagte ich. »Schauspiel, in Essen. Sie kann geschlagene sechzig Sekunden lang ausatmen, das lernen die da. Und einatmen und sprechen zugleich.«
»Du liebes bisschen!« Die Augen rollend, rieb er sich das Kinn, und zum ersten Mal fiel mir auf, wie stummelkurz seine Finger waren und wie verhornt die Kuppen. Er konnte recht gut Gitarre spielen und bot auch Unterricht in seiner Wohnung an, der umgebauten Kapelle im Souterrain; doch außer dem pickeligen Socke, der Ukulele bei ihm lernte, ging keiner zu ihm. »Oh, meine Schauspielerinnen früher!«, stöhnte er. »Darf gar nicht dran denken. Die mimen immer, oder? Die können gar nicht anders. Ob sie schreien oder flüstern, weinen oder lachen – für die ist die ganze Welt eine Bühne. Ich glaube, die spielen sogar, wenn sie Kinder kriegen, ein Balg für die Requisite.« Er stieß mich mit dem Ellbogen an. »Aber ich will dir deine frische Liebe nicht verderben. Mit dem Körper können sie jedenfalls umgehen, die Biester.«
Dann blätterte er in einem kleinen Block aus seiner Kitteltasche, hakte etwas darin ab und stapfte die Treppe hoch. »Übrigens, wolltest du nicht mal Gitarre lernen? Schlaggitarre? Diese ganzen Beatles-Lieder sind gar nicht

so schwer. Eigentlich braucht man nur vier Akkorde, und die Mädels stehen auf sowas. Wenn du nach Feierabend vorbeikommst, bringe ich dir rasch ein paar Griffe bei, zum Spezialtarif ... «

»Danke«, antwortete ich. »Vielleicht später einmal.«

»Später?«, sagte er, und obwohl er schon außer Sicht war, glaubte ich, eine leise Giftspur in seiner Stimme zu hören. »Später kommt der Peter!«

In jenem Sommer kurz vor der Gesellenprüfung musste ich nicht viel arbeiten in Wildruff, jedenfalls nicht körperlich; ich hatte einen Bürojob, was mir recht gut gefiel. Da jedes Wort und jede Zahl in den Berichtsheften und auf den Bauplänen in einer serifenlosen Schrift mit festgelegtem Neigungswinkel und genauer Punktgröße ausgeführt werden sollte, hatte man mit einer Schablone zu arbeiten, ein zeitraubendes Gefummel, das ich seit dem ersten Lehrjahr hasste. Oft geriet man aus der Linie, weil die Plastikscheibe rutschte, oder man zog sie zu früh vom Blatt oder blieb mit dem Stift im tückischen Semikolon hängen, so dass die Tusche verwischte und die ganze Arbeit verdarb. Dann musste man von vorn anfangen, Deckweiß war verboten, und so brachte ich sie mir freihändig bei, diese Deutsche Normschrift, was sogar einigermaßen gelang; ich hatte eine ruhige Hand, und in der Berufsschule fiel keinem etwas auf.

Doch Herr van Eicken, unser Ausbilder auf der Lehrbaustelle, bemerkte natürlich, dass ich viel schneller als die anderen war und immer als Erster unter dem Vordach

der Theorie-Baracke stand, um zu rauchen. Und so kam es, dass ich plötzlich an einem großen Schreibtisch mit Telefon saß, wo ich sein gesamtes Unterrichtsmaterial, Dutzende Aktenordner voller Bauvorschriften und Zeichnungen, auf Folien für den Overhead-Projektor übertragen sollte. Dafür standen mir die modernsten Rapidographen und Winkelmesser zur Verfügung, und machte ich einmal Fehler, gab es exzellente Glasradierer – mit denen sich sogar Rostpickel am Moped entfernen ließen. Von meinem gepolsterten Drehstuhl aus hatte ich einen guten Blick über den Bauplatz und die anderen Maurer, die mich neidisch beäugten, und wenn ich gelegentlich telefonierte – ich sollte mir die Nummern der Anrufer notieren, falls Herr van Eicken nicht im Büro war –, sah ich vermutlich vollends wie befördert aus. Dabei waren die meisten von ihnen viel bessere Handwerker als ich.
Der alte Apparat schrillte so laut, dass es mich nicht selten aus der Konzentration riss, aber an dem Tag, an dem nur die Jahresringe und Holzmaserungen der Verschalungen zu zeichnen waren, schreckte er mich eher aus meinen Träumen, und dann knackte es in der Leitung, Herr Pinnegg verband mich, und schon am Räuspern am anderen Ende erkannte ich Lynn. »Hey, wie geht's dir?«, fragte ich. »Alles okay?«
»Ja«, sagte sie und seufzte leise. »Ich musste grad mal deine Stimme hören; ich bin so traurig. Fast hätte ich geweint. Ihr habt doch jetzt Pause, oder?«
Die begann erst in zwanzig Minuten, und als ich sie frag-

te, was denn los sei, seufzte sie noch einmal nachdrücklicher, wie unter einem schweren Gewicht, und sagte, dass unser geplantes Wochenende in der Eifel ausfallen müsse und wie unendlich leid ihr das tue. »Aber es ist eine einmalige Gelegenheit, hab überhaupt nicht damit gerechnet. Unser neuer Schauspiellehrer ist befreundet mit diesem Regisseur in Stuttgart, hab den Namen vergessen, und wir, also er, zwei Kommilitonen und ich, fahren gleich zu einer Probe vom ›Othello‹, den wir demnächst auch aufführen wollen. Ich soll die Desdemona spielen. Kennst du Shakespeare?«

Ich hob die Schultern, als würde sie das sehen. »Weiß nicht«, sagte ich. »Kann sein. Wie lange bleibst du denn weg? Ich meine, wenn heute die Probe ist, könntest du ja vielleicht …«

»Nein, nein«, erwiderte sie rasch. »Bis Stuttgart braucht es ja eine Weile, der hat so eine Klapper-Ente. Die Probe ist morgen, Freitag früh, wahrscheinlich bis in den Abend. Am Samstag, dem letzten Tag der Theaterferien, folgt die Generalprobe, und Sonntag ist Premiere, mit anschließender Feier. Vor Montag bin ich also kaum zurück. Sei bitte nicht sauer, das ist eine Auszeichnung, verstehst du. Unser Lehrer hätte auch drei andere Studenten mitnehmen können …«

»Klar, verstehe ich. Und wo übernachtet ihr?«

»Wie, wo übernachten wir? Im Bett, will ich doch hoffen. Schon mal was von Hotels gehört? Oder willst du mir am Ende misstrauen?«

Tatsächlich war ich bis dahin noch nie aus dem Ruhrpott herausgekommen, sah man von einer Schulfahrt nach Xanten ab, und hatte auch noch nicht in einem Hotel übernachtet, und dass es für sie so selbstverständlich zu sein schien, kam mir ziemlich mondän vor; aber ihr Vater besaß ja sogar ein Ferienhaus. »Nein, nein, schon gut«, sagte ich ein wenig eingeschüchtert. »Das ist sicher wichtig für deine Karriere, da solltest du unbedingt hin. Was genau kommt denn jetzt vor in diesem ›Othello‹?«

Ich hörte ein Feuerzeug klicken, und ich weiß nicht, ob es am inhalierten Rauch lag oder ob sie ihre Stimme dunkler machte; jedenfalls klang sie plötzlich wie meine Mutter, als sie sagte: »Hattet ihr das nicht in der Schule? O Mann, das ist ein eminent politisches Stück. Halt ein Klassiker. Mit einem schwarzen General auf Zypern, der komplett durchdreht. Liebe und Eifersucht zwischen Ruinen und so. Ich erzähl dir später mehr. Wünsch mir eine gute Fahrt, ja?«

Der Pausengong, ein Dreiklang, hallte aus den Lautsprechern über den Platz, die Maurer ließen ihre Kellen in die Mörtelfässer fallen, die Einschaler hackten die spitzen Hämmer ins Holz. Irgendjemand im Hintergrund sagte etwas auf Englisch, vielleicht Lynns Vater, und ich hörte, wie sie ihren Rauch in mein Schweigen blies, schluckte trocken und wünschte ihr eine gute Fahrt.

Aus den Hoflautsprechern wisperte Musik vom Endlosband, Dusty Springfield natürlich, und zusammen mit Socke ging ich in den Speisesaal. Die Senkel seiner

Sicherheitsschuhe schlappten lose herum, und der gelbe Helm, der ihm etwas zu groß war, wackelte bei jedem Schritt. Wir holten uns die Tabletts von der Essensausgabe, die Terrinen mit Eintopf, die es jeden Donnerstag gab, stellten einige von den pyramidenförmigen Kakaotüten daneben und blickten uns um. Wo immer Socke sich hinsetzen wollte, war der Stuhl angeblich schon besetzt, und schließlich landeten wir wie so oft an dem Katzentisch neben dem Garderobenständer.

»Linsen«, ächzte er angewidert, legte seinen Helm auf die Fensterbank und strich sich ein paar schweißnasse Haare aus der Stirn. Seine zarten Hände waren braun vor Rost: So wie die Maurer ihren Mörtel, ein Ton-Lehm-Gemisch, stets wieder von den Steinen kratzen und neu durchsieben und aufmischen mussten, hatten die Betonbauer nach Beendigung eines Werkstücks die Moniereisen aufzurödeln und die Nägel aus den Brettern zu ziehen, damit sie wieder verwendet werden konnten. Keiner machte das gern, man verloste die Leute, wobei es selten mit rechten Dingen zuging. In diesem Sommer war es meistens Socke, der den ganzen Tag im Schuppen stand, krumme Nägel aus der einen Kiste nahm, sie mit dem Hammer auf einem kleinen Amboss gerade klopfte und in die andere Kiste fallen ließ, acht Stunden am Tag.

»Wie hast du denn geschlafen?«, fragte ich und stieß den Trinkhalm durch das vorgestanzte Loch in der Kakaotüte.

»Ganz gut«, sagte er, »danke. Ich hätte mir auch ein

Parterre-Bett aussuchen sollen damals. Da kann dir keiner von unten gegen die Matratze wummern.« Er grinste, und obwohl er den Mund dabei kaum öffnete, konnte ich wieder das Schwarz der Zahnlücke sehen; es machte sein Gesicht vielleicht nicht älter, aber doch um Jahre trauriger. »Triffst du am Wochenende wieder deine Mieze?«, fragte er. »Die mit dem Mercedes?«
Ich zuckte mit den Schultern. »Eher nicht«, antwortete ich und fischte mir ein Wurststück aus den Linsen. »Sie hat einen Termin in Stuttgart, muss mit ihrem Schauspiellehrer eine Generalprobe anschauen, ein politisches Stück. Wie es aussieht, ist er ein wichtiger Mann und hält sie für begabt.«
Er nickte ernst, stocherte in seiner Terrine herum, aß jedoch nichts. Endlich hob er den Kopf und starrte aus dem Fenster auf die weiße »Leinwand« des Autokinos, eine riesige, leicht vorgeneigte Betonplatte. »Sag mal Simon, du kennst dich doch aus mit Frauen, oder? Ich hab ja noch nie ... Ich meine, ich wollte mal ins Puff gehen, in die Flaßhofstraße, weil ich dachte, 's wird langsam Zeit, wenn du 'n Mann werden willst, aber da war schon am Eingang Ausweiskontrolle, und der Typ hat geknurrt, ich soll mir mein Lehrgeld sparen, ich hätte gesunde Hände. Und dann hatten wir eine schöne dicke Lilly in der Siedlung, die hat alle rangelassen, nur mich nicht, weil ich so gezittert hab; mein Zittern hat der Angst gemacht, stell dir vor. Deswegen heißt das fickerig, glaube ich. Aber was ich fragen wollte: Wo genau liegen eigentlich die Eierstöcke bei denen?«

Der Schluck Kakao, den ich im Mund hatte, stieg mir in die Nase. »Die was?«, fragte ich und zog mein Taschentuch hervor. »Wie kommst du jetzt darauf, Mann?«
»Erklär ich dir später. Sag mal, wo liegen die?«
»Keine Ahnung!« Ich schnäuzte mich. »In Ostwestfalen wahrscheinlich.«
Aber er lächelte nicht; er nagte an einem Daumennagel. »Hab nämlich grad mit meiner Alten telefoniert«, murmelte er und fügte rasch hinzu – ich sollte ihn wohl nicht für ein Muttersöhnchen halten: »Ich meine, sie hat beim Pillek angerufen ... Es geht ihr nicht gut, glaub ich. Sie ist krank, irgendein blöder Krebs oder sowas. Am Montag muss sie ins Johanniter-Hospital.«
»Oha«, sagte ich und sah auf die Uhr; ab halb zwei durfte im Speisesaal geraucht werden. Herr Pinnegg verteilte schon die Aschenbecher. »Das hört sich ja übel an, tut mir leid. Was meinen denn die Ärzte? Kommt sie durch?«
Auch wenn ich mit der Fernseh-Floskel nur meine Ratlosigkeit verbergen wollte, schämte ich mich bereits dafür; doch er reagierte nicht, brockte ein Stück Brot in den Eintopf. Als er aufsah, bemerkte ich Tränen in seinen Augen, und auch die Unterlippe zitterte. »Mir tut's nicht leid«, stieß er hervor. »Überhaupt nicht. Von mir aus soll sie verrecken an ihren Eierstöcken, die Scheiß-Fotze. Die denkt sowieso nur an sich, hat sie immer getan. Keinen Pfennig hab ich von der für mein Mofa gekriegt, obwohl's ein gebrauchtes war. Die säuft und fickt mit jedem Itaker rum, die Lümmeltüten schwim-

men in unserem Klo. Aber was wird aus meinem Hund? Wer kümmert sich um den, wenn die da in ihrem Bett liegt und sich gemütlich operieren lässt? Der Peppi kann nicht gut allein sein; das kann der überhaupt nicht, Simon! Der ist eigentlich ein Rudeltier. Der kratzt die Tapeten von den Wänden und pisst alles voll!«

Er wischte sich die Tränen mit den braunen Fingern weg, was die Lider plötzlich wie geschminkt aussehen ließ, und ich schob ihm den Spender mit den Papierservietten hin. Rost brennt, und nachdem er ihn aus den Augen getupft hatte, versuchte er, seine Kakaotüte anzustechen. Doch die Spitze des Trinkröhrchens war stumpf, es knickte immer wieder um, und schließlich schob er das ganze Tablett weg, steckte sich eine Zigarette an und starrte wieder hinaus. Wie jeden Mittag hielt der Eisverkäufer mit seinem Dreirad vor dem Heim.

Ich wusste nach wie vor keinen Rat. Meine Eltern würden kaum einen Hund in Pflege nehmen, schon die Schildkröte und das Meerschweinchen in meiner Kindheit hatten meiner Mutter zu viel Dreck gemacht, und auf der Schulbaustelle waren Tiere nicht erlaubt. Nur der Hausmeister besaß einen rosa Kakadu, der sogar sprechen konnte. Regelmäßig um Mitternacht ließ er ihn »Schlaft schön!« in das Mikrophon krächzen, und dann wurde es dunkel auf den Fluren. Ich schlug Socke auf die Schulter, brachte mein Tablett weg und ging nach draußen, um mir ein Eis zu kaufen.

Später suchte ich im Bücherregal unseres Ausbilders nach einem Duden oder Fremdwörterlexikon, um das Wort

»eminent« nachzuschlagen, und als ich mich wieder an den Zeichentisch setzte, begann Thersek gerade mit einem neuen Werkstück direkt vor meinem Fenster; dennoch öffnete ich die Flügel weit, es war sehr warm. Er hatte sich das Unterhemd ausgezogen und wie einen Turban um die Stirn gewickelt, und das schweißglänzende Fett, mit dem sein Körper bepackt war, zitterte bei jeder Bewegung. Auch er hatte eine selbstgestochene Tätowierung auf dem Oberarm, einen großen Anker, um den sich eine Schlange wand, die wie ein Stück Enddarm aussah.
Nur ein schmaler, von Begonien gesäumter Weg befand sich zwischen der Barackenwand und seinem Arbeitsplatz; trotzdem fragte er so laut, dass die Lehrlinge ringsum die Köpfe hoben: »Wieso hat denn der Socke heute in deinem Bett gepennt? Bist du jetzt auch einer von diesen verdammten Hinterladern? Oder hat er es dir von vorn besorgt?«
Ich schnaubte kurz einmal, hatte schon die richtige Antwort auf den Lippen, aber in dem Moment traten die Ausbilder aus ihrem Pausenraum, einem Bungalow neben dem Kloster, in dem sogar ein Billardtisch stand. Sie hatten offenbar über einen Witz gelacht und bemühten sich nun um seriöse Mienen. Alle trugen weiße, stets wie neu glänzende Helme und makellos saubere Arbeitsanzüge, und Herr van Eicken ließ sogar ein Bürohemd samt Krawatte unter dem Drillich sehen. Nachdem er seine Runde bei den Maurern gemacht und hier eine Wasserwaage oder einen Zollstock angelegt, da einen Eckstein zurechtgerückt hatte, verschwand er in der Theo-

rie-Baracke, wo er die Neuzugänge unterrichtete, und ich legte die Füße auf den Schreibtisch, verschränkte die Hände im Nacken und sagte: »Ich ein warmer Bruder? Na, freu dich, du eminenter Arsch! Dann sind wir schon zu zweit!«

Er wog eine Kelle voll Speiß in der Faust, und einen Moment lang dachte ich, er würde den Brei über die Brüstung schleudern, auf die Zeichnungen oder in mein Gesicht. Doch das wagte er wohl nicht; die Klassenräume hatten große Fenster, und auch wenn die Ausbilder unterrichteten, behielten sie den Bauplatz im Auge. Aber er nickte mehrmals, was drohend aussah, ein wortloses »Warte, Bursche, gleich …«.

Um siebzehn Uhr dreißig war Feierabend, und nach dem Essen um sechs konnte man machen, was man wollte. Meistens fuhren wir in kleinen Gruppen zu irgendeinem Baggerloch zum Baden oder spielten Fußball auf dem Ascheplatz des Regionalvereins. Um dreiundzwanzig Uhr hatte man wieder im Heim zu sein, und wer sich nicht daran hielt, kriegte beim ersten Mal einen Vermerk im Appellbuch des Hausmeisters und wurde bei einer Wiederholung vor den Leiter zitiert. Herr van Eicken war der Meinung, dass zu einem guten und gewissenhaften Handwerker ein tadelloser Lebenswandel gehört, und zusammen mit den anderen Ausbildern machte er manchmal Stippvisiten in den Zimmern und kontrollierte, ob man nüchtern war, die Schränke aufgeräumt hatte und mit sauberen Füßen im Bett lag. Denen, die sich nicht an den Zapfenstreich hielten, drohte er mit einer Meldung bei der jeweiligen Firma, die der Industrie- und Handelskammer viel Geld für den Aufenthalt bezahlte und das Recht hatte, den Lehrling bei Bedarf in die raue Wirklichkeit der Baustellen zurückzufordern. Und das wollte schließlich keiner.

Aber donnerstags blieben die meisten ohnehin im Wohnheim, denn an dem Abend wurde immer ein neuer Film im Autokino gezeigt. Um Punkt neun Uhr saßen alle eng gedrängt auf den Fensterbänken der Wasch- und Aufenthaltsräume der drei Etagen, ließen die Beine baumeln und starrten rauchend auf die riesige, auf Stelzen stehende Betonplatte jenseits des Schulgeländes. Deren weiße Farbe wurde hier und da schon rissig oder warf Blasen, was so mancher Diva mit juwelengeschmücktem Dekolleté bei Großaufnahmen den Anschein gab, sie hätte die Blattern. Darauf achtete man allerdings kaum, schon gar nicht, wenn einer der sogenannten Aufklärungsfilme von Oswalt Kolle lief, die damals viele Schlagzeilen machten.

»Deine Frau, das unbekannte Wesen« oder »Dein Mann, das unbekannte Wesen« oder »Zum Beispiel: Ehebruch« hießen sie. Doch an dem Donnerstag, an dem Lynn mir abgesagt hatte, lief ein Krimi voller Verfolgungsjagden durch ein schwarz-weißes Paris, in dem die Polizisten meistens Trenchcoats trugen und die elegante, etwas magere Frau mit dem breiten Haarband einen Renault Dauphine fuhr. Es wurde viel geredet, mehr, als wir uns denken konnten, lautlos explodierte ein Koffer in der Gare du Nord, und die halbnackten Mädchen in der fast dunklen Bar tanzten zu einer wilden Stille: Denn ein Ton war auf unseren Fensterbänken ja nicht zu hören; die Zuschauer dort unten kriegten Boxen in ihre Wagen gehängt. Der eine oder andere Lehrling kommentierte das Geschehen zwar – »Tolle Beine! Ob er sie am Ende pimpert? Wahrscheinlich vergiftet sie ihn gleich.« –, aber natürlich fehlte etwas, besonders wenn Socke einmal nicht da war, wie an diesem Abend. Gleich nach Arbeitsschluss hatte er sich auf sein Mofa gesetzt, der Mutter wegen oder doch, um die Versorgung von Pep zu regeln, seinem Hund.

Normalerweise ging er hinter uns auf und ab und imitierte die Geräusche, die er vermutete, mit allem, was ihm zur Verfügung stand: Schusslaute, mit dem Mund erzeugt, waren da das Simpelste. Wenn es dramatisch wurde, schrammelte er auf seiner Ukulele wie auf einem Gemüsehobel herum, bei Regen oder hohem Seegang zog er an der Klospülung, drehte ein paar Duschen auf und schrie wie ein Pirat gegen den Orkan an, das Klacken von Pferdehufen stellte er mit zwei Zahnputzbechern auf den Kacheln her, und auch das Stöhnen der Mädchen in den Aufklärungsfilmen kriegte er hin, als würde er es täglich hören, wobei er den Höhepunkt des Mannes oft mit einem Grunzen unterlegte, das an einen Keiler denken ließ.

Dafür erntete er Applaus und Gelächter, wie auch für seine erfundenen Dialoge, die meistens schweinisch waren, etwa wenn ein Paar nach der Liebe noch eine Zigarette rauchte und er seine Stimme ins Piepsige hob und sagte: »Aber das nächste Mal nimmst du die Hintertür, versprochen? Ich möchte nichts lieber, als von dir in den Arsch gepoppt zu werden. Und mach dir keine Sorgen, Schatz, bei deinem kleinen Schniepel tut mir das bestimmt nicht weh.« Und dann im Männerbass: »Nein, nein, meine Schnecke, das schmink dir ab. Anal nur mit Karl.« – Ich erinnere mich an das Grölen an dieser Stelle und an sein vor Freude gerötetes Gesicht, und dass man ihn nicht im Zimmer oder als Tischnachbar haben wollte und ihn tagelang krumme Nägel gerade klopfen ließ, schien in solchen Augenblicken vergessen zu sein. »Ihr Brüder ...«, hatte sogar Thersek einmal gesagt und anerkennend den Daumen gereckt. »Ihr seid immer noch die besten Faxenmacher.«

Auch er war an dem Abend nicht im Heim gewesen. Er betrat den Waschraum in dem Moment, in dem der Kommissar der tückischen Blondine das Messer aus der Hand schlug und beide in einem wilden Kuss aufs Sofa sanken. Ihre Bluse zerriss, Knöpfe hüpften über den Glastisch, aber Therseks Versuch, die Szene mit einem Seufzer weiblicher Hingabe zu synchronisieren, klang nur besoffen. Keiner beachtete ihn, alle starrten gebannt in die zwar grauen, der Sehnsucht nach aber unbedingt blauen Augen der schönen Frau, die groß und größer wurden unter dem Sternenhimmel, ehe sie sich langsam schlossen. Da verschwand der Dicke in einem Verschlag, sank auf den Klotopf und sagte: »Achtung, ihr Wichser, Zwiebeln im Tiefflug.«

Der Film war zu Ende, die Kinowand wurde schwarz, die Autos fuhren davon. Das Mondlicht ließ die vielen Steinstapel und halbfertigen Säulen und Gewölbe auf dem Bauplatz wie eine antike Ruinenstadt aussehen. Im Souterrain war leise Gitarrenmusik zu hören, und ich glitt von der Fensterbank und ging herum, um mir einen Streifen der Zahnpaste auszuleihen, die ich noch nicht kannte. Alle machten das damals, und als ich mit dem Putzen begann, flappte hinter mir die Pendeltür auf und Thersek schnallte sich den Gürtel zu. »Weißt du übrigens, wo ich herkomme?«, fragte er, schwankte leicht und grinste dreckig, und ich hob nur eine Schulter, ein stummes »Interessiert mich nicht«, und putzte weiter.

Der Dicke, an dessen Absatz ein Stück Klopapier klebte, wusch sich natürlich nicht die Hände; er zündete eine Zigarette an und blies den Rauch in meine Richtung. »Ich sitz also gemütlich mit meinem Kumpel in der ›Ampütte‹ und fress ein Hähnchen mit Pommes«, fuhr er fort, »da fällt mir so 'n süßer Bubikopf mit Lutschmund in der Ecke auf, hinter diesem Weinlaub aus Papier. Nahtstrümpfe trug sie, der Rock bedeckte gerade mal den Arsch, und ihre Nippel unter der Bluse konnte man auch sehen. Sie hat einen ganz schönen Verschleiß, deine kleine Schauspielerin, was? Mit drei Kerlen saß sie am Tisch und knutschte und lachte, und einer hatte sogar die Hand auf ihrem Knie.«

Ich zog die Bürste aus dem Mund, tippte mir an die Stirn. »Du spinnst ja«, sagte ich. »Lass dir mal 'ne Brille verschreiben; sie ist überhaupt nicht in der Gegend, schon seit heute Mittag nicht, und kommt erst am Montag zurück. Bei all der Scheiße, die du redest, solltest du dir vielleicht auch mal die Zähne putzen.«

Seine Augen waren gerötet, und er streckte den Arm vor und schnippte die Zigarettenasche in mein Waschbecken. »Na, ich weiß schon, was ich gesehen hab. Der Kollege war mindestens so heiß wie sie, die Finger wanderten immer höher, fast bis unters Röckchen, und sie drückte nicht gerade die Knie zusammen. Aber das Dollste, Mann: Der Kerl war ein Schwarzer, so ein reinrassiger Afrikaner oder was! Schultern wie ein Schrank, und man weiß ja, was die sonst noch haben. Wenn der fertig ist mit deiner Braut, wenn er sie eine Weile ordentlich durchgeorgelt hat, wird sie dich nicht mehr spüren, so viel ist sicher. Dann musst du es mit der Faust erledigen.«

Gesagt, getan: Den Mund noch voller Pfefferminzschaum, schlug ich sofort zu, was natürlich dumm war, denn meine Schnelligkeit, auf die ich mir einiges einbildete, nutzte mir gar nichts in der Ecke zwischen Waschbecken und Wand, in die mich der Dicke nun tiefer drückte mit seinem Gewicht; ich roch seinen Schnapsatem und spürte seine fette, aber harte Faust mehrmals wie einen prallen Boxhandschuh auf den Lippen. Irgendetwas knackte in meinem Mund, und fast schon war ich bereit, ihm den Stiel meiner Zahnbürste ins Auge zu rammen – hoffte allerdings, dass uns irgendwelche Umstehenden auseinanderzerren würden. Meine

Schläge in diesen Klops schienen völlig wirkungslos zu sein.
Zum Glück trat nun Herr Pinnegg in den Waschraum, und sein Pfiff, mit zwei Fingern im Mund erzeugt, hallte zwischen den Kacheln wider. Eine Schlafanzughose trug er unter seinem grauen Kittel, aus dessen Tasche eine Illustrierte ragte, und als er sich die Lesebrille von der Nase nahm und »Feierabend!« brüllte, verkrümelten sich die meisten Gaffer in ihre Zimmer; keiner wollte einen Eintrag ins Appellbuch riskieren, weil er an einer Schlägerei teilgenommen hatte. Auch Thersek trottete davon, wobei er mich nur scheinbar nicht mehr ansah; aber sein höhnischer Blick, ein Blitzen aus schmalen Augen, glitt durch alle Spiegel.
Ich spuckte den restlichen Schaum aus, der blutig war, und Herr Pinnegg begutachtete meine Lippe, tupfte sie mit einem Papiertuch ab. »Dummköpfe«, murmelte er dabei und schnalzte missbilligend. »Was seid ihr für alberne Dummerchen!«
Obwohl ich ihn gern abgewehrt hätte, hielt ich still, um ihn nicht zu brüskieren; schließlich wollte ich ihn bitten, mir das Haus noch einmal zu öffnen. Der Münzapparat neben der Kantinentür war seit langem defekt, und ich musste unbedingt zu einer Telefonzelle, es gab eine am Kino. Doch er schüttelte den Kopf. Gegen die Vorschrift sei das, er käme in Teufels Küche, wenn mir etwas zustieße unterwegs – könne mir aber anbieten, ausnahmsweise, weil ich es sei, den Apparat in seiner Wohnung zu benutzen. Ein Ferngespräch werde es ja wohl nicht, und in

dringenden Fällen helfe er gern. Er machte eine einladende Geste, und schon drehte ich mich um und eilte ihm durch die langen Flure und über die gewundenen Treppen voraus. Dabei gab mir das immer weiter zurückbleibende Geräusch seiner Schlappen auf dem Linoleumboden das alptraumhafte Gefühl, überhaupt nicht von der Stelle zu kommen.
Der Kakadu in seinem großen Messingkäfig schrie erschrocken auf, als wir die ehemalige Kapelle betraten, in der es nach einem süßlichen Raumspray roch. Überall lagen Flokati-Teppiche, die Polstermöbel waren mit einem psychedelisch bunten Stoff bezogen, und an den Wänden hing ein halbes Dutzend Gitarren; wenn man hustete, hallte es aus den Schalllöchern wider, und auch der Gong einer Pendeluhr vervielfachte sich darin. Elf war es erst, und dennoch erreichte ich niemanden mehr, als ich die fünfstellige Nummer wählte. Entweder waren Lynns Eltern nicht zu Hause, oder sie schliefen so tief, dass sie das Klingeln nicht hörten. Mit der Zungenspitze konnte ich fühlen, dass ein Eckchen an einem unteren Schneidezahn fehlte.
Die Arme vor der Brust verschränkt, lehnte Herr Pinnegg in seiner Schlafzimmertür. Der Kittel stand nun offen, sein haariger Bauch wölbte sich über den Bund der Pyjamahose, und er sagte: »Worum ging's denn gerade? Um dein Mädchen?« Er zog die Lippen nach innen, winkte ab. »Ach, was frag ich überhaupt; worum sonst ... Ich hab dich vor den Schauspielerinnen gewarnt, Simon. Mit ihren Tricks und Verstellungen berei-

ten sie einem nur Ärger und schlaflose Nächte. Alles wird falsch um sie herum, jedes Lächeln verlogen, und irgendwann ziehen sie weiter, und zurück bleibt ein schaler Geschmack. Wenn du willst, gebe ich dir gleich eine Fußmassage, das entspannt. Ich hab so eine neue Drucktechnik, Akupressur, danach schlummerst du wie ein Kind. Mal probieren? Kannst die Kleider auch anbehalten.«

Die Lippe wurde spürbar dicker. »Danke«, sagte ich, schon im Flur, und tupfte sie mir noch einmal mit dem Handrücken ab. »Herzlichen Dank, Herr Pinnegg. Vielleicht später.«

Die Wörter fühlten sich wattig an in meinem Mund, und dann zog ich die Tür ins Schloss und hörte den Vogel aus seinem Käfig rufen: »Später? Da kommt der Peter!«

Es war still auf den Fluren, nur ein paar Notlichter brannten. In meinem Zimmer, wie eingewebt in das Schnarchen über und neben mir, kriegte ich tatsächlich kein Auge zu und wälzte mich stundenlang auf dem verschwitzten Laken herum. Die Augustnacht war atemberaubend warm; trotz des offenen Fensters roch die Luft nach dem Bieratem, den herumstehenden Arbeitsschuhen und den Socken der anderen. Weit entfernt hörte ich eine Katze schreien, sehnsuchtsvoll erst und dann schrill, als wäre sie jäh gerissen worden von einem der vielen Füchse hier am Stadtrand. Und schließlich ging ich in den Waschraum, um einen Schluck Wasser zu trinken.

Die Sandkörner unter den nackten Füßen fühlten sich spitzer an als gewöhnlich, wie zermahlenes Glas, und wenn sich als wahr herausstellte, was Thersek gesagt hatte, war ich zum ersten Mal in meinem Leben betrogen worden. An diesen Othello zwischen den Ruinen auf Zypern musste ich denken, wo er durchgedreht war vor Liebe – einem Gefühl, von dem ich noch gar keine wirkliche Vorstellung hatte, oder doch nur die, dass es offenbar nicht stärker war als der Schmerz, den ich gerade empfand. Oder war dieser Schmerz am Ende die Liebe?

Es mochte gegen vier Uhr gewesen sein, im Osten dämmerte es bereits, ein blassgrauer Streifen Himmel, der sich in den Spiegelreihen über den Waschbecken fortsetzte. Fast nur meine Silhouette konnte ich erkennen, schaltete das Neonlicht aber nicht ein; die demolierte Lippe würde mich noch früh genug deprimieren. Meine Schritte auf den genoppten Kacheln waren lautlos, und den Wasserhahn hatte ich auch noch nicht aufgedreht, so dass sich die beiden Lehrlinge, von denen ich wenig mehr als die Köpfe und die nackten Schultern sah hinter den halbhohen Kabinenwänden, nicht gestört fühlten. Lediglich ein leises Schnaufen und Stöhnen war zu hören, und einen Moment lang blieb ich reglos stehen.

Nach ein paar Herzschlägen hatten sich meine Augen an die Dämmerung gewöhnt, zumal nun eine Kehrmaschine über den Platz vor dem Kino fuhr und Reflexe ihres gelben Signallichts über die Decke huschten. Mit beiden Händen hielt sich Socke an den Kachelwänden fest, immer wieder erschüttert von den Bewegungen des Mannes hinter ihm, und presste entweder die Lippen aufeinander oder flüsterte etwas, das wie eine atemlose Ermahnung klang. Vielleicht war es aber auch ein Anfeuern, während der andere, dessen Schultern glänzten vor Schweiß, sich keuchend immer heftiger bewegte. Größer war er als der andere, der fette Nacken zitterte wie von Stromstößen durchzuckt, und in dem Moment, in dem ich die Anker-Tätowierung erkannte, die missratene Schlange, ließ Thersek einen seltsamen Laut hören, fast ein Schluchzen.

Ich zog mich zurück, trank einen Schluck von Kaldes warm gewordener »Sinalco«, die auf dem Zimmertisch stand, sah noch eine Weile der Dämmerung hinter den fadenscheinigen Vorhängen zu und schlief endlich ein, wenn auch nur kurz. Gegen sieben, kaum hatte Herr Pinnegg die Tür des Haupthauses aufgeschlossen, lief ich zu der Telefonzelle am Kino und rief erneut bei Lynns Eltern an. Lange meldete sich niemand, die Abstände zwischen den Signalen wurden immer größer, und endlich hatte ich eine Haushälterin oder Putzfrau am Apparat, eine Asiatin wohl. »Nein«, sagte sie, »Lynn nicht da. Niemand da. Lynn in Ferien, Maria Lach. Nein, kein Telefon, ich verboten Nummer geben von Haus, Maria Lach. Rufen nächste Woche an? Montag alle zurück.«

Zum Frühstück kriegte ich nichts herunter, trank nur mehrere Tassen Kaffee und rauchte unzählige Zigaretten; die Wunde an der Lippe riss immer wieder auf, der

Aschenbecher war voller blutiger Kippen. Um mich abzulenken, fing ich schon vor halb neun mit der Arbeit an, zeichnete Gerüste aus Rundhölzern auf die Folien für den Projektor und musste so viel radieren wie selten. Niemand in ganz Deutschland band noch Baugerüste wie im vorigen Jahrhundert aus Rundhölzern zusammen, aber es musste weiterhin gelernt werden, und während ich das alles ausschmückte und beschriftete, sog ich immer wieder die Luft durch den winzigen Zahnspalt ein, was ein leises Zwitschern erzeugte.

Thersek, nach wie vor mit dem Werkstück vor meinem Fenster beschäftigt, schien dann vage zu grinsen, sah aber den ganzen Morgen kein einziges Mal zu mir hin; er mauerte einen perfekten Revisionsschacht, einen mannshohen, der sich zum Einstieg hin verjüngte. Erst als der Pausengong erklang, legte er die Kelle mit dem Schwanenhals zur Seite und kam, sichtlich bemüht, nicht auf die Blumen zu treten, an meine Brüstung.

Augenblicklich schlug mein Puls im Hals, in den Schläfen, indes mein Atem stockte; doch obwohl ich Angst hatte, sah ich ihm ins Gesicht. Mit beiden Händen stützte er sich auf dem morschen Fensterbrett ab, und zu meiner Überraschung roch ich ein Desodorant oder Rasierwasser an ihm, irgendwas mit Kiefernaroma und Menthol. Er fixierte mich rasch aus schmalen Augen und blickte dann wortlos auf meine Arbeit. Dabei fiel sein Schatten über meine Hände, und ich musste mich zusammenreißen, um nicht schon wieder zu zittern vor Wut. Viel zu fest drückte ich den Rapidographen auf, die dünne Feder knarzte, und winzige Tuschespritzer versauten das Blatt.

»Keinen Hunger?«, fragte er schließlich überraschend sanft, aber ohne jede Verlegenheit, und als ich nicht antwortete, nur kurz einmal den Kopf schüttelte, wischte er sich die rechte Hand an der Hose ab und langte über die Brüstung auf meinen Tisch. Mit jenem zarten Zugriff, der dicken Menschen eigen sein kann und der nahezu anmutig aussieht, weil sie nur die Fingerspitzen benutzen, nahm er eine der fertigen Folien vom Stapel, hielt sie gegen das Licht und zog beeindruckt die Mundwinkel herab. »Donnerwetter, das kommt nicht schlecht«, sagte er, »richtig künstlerisch mit diesen Holzmaserungen und den Jahresringen. Du hast es echt drauf, oder? Wieso kriegst du denn die Normschrift ohne Schablone hin?«

Ich sah nicht auf, zuckte nur mit den Achseln. »Ruhige Hand«, murmelte ich und war seltsam verwirrt davon, dass er – für mich immer nur ein stumpfsinniger, versoffener und brutaler Schläger, dem ich jede perfide Form von Rache zugetraut hätte – plötzlich so etwas wie Klasse zeigte. Und es beschämte mich, als hätte ich etwas Grundsätzliches im Leben nicht begriffen, etwas, das sogar für Kerle wie ihn selbstverständlich war. Vorsichtig legte er die Folie zurück, und ich steckte den Tuschestift an den Zirkel und tat, als müsste ich noch einen Rundbogen zeichnen, denn ich wollte nicht mit ihm zusammen in die Kantine gehen – was er endlich begriff. Ohne ein weiteres Wort stapfte er davon.

Auch Socke kam aus seinem Nagelschuppen, hob erstaunt die Brauen und zeigte auf meinen Mund. »Wen hast du denn geküsst, Mann? Wir haben hier doch gar keine Baggerführer!«, sagte er grinsend. »Das wird deiner Süßen aber gar nicht gefallen. Oder ist die dicke Lippe von ihr?«

Ich schraubte den Stift zu und legte ihn zu den anderen in das Futteral. Schließlich zerknüllte ich die verdorbene Folie und sagte: »Ja, von ihr ... Wie geht's deiner Mutter?«

Er winkte ab. »Hör mir bloß auf. Wenn ich mich nicht um den Hund gekümmert hätte, wäre der in der Wohnung verhungert, das glaub mal. Hab ihn beim Nachbarn untergebracht, der hat schon zwei Rottweiler, und die denken jetzt, mein kleiner Peppi ist ihr Junges. Die sind ganz verrückt nach dem und lecken ihn schief.« Er steckte sich einen rostigen Finger ins Nasenloch, kratzte darin herum. »Hoffentlich krieg ich den nicht als Hackfleisch zurück ...«

Ich zündete mir eine Zigarette an und ging mit ihm über den Platz. Musik erklang vom Endlosband, und in der Stimme von Dusty Springfield, diesem seltsam silbrigen Hauchen, das durch die rauschenden Hoflautsprecher irgendwie grauer klang, war plötzlich gar nichts Verheißungsvolles mehr, im Gegenteil. Soviel ich verstehen konnte, fühlte sie sich im Innersten verletzt von ihrer Liebe und sang etwas vom Ende des Sommers, von den ersten fallenden Blättern und dem grünen Gras, das jetzt trockenes Heu war. »Und deine Mutter?«, wiederholte ich. »Wurde sie schon operiert?«

Er nahm seinen Helm ab und lockerte die verschwitzten, von dem Plastikrand angedrückten Haare auf. »Ach was, die hat sich besoffen einliefern lassen, die dumme Kuh. Jetzt muss sie erst mal ausnüchtern, damit sie nicht gleich bei der Narkose draufgeht. Aber was soll's, der Krebs wuchert eh schon überall.« Er hob den Kopf, schnüffelte hektisch und verzog das Gesicht. »Was, zum Henker, riech ich denn da, Simon ... Ist denn schon wieder Freitag? Echt? Heiliger Strohsack! Wenn es gleich Senfeier gibt oder diese eklige Dillsauce, dreh ich durch. Dann kannst du meinen Fisch haben, und ich krieg deinen Pudding, okay?«

Herr Dingens

Nach dem Dienst gegen zwölf und dem Segen vor der Kirche bat er die Vikarin, das Vorgespräch mit dem Brautpaar zu führen. Aufgefallen waren ihm die beiden schon während der Predigt, als der Mann mit dem Diamanten am Ohr seiner künftigen Frau etwas auf dem Handy gezeigt hatte. Elegant sahen sie aus in ihren modischen Kaschmirmänteln und teuren Lederhandschuhen; bestimmt verirrten sie sich selten in eine Kirche. Zu seinem Gottesdienst waren sie gekommen, weil sie einen guten Eindruck machen wollten oder dachten, das sei nötig für die Berücksichtigung ihrer Wünsche am nächsten Samstag, etwa vor oder nach der Zeremonie etwas von Whitney Houston oder ABBA aus dem CD-Player zu spielen – statt Mendelssohn oder Bach auf der Orgel. Es war stets das Gleiche mit ähnlichen Menschen, die sich alle für einzigartig hielten und doch an kaum mehr als an ihre Automarke glaubten, und wenn Thomsen ehrlich war, mochte er – trotz der Mehrarbeit, die sie bedeuteten – Begräbnisse lieber als Hochzeitsfeiern.

Den Paaren von heute, die in wenigen Jahren sowieso wieder geschieden sein würden, eine Predigt auf den Leib zu schreiben, hatte er früh aufgegeben, schon vor seiner eigenen Heirat. Es reichte, wenn man die üblichen Textschablonen aus dem Internet mit den jeweiligen Namen verband, denn die meisten Gäste dachten sowieso an etwas anderes, während er redete: an das Brautkleid, die gemietete Limousine, das Essen oder die Geschenke. Und ob die Ehe nun ein heiliger Bund fürs Leben, eine Ehrenrettung nach versehentlicher Schwangerschaft oder eine Steuerangelegenheit war, interessierte lange nicht so wie die Frage, ob der ungeschickte Bräutigam nun den Ring auf den geschwollenen Finger der Auserwählten kriegte oder nicht. Und wie immer grinsten beide dabei so dämlich verlegen, dass es zum Fremdschämen war.

Trauerfeiern und Bestattungen hingegen waren oft ein stilles Fest der Wahrhaftigkeit. Schon die Vorgespräche in den Wohnungen, in denen manchmal noch der aufgebahrte Tote lag, fanden in einer Atmosphäre der Andacht statt. Die vom Ernst der Endgültigkeit hervorgerufene Blässe in den Gesichtern der Verwandten hatte etwas von einem heiligen Schein, und selbst in den armseligsten, geschmacklosesten oder protzigsten Behausungen schien plötzlich die Weisheit zu wohnen. Und so absurd es klang: Während er sich seine Notizen über die Lebensstationen des Verstorbenen machte, über seine Vorlieben, Abneigungen, Hoffnungen und Hobbys, war er oft glücklich in seinem Beruf, weil hier das schöne Wort Seelsorge endlich wieder stimmte: Sorge tragen für eine Seele. Und dann ermahnte er sich zu mehr Präzision und Einfühlsamkeit im Fragen, damit seine Rede

den Hinterbliebenen auch wirklich nahegehen würde. Denn nie hörten die Menschen so genau zu und ließen sich so tief in ihrer eigenen Sterblichkeit berühren wie bei einer Trauerfeier.
Hanne, die Vikarin, hatte ihm den Talar und die Halskrause abgenommen und ihm ihre Autoschlüssel gegeben, und er schlüpfte in Sakko und Mantel und nahm sich eine Handvoll ihrer Weihnachtskekse aus der Schale. Im Gegensatz zu seinem Dienstwagen, einem geräumigen Audi, den er neulich nicht ganz nüchtern gegen einen Prellstein gelenkt hatte, war ihr alter Toyota Yaris ziemlich eng, und die Polster rochen nach Nikotin und der Katze, die ihr vor Kurzem zugelaufen war, ein sehr scheues Tier, das nur noch ein Ohr hatte und bei seiner wohl ersten Autofahrt alles bepisst hatte vor Angst.
Er nahm den Weg durch die Innenstadt, die Straßen waren um diese Zeit fast leer, und auch im Laden von Cluvensiek & Söhne, dem Konditor, standen nur zwei Kunden. Die meisten braven Bürger in dem Bezirk hatten ihre Sonntagskuchen schon vormittags gekauft. Eine Schachtel von den selbstgemachten Pralinen ließ er sich geben, ohne Alkohol, und nachdem er hinter dem Universitätsgelände auf den Parkplatz gebogen war, stellte er den Motor aus und schloss einen Moment lang die Augen. Aber das Gebet, das er versuchte, gelang ihm nur oberflächlich, der Raum hinter dem Wortlaut blieb verschlossen, und er öffnete Hannes Handschuhfach und kramte zwischen Papiertüchern, Landkarten und einem runzeligen Apfel nach Zigaretten.

Eine einzige in einer grünen Packung gab es noch, eine mentholhaltige, und als er den süßlichen Rauch in die Lunge sog, fielen ihm glimmende Tabakkrümel auf die Brust. Das Hemd war neu, er fluchte leise, und sein hektisches Wischen und Klopfen blieb nicht unbemerkt: Schwester Gerda, die gerade in ihrem Dufflecoat und den etwas klobigen Schnallenschuhen über den Parkplatz kam, Akten unterm Arm, trat an das Fenster, und er kurbelte es herunter. Eisige Luft strömte herein. »Na, Herr Pastor, das mit den Drogen üben wir besser noch ein bisschen«, sagte die kleine, immer agile Frau und schmunzelte streng. »Soll ich Ihnen mal ein paar schöne Farbfotos aus der Fachwelt schicken, faustgroße Bronchialkarzinome, Kehlkopfresektionen und so? Außerdem müssten Sie Ihrer Gemeinde doch ein gutes Beispiel geben, oder?«
Noch einmal sog er den Rauch ein, stieß ihn durch die Nase und ließ den Zigarettenrest aufs Pflaster fallen. »Ich weiß«, sagte er, »schmeckt auch gar nicht! Dumme Gewohnheit.« Er seufzte leise und sah reumütig zu ihr auf. »Komme ich jetzt in die Hölle?«
Die Schwester lachte, umfasste ihre Akten fester und wies mit einer Kopfbewegung auf die Kinderklinik, den neuen Flügel: »Das müssen Sie den allwissenden Herrn Dingens fragen. Aber der wird wohl gnädig mit Ihnen sein, Sie sind ja sonst ein netter Kerl. Und jetzt gehen Sie mal hoch, das Mittagessen ist gerade vorbei, und sie wartet bestimmt schon. Die letzten Werte waren übrigens gar nicht so schlecht, sie konnte gestern

Abend sogar ein wenig ums Bett herumgehen mit ihrer Mutter und kam mir auch weniger verwirrt vor als sonst.«

Dann verschwand sie im Verwaltungsgebäude, und er glitt aus dem Mantel und eilte über den Platz; fast wäre er auf einer gefrorenen Pfütze ausgerutscht. »Dienstfahrt« blinkte auf dem Display über der Lifttür, aber er wollte nicht warten; die jähe Freude, die in ihm aufstieg, ließ ihn immer zwei Stufen auf einmal in die dritte Etage nehmen. Einige der flüchtig angepinnten Kreide- und Aquarellbilder an den Wänden hoben sich in der Zugluft, als er die Glastür zur Station aufdrückte, die bunt gefiederten Korken an dem Mobile unter der Decke tanzten.

Auf dem Flur schoben die Schwestern soeben die leeren Tabletts in die Rollwagen der Zentralküche zurück, wobei ihnen die größeren, oft kahlköpfigen Kinder halfen. Die Tür des Büros stand offen, doch der Stationsarzt, der die Tagesbefunde unter Verschluss hielt, war nicht darin; ein Mann mit grellgrüner Lockenperücke saß an seinem Schreibtisch, blickte traurig in einen Spiegel und schminkte sich ein Lächeln ins Gesicht.

Für Fremde war Thomsen nicht als Geistlicher zu erkennen: Seit Wochen schon trug er kein Kollarhemd mehr in der Klinik, denn anfangs hatte er viele erschreckt, vor allem die Eltern, die natürlich glauben mussten, irgendein Kind bekäme den letzten Segen. Er eilte zum Flurende, wo sich die Infektionsabteilung befand, drei Zimmer, und schon während er sich im Vorraum die

Hände mit »Sterillium« einrieb, in die Überschuhe schlüpfte und den gelben Einmalkittel auf dem Rücken zuband, sah er, dass es kaum stimmen konnte, was Schwester Gerda ihm draußen gesagt hatte, nicht dem Augenschein nach: Vermutlich hatte sie ihn trösten oder aufmuntern wollen.

Zwar waren die Monitore für das EKG, die arterielle Blutdruckkurve und die Temperaturmessung ausgeschaltet worden, doch konnte er sogar durch die getönte Scheibe erkennen, dass es seiner Tochter nicht besser ging, im Gegenteil. Die bunte Wollkappe, die Hanne ihr gehäkelt hatte, sah fast ein wenig zu groß aus auf dem schmalen Kopf, die umschatteten Lider waren geschlossen, und die Arme lagen wie ergeben neben dem Körper, beide Handflächen hervorgekehrt. Auch bekam sie weiterhin Infusionen, zwei halbvolle Plastikbeutel hingen an dem Stativ neben dem Bett, der Tropfenzähler blinkte.

Am Fußende sahen ihre Maussocken mit den goldenen Schnauzhaaren hervor, und Pia öffnete die Augen, als er in das Zimmer trat, blickte sich erschrocken um. Die beiden benachbarten Räume jenseits der Wände aus blaugrauem Glas, das sich per Knopfdruck eintrüben ließ, waren leer, die Betten mit Plastikhüllen bezogen, und er neigte sich über seine Tochter, rückte die Mütze zurecht und küsste ihre Schläfe. Da schloss sie wieder die Augen, scheinbar beruhigt. »Hallo Papa«, flüsterte sie. »Hast du geraucht?«

Er zog das Kinn an den Hals, ein gespieltes Stutzen.

»Woher weißt du das nun wieder? Kannst du hellsehen? Bist du ein Medium? Oder hat dir das Herr Dingens erzählt?«
Sie seufzte erschöpft. »Ich rieche es, wie bei der Mama. Rauchen macht Krebs, das weißt du schon, oder?«
»O nein, wirklich? Aber gut, dass du's mir sagst. Deine Mutter hat übrigens nie geraucht.«
»Weiß ich doch; aber ihr Freund, der sie immer fährt, der raucht. Hast du eine gute Predigt gehalten?«
Er setzte sich auf den dreibeinigen Hocker neben dem Bett und öffnete die Pralinenschachtel, die er gekauft hatte. »Super«, sagte er. »Absolute Spitze. Ich war in Topform, anders kann man es nicht nennen, hab sie alle mit mindesten tausend Watt erleuchtet. Begeisterungsrufe, verzückte Schreie, langer, nicht enden wollender Applaus, wie schon beim Abendmahl gestern. Als Wein und Brot alle waren, haben sie mir die Nägel von den Fingern geknabbert. Hier, schau!«
Sie stieß etwas Luft durch die Nase, schluckte trocken. »Ach, komm«, sagte sie, »nun werd mal erwachsen. Ist die Schachtel desinfiziert?«
Aufstöhnend fuhr er hoch und zog ein feuchtes »Sagrotan«-Tuch aus dem Spender an der Wand. »Hanne lässt dich wie immer schön grüßen«, sagte er über die Schulter. »Sie kocht verdammt gut für eine Vikarin, jede Kartoffel hat einen Heiligenschein. Gestern gab es vegane Cannelloni mit Fenchelsalat, und sie hat schon versprochen, dir dein Lieblingsessen zu machen, wenn du hier rauskommst.«

Ohne die Augen zu öffnen, runzelte Pia kurz einmal die Stirn. »Hat sie? Was ist denn mein Lieblingsessen?«
Er sah hinaus, überlegte einen Moment. »Na, Krähenfüße mit Vanilleeis, oder? Von den Rosenknospen kriegtest du ja immer diese Blähungen.«
Es war vergeblich, sie verzog keinen Mundwinkel. Er konnte sie nicht aufheitern an diesem Sonntag, an dem sich Schneewolken über dem Klinikpark türmten, schiefergrau, und schon vereinzelte Flocken gegen das Fenster geweht wurden. Hörbar schmatzend aß er eine Praline, doch sie reagiert auch jetzt nicht, und die Stille im Zimmer nahm zu; nur manchmal klickte und knackte es in dem elektronischen Tropfenzähler. Weil kein Arzt mehr eine Ader finden konnte an den zarten, wieder und wieder punktierten Armen der Achtjährigen, hatte man ihr einen sogenannten Cavakatheter gelegt, eine Verbindung, die unter dem Schlüsselbein direkt in die Herzvene führt.
Sie öffnete die Augen. »Kannst alle aufessen«, sagte sie mit Blick auf die Pralinen. »Ich habe gar keinen Appetit, auf nichts. Heute gab es Kalbsbraten, ganz zart, aber ich kriegte nicht mal eine halbe Kartoffel runter. Alles ausgespuckt. Wirst du die Hanne eigentlich heiraten?«
Er starrte sie an. »Ich werde was? Bist du verrückt? Wie kommst du jetzt darauf, bitte?«
Mit dem Daumen wies sie auf den Nachttisch. »Herr Dingens hat es mir erzählt. Er findet, dass ihr gut zusammenpasst, weil ihr immer über dieselben Sachen lacht,

und vielleicht ist sie ja netter als … Sie hat so eine schöne Stimme, sagte er, und wenn man eine streunende Katze mit einem abgebissenen Ohr zu sich nimmt und füttert, ist man sowieso ein guter Mensch. Sie spielt auch prima Kinder-Scrabble und hat mich gewinnen lassen, obwohl sie nicht wusste, was ›Kröker‹ bedeutet.«
Er grinste. »Na, das kann auch kein normaler Mensch verstehen. Nur so Ausgeflippte wie wir. Weißt du übrigens, was ein Krümelschieber aus Möhrengouda ist? Hab ich heute beim Frühstück erfunden.«
»Ach, Papa …«, murmelte sie. »Heiratet ihr nun oder nicht?«
»Nicht im Traum!«, antwortete er. »Dazu müssten wir uns erst mal ineinander verlieben, oder? Wir sind Kollegen, ich bin ihr Mentor, weiter nichts. In einem halben Jahr ist ihre Zeit als Vikarin bei mir zu Ende, dann macht sie ein paar letzte Prüfungen, kriegt ihr eigenes Pastorat irgendwo in Deutschland, und wir werden uns nie wiedersehen, oder nur auf den Kirchentagen. Ich find's ja auch schade, denn ihre Kekse sind wirklich der Hammer. Ich hab noch welche in der Tasche, willst du einen probieren?«
Sie verzog das Gesicht, es sah gequält aus. »Ich sagte doch gerade, dass ich sofort kotze. Lenk nicht immer ab. Wir möchten nämlich nicht, dass du allein bist.«
»Wer, wir?«
»Na, Herr Dingens und ich. Er meinte, das wäre nicht gut für dich, weil du vielleicht wieder so traurig wirst und Pressionen kriegst und nicht mehr aus deinem

Zimmer kommst. Und Schnaps getrunken hattest du auch.«

»Was meinst du jetzt: diese miesen kleinen Wesen, die wie Staubmäuse unterm Schrank hervorwehen? Die heißen *De*-pressionen, Liebling. Aber die habe ich schon lange nicht mehr, keine Sorge; die Tabletten wirken. Und wieso denkst du, dass ich allein sein könnte? Ich habe Gott und die himmlischen Heerscharen, ich habe eine ganze Gemeinde voller freundlicher Leute, die mich jeden Tag nerven, und ich habe dich und Herrn Dingens!«

Wieder stieß sie etwas Luft durch die Nase, als wäre er ein hoffnungsloser Fall, und er blickte in das jähe Schneegestöber vor dem Fenster, das den Raum verdunkelte. Doch die kalte Neonröhre über dem Bett mochte er nicht anschalten, und so drückte er auf den Knopf der »Zauberlaterne«, die auf einer Kommode voller Spritzen und Verbandszeug stand. Ein beweglicher Zylinder projizierte bunte Märchenszenen auf den Pergamentschirm, und am Ende jeder Umdrehung lächelte ein pausbäckiger Mond. »Es ist übrigens ein Clown im Haus«, sagte Thomsen. »Hab ihn gerade im Büro gesehen. Kommt er auch zu dir?«

»Nein«, antwortete sie, »wahrscheinlich hat jemand Geburtstag. Er darf hier nicht rein, wegen der Bazillen in der Perücke. Aber ich mag sowieso keine Clowns. Die sind gar nicht lustig; die lassen sich dafür bezahlen. Mit Herrn Dingens lach ich mehr.«

»Das glaub ich sofort. Wo steckt er eigentlich.«

»Er schläft. Kann ich was zu trinken haben?«
Ihr Vater erschrak; am Vortag noch hatte sie sich den Plastikbecher mit dem Früchtetee selbst vom Nachttisch nehmen können. Nun war ihm eine Art Schnabel aufgesteckt worden, und als er den an ihre Lippen hielt, verschluckte sie sich zunächst. Das Husten durchschüttelte den zarten Körper derart, dass ihr Blut aus der Herzvene ein Stück weit in den transparenten Infusionsschlauch schoss. Aber der zweite Schluck machte schon weniger Mühe, und nachdem er ihr das Kinn mit einem Stück Zellstoff abgetupft hatte, japste sie leise und fragte: »Stimmt es eigentlich, was Herr Dingens gestern gesagt hat? Diese ganze Streiterei, die knallenden Türen und die Scherben damals, war ich daran schuld? Weil ich vielleicht nicht so lieb war? Ist die Mama meinetwegen weggegangen?«
Die Mütze war erneut verrutscht und zeigte den Ansatz ihrer ehemals rotblonden Haare, jetzt nur noch ein Hauch von Flaum, in dem es winzige Schorf-Inseln gab, und da er nicht gleich antwortete, öffnete sie die hellblauen, etwas starr blickenden Augen und sah ihn an. Wenn sie die Stirn runzelte, fiel kaum auf, dass sie keine Brauen mehr hatte. »So ein Quatsch!«, sagte er verärgert. »Wie kommt der dazu, dir sowas ins Ohr zu setzen! Wenn er hier schon den Seelsorger für kleine Mädchen spielt, dann bitte mit Sachkenntnissen, ja? Kein Kind kann schuld an irgendwas sein, dazu hat es noch gar nicht lange genug gelebt. Auch du bist es nicht! Darf ich mal mit ihm sprechen?«

Er beugte sich vor, zog die Nachttischlade auf, und sie hob eine Hand mit den bunten, von Hanne bemalten Fingernägeln und sagte flehentlich: »Nicht jetzt! Lass ihn doch bitte schlafen. Wir haben die ganze Nacht geredet, er war müde wie ein Hund.«

»Ach ja? Er ist aber ein Vogel«, sagte ihr Vater, »und die stehen früh auf. Na los, raus mit dir! Jetzt gibt's was auf die Ohren!«

Er langte in die Lade und zog den schwarzen Satinstoff hervor: Eine Puppe war Herr Dingens, eine chinesische Handpuppe, die entfernt an einen Pinguin erinnerte. Man konnte den Daumen und den kleinen Finger zum Winken oder Gestikulieren in die kurzen Flügel stecken, aber der gelbe Schnabel sah eher wie eine Hakennase aus, und die vorstehenden roten Plüschaugen schienen in verschiedene Richtungen zu blicken, zumal eines herabhing an seinem locker gewordenen Faden. Vor Jahren hatte er sie ihr aus Singapur mitgebracht, von einer Ökumene-Tagung, und als die damals Vierjährige ihm das Markenschild hingehalten hatte in dem Glauben, der Name stehe darauf, übersetzte er ihr die chinesischen Schriftzeichen kurzerhand mit »Herr Dingens«.

Daraufhin wollte Pia nichts mehr vorgelesen bekommen am Abend. Vielmehr sollte er sich mit der Puppe über der Hand auf ihren Bettrand hocken, und sie streichelte sie und erzählte ihr etwas über die Abenteuer und Geheimnisse des vergangenen Tages, wobei sie meistens mit »Hör mal, Herr Dingens …« oder »Herr Dingens, weißt du was?« begann. Und so erfuhr er alles über ihre drückenden Schuhe und das zu straffe Gummi an den Kniestrümpfen, über Graupen, die sie eklig fand, weil sie wie »Raupen« klangen, oder über Frau Fredegard, die blöde Kindergärtnerin, die ihr keine blaue Flöte geben wollte, weil den Mädchen nur rosafarbene zustünden. Auch dass sie den sommersprossigen Jasper liebte, sich einen Roller wünschte und manchmal Bauchschmerzen nach dem Kacken hatte, das erfuhr er über ihre Gespräche mit Herrn Dingens.

Er selbst musste dabei gar nicht viel sagen oder fragen, nur ein bisschen mitleidig krächzen, erstaunt pfeifen oder die Hand im Gelenk bewegen, damit es wie ein Nicken oder eine Verneinung aussah. Fielen ihr schließlich die Augen zu, legte er die Puppe so in die Lade ihres Nachtschränkchens, dass die Schnabelspitze daraus hervorsah.

Aber eines Tages wollte Pia ihren Vater nicht mehr bei den Gesprächen dabeihaben. Damals wurde es gerade Frühling und sie hatten Blumen aus dem Garten hinter dem Pfarrhaus gepflückt, und da sie das Wort Krokusse nur schwer aussprechen konnte, sagte sie kurzerhand Kröker. Ihre Mutter wiederum nannte sie manchmal Mucki, wie Thomsen, wenn es gerade harmonischer zuging zwischen ihnen, und er lachte auf, als sie an dem Abend zu Herrn Dingens sagte: »Heute haben wir Kröker für Mucki gepflückt.«

Auch seine Schwägerin und ihr Mann, denen er es tags darauf erzählte, mussten lachen, was Pia offenbar glauben ließ, sie würde verspottet; denn plötzlich war ein anderer Ernst in ihrem Blick, etwas Verletztes, und er sah zu spät, dass sie sich schämte. Von da ab wollte sie Herrn Dingens nur noch allein von ihrem Tag und seinen Geheimnissen erzählen und zog ihn erst aus der Lade, wenn Thomsen ihr eine gute Nacht gewünscht hatte und aus dem Zimmer ging. Durch den Türspalt konnte er sie flüstern hören, und manchmal lag die Puppe morgens noch auf ihrem Kissen.

Der Schneeschauer verflog, das Grau der Wolken wurde etwas heller, und Thomsen stülpte sich den Satinstoff über die Hand, starrte die roten Plüschaugen an und sagte mit gespieltem Grimm: »Du schräges Wesen! Wie kommst du dazu, meiner Tochter so einen Unfug einzureden? Was weißt denn du überhaupt von der Ehe? Wenn jemand seine Familie verlässt, tut er es ganz bestimmt nicht wegen einer Laune oder gar wegen der Kinder! Dann tut er es, weil er nicht anders kann; weil er keine Wahl hat und die neue Liebe stärker ist als alles, was er vorher erlebt hat! Ist es denn nicht besser, dass Pias Mutter ihrer Leidenschaft folgt und aus dem Ruhrpott nach Köln zieht, als dass sie zu Hause immer graue Laune hat und diese ekligen Raupen kocht?«

Er schüttelte die Faust unter dem Satin, an dem es hier und da Kakaoflecken gab, das lockere Auge pendelte hin und her, und seine Tochter sagte: »Bitte, Papa, schimpf ihn nicht aus! Er kriegt Zustände. Die Mama war das letzte Mal schon so grob zu ihm, mit einem furchtbaren Wort: Ich soll den Putzlumpen endlich auf den Müll schmeißen, hat sie am Telefon gesagt, und das hat ihn sehr gekränkt. Wir konnten beide nicht schlafen!«

Er nickte zerknirscht. »Na ja, entschuldige«, antwortete er, »das rutschte jetzt so raus. Eigentlich ist er ja ein feiner Kerl, mindestens so klug wie du – allerdings ein bisschen vollgesabbert, oder? Küsst ihr euch schon?«

Sie riss die Augen auf, und endlich lächelte sie einmal. »Papa!«, hauchte sie, »du bist eklig!«

»Mag sein«, erwiderte er, »aber immerhin dusche ich einmal am Tag, vom Rasieren nicht zu reden. Ich könnte deinen Vogel heute ja mitnehmen, auf eine Runde in unserer neuen Waschmaschine, Schongang. Das mag er sicher gern, das ist wie auf der Kirmes, und hinterher bügelt Hanne ihm die Flügel und den Schnabel wieder glatt, und er sieht aus wie neu und kann dir erfrischt die Ohren vollquatschen.«

»Und wenn ihm das Auge abfällt?«

»Na, das würden wir natürlich vorher festnähen, versteht sich. Unter Vollnarkose und mit einem roten Herzfaden, wie es sich gehört. Meinst du, diese Nacht kommst du ohne ihn klar?«

Starr ihr Blick, geistesabwesend das Nicken; sie hob eine Hand und kratzte sich etwas Schorf von der Schläfe. »Wird schon gehen ... Muss ja«, murmelte sie. »Weißt du übrigens, was er gestern noch gesagt hat? Als der Opa gestorben ist voriges Jahr und du so geweint hast, war ihm ganz mulmig zumute. Einen Moment lang hat er sogar gedacht, dass du uns was vorgeflunkert hast. Weil du ja immer predigst, man wird auferstehen wie

der liebe Jesus an Ostern, und dann muss man eigentlich nicht weinen, oder? Das wäre ja ein Grund zur Freude! Aber du hast geweint, Papa, ich nur ein bisschen, und Herr Dingens meinte, dass du vielleicht die Bibel nicht so gut verstanden hast.«
»Die was?«, fragte er. »Welche Zwiebel?«
Sie schloss die Augen, was nachsichtig aussah. »Auf dem Friedhof hatte ich mir ja auch vorgestellt, dass der Opa nun ewig lange allein in dem Loch da liegen muss, in der eisigen Erde, mit den stinkenden Blumen«, fuhr sie fort. »Mindestens bis Ostern. Aber Herr Dingens sagte, die Auferstehung von den Toten ist das ganze Jahr, sonst gäbe es ein riesiges Gedränge. Logisch, oder? Er ist immer sehr logisch. Ostern ist zwar für Jesus reserviert, auch Christi Himmelfahrt, aber wir können eigentlich immer hoch. Der Opa ist jetzt schon oben, Herr Dingens meinte sogar, er hat ihn gleich am Beerdigungstag in den Wolken gesehen mit seinem weißen Bart.« Sie tastete nach Thomsens Hand. »Also weine nicht, hörst du. Er wartet auf uns, und wenn wir kommen, züchtet er bestimmt schon wieder Kaninchen.«
Erschöpft war sie, immer leiser hatte sie gesprochen und am Ende fast nur noch geflüstert. »Okay«, murmelte er und tupfte sich die Lidwinkel mit dem Daumen trocken. »Nun hab ich's verstanden, glaub ich. Ein Pfarrer sollte nicht so nah am Wasser bauen. Aber man ist ja auch nur ein Mensch, hat nur einen Vater. Und der war vermutlich ein besserer, als ich es bin …«
Pia reagierte nicht, seufzte nur leise, und er stand auf.

»Na, ich glaube, du wirst jetzt müde, oder? Dann mach ich mich mal langsam vom Hof. Vielleicht finde ich ja einen Medizinmann, der mir was über deine letzten Werte sagt, und morgen Vormittag, gleich nach dem Konfirmandenunterricht, sind Herr Dingens und ich wieder hier.« Er hielt ihr die Puppe hin, pickte mit dem Stoffschnabel gegen ihre Wange. »Frisch gewaschen und kussbereit! Übrigens gibt es nachher sicher Kakao und Kuchen, versuch mal, was zu essen, ja? Deine Mutter kommt gegen Abend, wenn ich sie richtig verstanden habe.«

Pia nickte kaum merklich, hielt die umschatteten Augen aber geschlossen. Wieder küsste er ihre Stirn und zupfte die Mütze zurecht, und nachdem er die Plastiküberschuhe und den Einmal-Kittel in den Abfallsack im Vorraum gestopft hatte, drückte er auf den Spender für das Desinfektionsmittel. Die alte, goldbedruckte Bilder-Bibel in seinem Elternhaus hatte immer ähnlich gerochen, weil sie im Schrank mit den Putzmitteln aufbewahrt wurde. Nur wenn der Pfarrer Hausbesuche machte, legte die Oma sie auf die Flurkommode, und plötzlich sah Pia ihn an aus dem fahlen Licht der Zauberlampe, hob kurz die Hand und ließ sie wieder auf die Decke sinken. Die Mütze war erneut verrutscht.

Im Dienstzimmer saß Schwester Gerda und stempelte dem Clown irgendwelche Formulare, ehe sie Geld aus einer Kassette nahm, und als Thomsen auf den Verschlag zeigte, hinter dem sich der Schreibtisch des Stationsarztes befand, sagte sie schulterzuckend: »Gerade war er noch da. Schauen Sie mal in der Sieben nach. Was passiert denn mit Herrn Dingens? Muss er in die Augenklinik?«

»Ach was«, sagte Thomsen und musterte einen Moment das Gesicht des abgeschminkten Clowns, eines älteren Mannes mit lippenlosem Mund und eingefallenen Trinkerwangen, der wie die Schwester auf die Puppe in seiner Hand blickte. »Wir Angestellten des Herrn erledigen kleinere Operationen selbst. Falls Sie mal eine Seelen-Transplantation brauchen, das geht rapp-zapp. Warum waren eigentlich die meisten Monitore abgestellt? Kommt Pia demnächst auf eine normale Station?«

»Wohin? Ja, durchaus möglich. Wie ich schon sagte: Die Werte waren gar nicht so übel, und gestern Abend ist sie fast allein zum Klo gegangen. Aber fragen Sie am besten Dr. Hernandez in der Sieben. Ach, Mensch, jetzt hab ich mich schon wieder verzählt …«

Thomsen ging über den langen Flur bis zu dem Mobile aus gefiederten Korken und blickte in das offene Zimmer, in dem mehrere Gitterbettchen standen. Dr. Hernandez war ein großer, gutaussehender Kolumbianer, durchaus humorvoll, wenn man ihn zufällig einmal in der Stadt traf. Doch in der Klinik hielt er sich die Menschen mit einem ähnlich kühl konzentrierten Gesichtsausdruck vom Leib, wie Thomsen es manchmal vor seiner Kirche tat – eine Art geistiger Prophylaxe, um nicht krank zu werden von all dem Leid und der Sentimentalität, die manche Gemeindemitglieder auf einen abluden, oft halbe Stunden lang. »Runterbügeln« hatte Ale-

xandra, Pias Mutter, das einmal genannt. »Du bügelst die Leute ja ganz schön runter mit deinem glatten Lächeln.« Das stimmte womöglich, war aber ein nötiger Schutz.
Der Arzt unterhielt sich mit einem Elternpaar, tippte immer wieder auf einen Befundbogen in seiner Hand, und die beiden nickten abwechselnd und blickten auf das winzige Bündel in dem Gitterbett, offenbar ihr Baby. Das Beatmungsgerät, das danebenstand, war nicht angeschlossen.
Eine weitere Gemeinsamkeit gab es zwischen Priestern und Ärzten: Weil sie es täglich mit unzähligen fremden Menschen und ihrer Not zu tun bekamen, war ihr Erinnerungsvermögen im Beruflichen und auch ihr Personengedächtnis fast verkümmert, und so wie ein Patient für einen Mediziner irgendwann nicht mehr Herr oder Frau Sowieso hieß, sondern »das Ulkus«, »die Niereninsuffizienz« oder »der Apoplex« war, so sah der Geistliche zunächst kaum mehr als »die Taufe«, »die Heirat« oder »das Begräbnis«, ehe ihm die Namen der Menschen oder ihrer Hinterbliebenen einfielen.
Auch ohne ihre Kaschmirmäntel – es war warm in dem Zimmer, sie hielten sie zusammengerafft in den Ellenbeugen – erkannte er die jungen Leute wieder, die am nächsten Wochenende getraut werden wollten und gerade von der Vorbesprechung mit Hanne gekommen sein mussten. Während der Arzt redete, nahm der Mann sich auch noch den Schal ab, und über dem muskulösen Hals, der auf einen starken, im Fitness-Studio gestählten Kör-

per schließen ließ, sah sein Gesicht nun bleich aus und zum Erbarmen schmal. Er legte einen Arm um die Frau, deren Finger beim Zurückstreichen einer Haarsträhne zitterten und die sich kurz einmal umblickte, als würde sie nach einem Ausweg aus dem Raum oder der Situation suchen – und keinen sehen.

In Tränen schwamm ihr Blick, und Thomsen beschloss, den Stationsarzt später anzurufen, und ging über den Parkplatz zu Hannes Auto. Der Wind hatte den vorhin gefallenen Schnee fast schon wieder vom Pflaster gefegt, und in den hohen Buchen des Parks sammelten sich wie an jedem Nachmittag die Raben, um später zu irgendwelchen Schlafbäumen zu fliegen. Der Zigarettenrest, den er vor einer Dreiviertelstunde hatte fallen lassen, war ein Stück weit unter das Auto gerollt und dort erloschen, wundersamerweise aber nicht nass geworden. Der Stolz darauf, seit Pias Einweisung in die Klinik, seit über acht Wochen, nicht geraucht zu haben, war bei Licht besehen schon vorhin zu Asche zerfallen, und so griff er nach der Kippe, sank auf den ausgeleierten Sitz des Toyota und steckte sie wieder an. Ein paar Züge gab sie wohl noch her.

Hier und da schwebten Raben von den Bäumen auf den Parkplatz herab, etwas beinahe Komödiantisches lag in der Gravität, mit der sie auf der Suchen nach Abfällen zwischen den Autos herumwatschelten und ihre keilschriftartigen Spuren auf den Schneeflecken hinterließen, und er streifte sich die Puppe über die linke Hand, nickte ihr zu und sagte mit dem ausströmenden Rauch:

»Du müffelst wirklich, komischer Vogel. Ist dir übrigens klar, dass du kein Kinn hast? Das sieht total scheiße aus.«
Er blickte in den Spiegel, ließ Herrn Dingens den Kopf schütteln und antwortete krächzend: »Wer eine Hakennase hat, braucht kein Kinn. Du warst auch schon schöner, Alter.«
Noch einmal zog er an der Zigarette und schnippte die Kippe hinaus. Dann stülpte er den Stoff um und versuchte, den Zwirn des baumelnden Auges nach innen zu ziehen, was mit seinen abgenagten Fingernägeln aber nicht gelingen wollte. Also riss er es aus, schob es in die Hülle seines Handys und steckte die Puppe in die Jacke. Fröstelnd startete er den Wagen.
Langsam fuhr er zur Schranke. Vor dem türkischen Imbiss gegenüber gab es einen kleinen Tumult; zwei große Raben hackten immer wieder auf einen kleinen ein, dem ein Stück gierig verschlungenes Brot aus dem Schnabel ragte. Möglicherweise war er das Junge der beiden, und in seinem Krächzen, das fast wie ein Quengeln oder Quietschen klang, glaubte Thomsen auf einmal zu hören, was nicht sein durfte. Eine gespenstische Sekunde lang hallten die beiden Silben in ihm nach, und er schlug sich mit dem Handballen gegen die Schläfe, wie er es als Kind oft getan hatte bei Gedanken, die verboten waren und darum immer wiederkehrten. In seine Jackentasche langend, schloss er die Faust um den Schnabel der Puppe und sagte: »Niemand stirbt, verstanden!«
Gleichzeitig sah er die Frau im Rückspiegel, die rasch,

fast rennend den Parkplatz überquerte. Die Arme fröstelnd vor der Kittelbrust verschränkt, die Augen groß, schien sie etwas zu rufen, der Wind riss ihr die Atemwolken von den Lippen. Und während plötzlich sein Telefon klingelte und ihn nach all der Zeit zwischen Furcht und Hoffen die Gewissheit anging, kam ihm das glänzende Gefieder der Raben einen Lidschlag lang höhnisch vor, wie eine eingeborene Anmaßung – als wollte es schwärzer sein als die Farbe Schwarz.

Lautlos hob sich die Schranke, und das rasche Hämmern der Absätze und das heftige Winken Schwester Gerdas ließ die Vögel vom Platz in alle Himmelsrichtungen fliehen, ein träges, nahezu gemächliches Aufsteigen der schweren Körper, die sich, kaum waren die Krallen angelegt, leicht wie nichts in die Höhe schwangen.

Eine kleine Metall-Unterhaltung

Meine Mutter hatte nur einen Arm. Der rechte war ihr 1945 abgerissen worden – eine Tellermine, die das Kind auf der Flucht aus Schlesien aus dem Weg räumen wollte. Trotzdem konnte sie später studieren und arbeitete in Offenbach als Deutschlehrerin an derselben Schule, auf die ich dann musste. Man machte Witze über sie und ihre leeren Kostüm- oder Blusenärmel, nannte sie die Hohle, und so musste ich gut sein, besser als gut in allen Fächern, was ich außer in Mathe nie war. Das verstimmte sie oft, denn sie hatte eine musische Ader, konnte ihren Goethe mit geschlossenen Augen lesen und schrieb selber Gedichte.

»Was willst du später eigentlich mal werden?«, hatte sie mich ein Jahr vor ihrem Tod gefragt, und weil ich gerade in so einer vorpubertären Trotzphase war, hatte ich »Bankdirektor!« gesagt. »Mit fünfundzwanzig fahre ich meinen ersten Ferrari, feuerrot!«

Da lächelte sie bitter und nickte, als hätte sie genau diese Antwort erwartet. »Na, Möpschen, das würde ich mir noch mal überlegen«, murmelte sie. »Wer sein Leben mit Zahlen verbringt, endet meistens als Null.«

Damit – das ging mir aber erst später auf – hatte sie natürlich meinen Vater gemeint, der Steuer- und Finanzberater war, mit einem Büro im Keller. Wir hatten einen kleinen Hund, den Joschi, so einen zauseligen mit Schnauzhaaren, den sie beim Fernsehen oft auf ihren Schoß zog. Dabei trank sie Jägermeister aus dem Wasserglas, und irgendwann küsste sie ihn, den Köter. Sie schmatzte ihn richtig ab und ließ sich von ihm den Mund und die Zunge lecken, auch wenn er gerade sein Dosenfleisch gefressen hatte und wie ein Kadaver aus dem Maul stank. Und das tat sie nur, damit mein Vater sich ekelte und ihr nicht an die Wäsche ging, sobald meine Schwester und ich im Bett waren. Aber er tat es trotzdem. Fast jede Nacht sprang er auf ihren Knochen herum, wir konnten es hören.

Ich war dreizehn, als sie eine Überdosis Schlaftabletten nahm, und nach dem Abitur, dem Studium und einigen Irrwegen, zu denen auch zwei kurze Ehen gehörten, war ich doch Verkaufsleiter für Leichtbauhallen geworden. Mit Mitte dreißig hatte ich bereits eine Eigentumswohnung, und zehn Jahre später fuhr ich einen 7er BMW – von wegen »Null«! Damals arbeitete ich wie ein Blöder, um die jeweiligen Vorjahreszahlen zu erreichen, denn die Sättigung des Marktes nahm zu, besonders im Osten. Wo nichts produziert wird, braucht man auch keine Lagerhallen. Ich rauchte zig Zigaretten am Tag, trank zu viel Kaffee, hatte trotz vier verschiedener Mittel einen Blutdruck bis zum Mond und kippte irgendwann einfach um. Ein Aneurysma, das bei Schnapstrinkern leicht vorkommt, sagten sie und legten mir einen Drainageschlauch ins Hirn, durch den die Blutgerinnsel abgesaugt wurden. Mit dem Verband sah ich aus wie so ein Taliban und lag vor Erschöpfung immer nur flach, wochenlang. Doch ich konnte geradeaus denken, halbwegs deutlich sprechen und klar sehen; Glück gehabt.

Eine Zeitlang kümmerte sich Sibylle um mich, meine damals hochschwangere Schwester: Ein Bein knickte mir immer weg, ein Arm blieb lange lahm, und auch in die Badewanne kam ich nur mit Mühe. Aber dann wurde ihr kleiner Benjamin geboren, und ich musste mir eine professionelle Hilfe suchen. Im Glauben, dass mir nie etwas Schlimmes passieren würde, hatte ich seinerzeit die billigste, die Holzklasse meiner privaten Krankenversicherung gewählt. Dafür brummten sie mir nun einen Eigenanteil auf, der ein böser Witz war, und weil man diese Pflegedienste, die überall in ihren kleinen Autos herumflitzen, demnächst wohl mit Diamanten bezahlen muss, hatte ich mich selbst um jemanden gekümmert.

Auf meine Annonce in der »Bäckerblume« hin meldete sich Vjosa. Mitte oder Ende fünfzig, war sie schon vor den ganzen Jugoslawienkriegen nach Frankfurt gezogen, sprach aber bestenfalls Straßendeutsch. Wir wohnten ungefähr in derselben Ecke, ich in Bergen, sie in Enkheim, hatten uns bisher aber nie gesehen, nicht mal auf dem Markt. Als sie zum ersten Mal in ihrem zerschrammten Fiat zu mir kam – ich schleppte mich gerade zum Container, um den gröbsten Müll zu entsorgen –, blickte sie fast erschrocken auf die gestaffelte Fassade des Hauses, das wie ein Ozeanriese über den Rand der Streuobstwiesen ragte. »Keine Angst«, sagte ich und humpelte ihr mit meiner Krücke voraus, »hier wohnen auch nur Menschen – da oben der Dr. Dräger, links daneben Richard Noll von der ›Spedition Rino‹, und eine Kinderärztin, eine Schauspielerin und einen ehemaligen Chefredakteur haben wir auch.«

Sich damals die hundertzwanzig Quadratmeter zu verschaffen, war übrigens leichter gewesen als gedacht: Man zeigt dem gierigen Makler den Finger, geht zum Grundbuchamt und lässt sich vorblättern, welche Immobilien wo zur Zwangsversteigerung anstehen. Das müssen die tun, und dann unterbreitet man den Noch-Besitzern ein Angebot, das zwar weit unter dem ortsüblichen Preis bleibt, von den meisten armen Schluckern mit dem Gerichtsvollzieher im Nacken aber dankbar angenommen wird, besonders wenn man gleich alles in einem Rutsch bezahlt. Verstehe gar nicht, warum so wenige darauf kommen.

Vjosa war eine hagere, ein wenig herb wirkende Albanerin mit schwarz getöntem Haar, und ihre tiefe Stimme kontrastierte seltsam zu ihrem schmalen Gesicht, in dem es trotz der Jahre eine fast jugendliche Empfindsamkeit gab. Ihre Zähne waren allerdings grau, und auch an den verfärbten Fingern der rechten Hand konnte man erkennen, dass sie ziemlich viel rauchte. Zögerlich begleitete sie mich durch den Garten, und als sie fragte, in welcher Etage ich denn leben würde, zeigte ich auf die Fenster im

Souterrain. Sie wurden von dem darüberliegenden Erker des Lufthansa-Piloten und den Fichten am Grundstücksrand überschattet, aber das war mir alles in allem egal; in meiner aktiven Zeit kam ich selten im Hellen aus dem Büro.

»Und das hier«, fragte sie vor der Haustür und starrte auf das Namensschild, »das ist Ihr Briefkasten?«

»Sieht so aus«, antwortete ich grinsend und schloss die Wohnung auf. »Und hier haben wir meinen Schirmständer, das ist mein Sofa und meine Goldfruchtpalme, und da hinten steht mein Bett.«

Das war nicht gemacht, und ich zog die Schlafzimmertür zu und verhandelte mit ihr am Esstisch. Sie nannte sich eine »abgebrochene Altenpflegerin«, besaß also kein Examen oder dergleichen, und hatte wegen einer Krebserkrankung schon länger nicht mehr gearbeitet. Witwe seit Jahrzehnten, mit drei inzwischen erwachsenen Kindern, war sie nun aber gesund und konnte jeden Tag ein paar Stunden zu mir kommen und auch für mich einkaufen. Dass sie die kleine Gästetoilette benutzen und auf der Terrasse rauchen sollte, sah sie ein; mich persönlich hätte es zwar kaum gestört in der Wohnung, aber man kriegt den Geruch ja doch schwer raus, und das könnte den Wiederverkaufswert mindern … Da ich keine Quittung wollte, war Vjosa mit dem gesetzlichen Mindestlohn und freier Kost einverstanden, und so blieb ich noch unter dem aberwitzigen Eigenanteil, den meine Kasse veranschlagt hatte, und wir gaben uns die Hand.

Dabei entstand eine kurze Verwirrung, denn ich bin Linkshänder, aber es klappte von Anfang an gut mit uns, das kann ich sagen. Sie war sehr pünktlich, putzte penibel und kochte unglaublich, vor allem Fleisch. Auch ihre Strudel aß ich meterweise, und weil sie dafür sorgte, dass ich meine Medikamente regelmäßig nahm, und sie außerdem diese ganzen physiotherapeutischen Sachen mit mir machte, die in den Praxen Unsummen kosten, brauchte ich schon bald keinen Stock mehr, jedenfalls nicht in der Wohnung. Sogar der Bremsfuß funktionierte langsam wieder, und die Cortisonsalbe, mit der sie mir jeden Tag den juckenden Rücken einrieb, entfachte ziemlich viel Feuer. Aber am besten waren diese Mohn- oder Quarkstrudel, noch warm und knusprig aus dem Ofen …

Zum Dank dafür brachte ich ihr einmal einen Seidenschal aus dem Hessen-Center mit, gelb und violett gemustert, ein Angebot, Webfehler. Da kamen ihr fast die Tränen. Dass ich der erste Mann seit dreißig Jahren für sie war, glaubte ich ihr aber doch nicht. Obwohl … Am Anfang konnte sie nicht genug kriegen, briet mir Fisch und dicke Steaks und hatte so ein Rezept für mich: Kondensmilch mit viel Zucker und geschlagenem Klar von sieben Eiern; der Hammer. Dafür lässt du jede blaue Pille liegen. Manchmal schlief sie dann auch hier, und einmal, ich hatte das Licht gerade ausgeknipst, erzählte sie mir, dass sie das Haus schon vor ihrem ersten Besuch gut gekannt habe; deswegen ihr ängstliches Erstaunen damals.

Der Sohn des Vorbesitzers war nämlich mit ihrer Tochter auf das Gymnasium am Ried gegangen, sogar in dieselbe Klasse, wo er kaum eine Gelegenheit ausließ, die Kleine wegen ihres südländischen Aussehens zu mobben. Sie war mittlerweile Simultanübersetzerin im NATO-Hauptquartier in Brüssel, aber damals kam sie oft weinend und verzweifelt nach Hause. Von den Brüdern hatte sie keine Hilfe zu erwarten, die mochten sie nicht, weil sie studieren wollte, und so zog Vjosa eines Tages ein paar dieser stinkenden Kotbeutel aus den Körben am Hundeauslauf und warf sie in den Briefkasten des Mobbers und seiner Familie. Und zwar nicht nur einmal.

»Nein!«, sagte ich entgeistert und knipste das Licht wieder an. »Das hast du gemacht?« Ich rückte etwas ab von ihr. »Du hast Scheiße in meinen Postkasten gestopft? Das sieht dir aber gar nicht ähnlich! Hat es denn wenigstens gewirkt?«

»Es war damals noch nicht dein Kasten«, korrigierte sie mich und schmiegte sich wieder an. Seit sie bei mir war, wurde ihr Deutsch immer besser; es machte mir richtig Spaß, sie zu unterrichten, und manchmal guckten wir schon zusammen »Hart aber fair« oder »Lanz«. »Und gewirkt hat es so, dass die Firma seiner Eltern pleiteging und sie jetzt irgendwo im Gallusviertel wohnen«, fuhr sie fort. »Sozialbau.«

Ehrlich gesagt wurde mir da ein bisschen übel, und nachdem sie wieder nach Enkheim gefahren war, habe ich meinen Briefkasten gründlichst mit Chlorpulver geputzt.

Bakterien können ewig leben, stand mal in der Zeitung, und ich wollte mir nicht noch irgendeinen antiken Keim einfangen.
Neunzehn Monate hatte ich inzwischen einen Krankenschein, der Schlauch war aus dem Kopf, und die Haare, wegen der Drainage öfter abrasiert, wuchsen langsam wieder nach. In der ganzen Zeit erkundigte sich übrigens keiner von den lieben Kollegen danach, wie es mir gehe, au contraire. Ich kriegte kaum noch einen von den Relevanten an die Strippe, oder nur ihre Sekretärinnen, und da merkst du ja immer schon am Ton, was die im Aufsichtsrat oder in der Geschäftsleitung von dir halten. Und wenn in den Briefen aus »herzlichen Grüßen« plötzlich »freundliche« oder gar »beste« werden und das sonst übliche »Ihr« oder »Dein« vor der Unterschrift fehlt, war Achtsamkeit geboten. Jedenfalls musste ich wieder an meine Mutter denken, an ihre Gedichte, in denen ich im Gegensatz zu meiner schönen Schwester nie erwähnt wurde, und hatte schon mal einen Fernlehrgang begonnen. Mit meinem BWL-Abschluss konnte ich ebenso gut Immobilienmakler werden, was vermutlich krisensicherer war als der Verkauf von Leichtbauhallen, denen eh keiner mehr traute bei den Stürmen neuerdings.

Gut ein Jahr kam Vjosa nun schon zu mir, alles ging besser mit ihrer Hilfe, und es war kurz vor Ostern, als sie mir erzählte, dass ihre beiden Söhne, schon vor Jahren aus Frankfurt nach Tirana gezogen, sie an den Feiertagen besuchen wollten. Sie habe die Jungen jetzt so lange nicht mehr gesehen, wie wir zusammen waren, und wolle sie mit allerlei Köstlichkeiten bewirten, die sie in ihrer winzigen Wohnung mit dem Zwei-Flammen-Herd und der Mikrowelle aber nur mit Mühe zubereiten könne ... Und da ich durchaus neugierig war auf ihre Familie, ein bisschen Exotik kann nie schaden, erlaubte ich ihr natürlich, meine geräumige Küche zu benutzen. »Aber nur, wenn ich mitessen darf!«, sagte ich augenzwinkernd. »Kommt deine Tochter auch?«

Nein, erwiderte sie traurig, nur die Söhne kämen, die hätten geschäftlich in Hanau zu tun, und als ich wissen wollte, was genau sie eigentlich machten, hob sie die Schultern, zog die Mundwinkel herab und sagte: »Keine Ahnung. Irgendwas mit Autos, glaube ich. Ihr Vater war ein Motorrad-Narr.«

Am Gründonnerstag wollte sie schon früh mit dem Kochen beginnen und bat mich, sie mit meinem Wagen zum Einkaufen zu fahren, denn der Stauraum war natürlich größer. Die Söhne hatten sich zu Sonntag angekündigt, zum Mittagessen, und als ich Vjosa bei Lidl in der Röntgenstraße fragte, ob die Muslime an Ostern auch irgendetwas feierten, die Kreuzigung von dem Jesus vielleicht, oder warum sie die ganzen Sachen einkaufte, sogar Schweinefleisch und Likör, sagte sie: »Na ja, wir sind nicht so streng. Und sie kommen nicht wegen Ostern, sondern deinetwegen.«

»Wieso meinetwegen?«, sagte ich erschrocken. »Du meinst deinetwegen.«

»Ja, natürlich!«, antwortete sie und schlug sich an die Stirn, als wäre sie über sich selbst verärgert. »Komische Sprache …«

Auf dem Parkplatz wollte sie die Lebensmittel und Getränke, zwei Einkaufswagen voll, gleich in meinen Kofferraum schichten, aber ich packte sie erst einmal in die eleganten Taschen der »Galeria«-Feinkostabteilung um, von denen ich immer einen Stapel im Auto habe; die Nachbarn sollen ruhig sehen, wo man sein Geld lässt … Und zu Hause fing sie dann mit dem Kochen, Braten und Backen an, fast drei Tage lang, und ich fand den Teig- und Vanillegeruch ihrer Haut gar nicht so schlecht in den Nächten, jedenfalls besser als den nach Nikotin oder Schnaps, diesem Raki, den sie in letzter Zeit öfter trank. Danach schlafe sie besser, sagte sie. Aber sie schnarchte auch lauter.

Am Ostermorgen war sie schon lange vor mir wach und baute ein riesiges Büfett im Wohnzimmer auf: Meinen ausziehbaren Esstisch hatte sie mit weißen Decken drapiert und darauf alle möglichen Teller und Schüsseln voller Köstlichkeiten gestellt: Polenta mit Rosmarin, Byrek mit Spinat, Pite mit Schafskäse, Hühnerfleisch in Joghurt gebacken, Kutteln in Tomatensud, gekochte Innereien im gegrillten Darm, Röllchen aus Schweinehack, Bällchen aus Rinderhack, Spieße voller Lammzungen sowie Halwa, Baklava und Zuckertaler. Flaschen mit Pflaumen-, Quitten- und Maulbeerschnaps standen zwischen den schön dekorierten, noch mit Frischhaltefolie bedeckten Platten, und ich rieb mir die Augen und sagte:

»Mein Gott, das sieht ja umwerfend aus, wie im Restaurant! Bringen deine Söhne ihre Familien mit?«
»Nein, nein«, sagte sie zerstreut. »Unsere Männer essen viel. Rasierst du dich gleich?«
Aber ich wollte erst noch einen Kleinen verstecken, so entspannt am Feiertagsmorgen. Sie hatte mir mal erzählt, wie froh sie damals gewesen sei, dass ihr Mann lange vor dem Kosovokrieg eine Stelle in Deutschland gefunden hatte, denn in ihrem Elterndorf an der Grenze sei fast jede Frau, auch jede greise und jedes kleine Mädchen, von den serbischen Paramilitärs vergewaltigt worden. Unfassbar, oder? Mag man sich gar nicht vorstellen, und als ich sie ins Bett manövrierte, so sanft, wie es eben geht, wenn man Druck hat, sah sie auf die Uhr und sagte: »Na ja, gut, aber mach schnell!« Was man mir natürlich nicht zweimal sagen musste.

In der stillen Straße waren die Söhne dann eher zu hören als zu sehen: Sie kamen gegen Mittag in zwei Autos mit roten Überführungskennzeichen auf das Grundstück, einem silberfarbenen Lamborghini, breit und flach wie ein Rochen, und einem Maserati Gran Tourismo mit einem stumpfen Camouflage-Anstrich und sechs verchromten Auspuffblenden. Ohne auf die Schilder zu achten, stellten sie sich auf die Plätze von Dr. Dräger und dieser »Polizeiruf«-Darstellerin mit den vielen Perücken, und offenbar hatten sie Spaß daran, noch eine Weile aufs Gaspedal zu treten, um herauszufinden, wer von ihnen lauter war. Die Fensterscheiben vibrierten.

Als sie endlich ausstiegen, zwei untersetzte Männer mit kurzen, im Nacken hoch ausrasierten Haaren und dichten Bärten, dachte ich im ersten Moment, sie wären Zwillinge, zumal beide Cargohosen und ähnlich grüne Militärpullover trugen. Wie ich mir ausrechnen konnte, waren sie Anfang bis Mitte dreißig, hatten aber schon reichlich Gold an den Hüften und beachtliche Bäuche. Rein optisch war ich also besser in Form als sie, die Ärzte hatten mir Gewichtsreduktion und moderates Hanteltraining verordnet, aber wer macht denn heutzutage sowas, wenn es auch anders geht. Ich hatte mich in einem EMS-Studio angemeldet, wo man sich einmal die Woche zwanzig Minuten lang ein paar Stromschläge abholt, die alle Muskeln straffen, und gut ist's. Nur vorm Alkohol hatte ich inzwischen Respekt, und weil ich den fast konsequent wegließ, nahm ich auch ziemlich schnell ab. Ich stand auf, um den beiden die Terrassentür zu öffnen, aber Vjosa rief: »Nein, nicht! Sie müssen durch den Haupteingang kommen!«

Andere Leute, andere Bräuche; ich fragte nicht, warum. Und auch als ihre Söhne um das verwinkelte Gebäude gefunden hatten und klingelten, sagte sie: »Du musst öffnen!« Sie war plötzlich sehr blass, bildete ich mir ein, aber vielleicht lag das auch an den frisch getönten Haaren, deren schwarzer Glanz ihr Gesicht ein bisschen älter und angegriffener aussehen ließ. Besorgt fragte ich sie, ob alles in Ordnung sei, doch sie nahm ihre Schürze ab, lief ins Schlafzimmer und wiederholte leise: »Der Mann muss öffnen! Mach!«

Vorsichtshalber schlüpfte ich in meine Straßenschuhe, sieht ja etwas repräsentativer aus, hängte meinen Stock an die Garderobe, hinter den Trenchcoat, und schloss noch einen Knopf an meinem Hemd. Vermutlich war die Haustür offen gewesen, die beiden standen bereits im Flur, und ohne einen Fuß über die Schwelle zu setzen, reckten sie die Hälse vor und musterten mich freundlich. Tatsächlich sahen sie sich sehr ähnlich, mit dunklen Augen, starken Nasen und schmalen Lippen, wie ihre Mutter sie hatte, und sogar ihre Kinnbärte waren gleich geschnitten, zwei tiefschwarze Rechtecke. Ich hätte nicht sagen können, wer von ihnen der Jüngere oder der Ältere war, aber weil dem Pullover des einen Lederschultern aufgenäht waren und seine linke Braue von einer Narbe zerteilt wurde, erschien er mir wie ein Anführer, und ich gab ihm zuerst die Hand. »Hallo, ich bin der Matthias!«, sagte ich. »Kommen Sie rein!«
Muharrem hieß er, hatte eine überraschend sanfte Stimme und roch stark nach einem Parfüm oder Eau de Toilette, das mir wie eine Mischung aus Kokosöl und Benzin vorkam. Sein Bruder, einen Zahnstocher im Mundwinkel, hieß Esad, und unter der Lampe im Flur fiel mir auf, dass es in seinem Haar einen Stich ins Rötliche gab, eine Tönung vielleicht, die nicht ganz gleichmäßig geraten war. Beide Männer trugen rustikale Schnürschuhe, klassische Dockers, die sie nicht auszuziehen gedachten; neben dem Schirmständer hätte es ein kleines Regal mit Gäste-Pantoffeln gegeben. Sie blickten sich im Flur und im angrenzenden Arbeitszimmer um, steckten

die Köpfe kurz in die Küche und in das Gästebad, und schließlich sagte Muharrem: »Nett hier, schön sauber. Und gar nicht mal klein. Platz für eine ganze Familie, oder?«

Seinen Bruder grinste er an. »Nur ein bisschen dunkel«, fügte Esad hinzu, der Stimme nach tatsächlich der Jüngere. »Wieso wohnst du im Keller, Matthias?«

Ich sagte, dass das kein Keller sei, sondern Souterrain heiße, und führte sie in das große, um zwei Stufen höher gelegene und wegen der Terrassentür auch etwas hellere Wohnzimmer, wo Vjosa schon wartete. Zu meiner Überraschung trug sie den schönen Schal aus dem Hessen-Center jetzt als Kopftuch, im Nacken verknotet, und stand bewegungslos neben dem Büfett, von dem sie rasch noch alle Folien gezupft hatte. Den Blick gesenkt und nach wie vor blass, fast bleich, hielt sie ihren Söhnen ein kleines Tablett aus gehämmertem Blech hin: Ein Häufchen Salz, zwei winzige Brötchen, die eher wie Kekse aussahen, und zwei gut gefüllte Schnapsgläser befanden sich darauf, und sie sagte etwas in ihrer Sprache, von dem ich natürlich kein Wort verstand. Zumal sie fast nur flüsterte.

Es waren rasch hervorgestoßene, ein wenig hölzern klingende Laute, oft mit einem rollenden R dazwischen, aber die Männer antworteten erst einmal nichts. Sie ignorierten die Willkommensgabe und begutachteten die unzähligen Köstlichkeiten auf dem Tisch, ohne ihre Mutter auch nur aus den Lidwinkeln anzusehen. Die musste sogar einen Schritt zur Seite treten, was mir doch ein

bisschen seltsam vorkam, fast kalt, fremde Sitten hin oder her, und um die Stimmung etwas zu lockern, sagte ich: »Drei Tage hat sie für euch in der Küche gestanden, Jungs, das würde eine deutsche Hausfrau niemals tun. Und sieht das nicht alles phantastisch aus? Wollen wir nicht gleich mal reinhauen? Also, ich hätte Appetit.«
Die Männer reagierten nicht, und Vjosa blickte mich fast flehentlich an und machte eine kaum merkliche Kopfbewegung, als sollte ich für einen Moment nach nebenan gehen. Erst jetzt fiel mir auf, dass sie sich weder die Wimpern noch die Lippen geschminkt hatte, wie sonst, und natürlich dachte ich nicht im Traum daran, mehr oder weniger fremden Menschen mein Wohnzimmer zu überlassen; wo waren wir denn. Ich setzte mich aufs Sofa, verschränkte die Arme vor der Brust und wartete ab, und nun drehte Muharrem, der eine Schnapsflasche vom Büfett genommen hatte, sich nach seiner Mutter um. Die Augen mit den leicht geschwollenen Lidern waren nur noch Schlitze.
Eine Handbreit größer als die zarte Frau, bog er den Kopf in den Nacken, bis der Bart wie ein Keil vorragte, und musterte ihr buntes Tuch. Leise erst, wie hinter den Zähnen, sprach er dabei auf sie ein, die Lippen bewegten sich kaum. Doch zunehmend lauter werdend, klang seine Stimme ganz und gar nicht mehr sanft; aus einer vor Groll oder Erbitterung aufgerauten Kehle schien sie zu kommen. Die Wörter, die er nah an ihrem Ohr hervorstieß, hörten sich hart und scharfkantig an, wobei er den muskulösen Arm hob und ihr mehrmals den Zeige-

finger gegen die Schläfe stieß; so hatte mein Vater mich früher zum Nachdenken ermahnt. Trotzdem rührte sich Vjosa nicht; nur ihre Züge wurden plötzlich grauer, die Mundfalten tiefer, und das kleine Tablett, das sie immer noch in beiden Händen hielt, zitterte leicht. Aus den randvollen Gläsern tropfte Schnaps.

Ihr Sohn sprach weiter, und wann immer sie Atem holte, um etwas einzuwerfen, oder gar ein Wort hervorbrachte, wies der andere, der jüngere, sie mit einem mahnenden Laut zurecht – was sie scheu wie ein Mädchen verstummen ließ. Dabei schluckte sie mehrfach, die Augenlider zuckten, und nun sah ich ihre Tränen, räusperte mich und wollte aufstehen, um irgendwie versöhnend dazwischenzutreten. Aber es war schon zu spät, wie es schien, denn mit einem Mal drehte sie sich um, stellte das Tablett auf die Fensterbank und lief aus dem Raum. Am Klappern der Kleiderbügel hörte ich, dass sie ihren Trenchcoat von der Garderobe riss, und dann fiel auch schon die Wohnungstür ins Schloss, sehr leise übrigens.

»Was ist los? Wohin geht sie?«, fragte ich, doch keiner der beiden antwortete.

Esad zuckte nur mit den Schultern und legte seinen Zahnstocher auf das Tischtuch. Er schob sich ein Stück von dem gegrillten, mit Innereien und Kräutern gefüllten Darm in den Mund, und Muharrem steckte sich eine Zigarette an, schraubte den Quittenschnaps auf und trank einen Schluck aus der Flasche. Sein Kopf war rot, vielleicht vor Wut; möglicherweise hatte er aber auch

Probleme mit dem Blutdruck, und ich zeigte auf die Terrassentür und sagte: »Würde es Ihnen etwas ausmachen, draußen zu rauchen? Man kriegt den Geruch ja schlecht aus den Polstern, und wenn man zu Allergien neigt ... Was gab's denn? Habt ihr euch gestritten? Bei mir zu Hause ging's auch immer hoch her. Meine Mutter hatte nur einen Arm, was für uns Kinder ein Glück war, denn manchmal hätte sie uns am liebsten erwürgt, glaube ich. Aber am Ende ist man doch eine Familie, ein Leben lang. – Ich schau mal, ob ich irgendwo einen Aschenbecher finde, oder? Ich hol den von der Terrasse rein.«

Als ich die Tür öffnete, hörte ich den Motor des klapperigen Fiat hinter der Hecke, und Muharrem winkte ab und drückte die Zigarette, kaum angeraucht, im Salz aus. Die Flasche in der Hand, setzte er sich aufs Sofa, schlug die Beine übereinander, und etwas Erde bröckelte aus seiner Profilsohle, ein Steinchen nur. »Du hast eine Familie?«, fragte er, klopfte einladend auf das Polster neben sich und reichte mir den Schnaps. Fast hätte ich dankend abgelehnt; aber man will ja nicht unhöflich sein. »Sowas ist gut, oder? Da weiß man, wo man hingehört. Ich hab auch drei kleine Scheißer zu Hause, der da sogar vier. Alle sagen immer, eine Familie wäre heilig, aber das ist natürlich Quatsch. Irgendwo muss der Samen ja hin, und unsere jungen Frauen sind fruchtbar. Die werden schon schwanger, wenn sie aus deinem Bierglas trinken.«

Sein Bruder lachte auf und zog mit den Zähnen eine

Reihe Lammzungen vom Spieß; das Fett tropfte ihm in den Bart. »Na ja, hör nicht auf mein dummes Gequatsche«, fuhr Muharrem fort. »Am Ende kann man Kinder ganz gut gebrauchen, zum Autowaschen zum Beispiel. – Aber sag mal, wenn du auch eine Familie hast, Vater, Mutter, Geschwister und so …« Er machte eine Pause, und einen Moment lang kamen mir seine schwarzen Augen mit dem scheinbar naiven Ausdruck fast weiblich vor, ein schöner Kontrast in dem bärtigen Gesicht. Schließlich blickte er zu Boden und fügte mit veränderter, irgendwie gepresst klingender Stimme hinzu: »… wenn du also weißt, dass eine Familie etwas ist, das man respektieren muss, Matthias, wieso mischst du dich dann in meine und fickst unsere Mutter? Kannst du mir das mal erklären?«

Mir stockte der Atem, und ich hätte mich gern verschluckt an dem Schnaps, einfach um etwas Zeit zu gewinnen durch einen Hustenanfall; doch mir wurde schon heiß, ehe das Zeug die Kehle herunterlief, und so war es nur, als ob ich einen Mundvoll laues Wasser trank. »Augenblick mal!«, sagte ich und wollte schon von ihm wegrücken, ließ es aber, um nicht ängstlich zu erscheinen. »So einfach ist das nicht!«

Esad, der sich den Mund mit dem Handrücken abgewischt hatte, schob einen Sessel so nah vor die Couch, dass ich seinen Achselschweiß riechen konnte, was ich im Moment allerdings weniger bedrohlich fand als das schwüle Porsche-Parfüm seines Bruders. Er sah mich eine Weile neugierig an, nahm die Flasche, die ich ihm hinhielt, und sagte nach einem großen Schluck: »Unsere Mutter ist verheiratet, das weißt du, oder?« Aufstoßend blähte er die Backen. »Eine anständige Frau, von allen geachtet. Eine seelenvolle dazu, großes Herz. Seit ihrem neunzehnten Lebensjahr ist sie mit unserem Vater verheiratet. Warum steckst du also deinen kleinen Schwanz da rein? Hast du keine Würde? Oder willst du unsere beleidigen?«

Muharrem hatte sich schon wieder eine Zigarette angezündet. »Ruhig«, sagte ich, »ganz ruhig!« Ich sah von einem zum anderen und wedelte mir den Rauch aus dem Gesicht. »Immer schön friedlich, Jungs. Erstens habe ich nichts mit eurer Mutter; es ist ein reines Arbeitsverhältnis, zu fairen Konditionen. Nicht mal Steuern muss sie bezahlen. Und zweitens ist sie verwitwet, wie sie mir erzählt hat. Ihr Mann, ich meine, euer Vater, ist vor dreißig Jahren bei einem Unfall auf dem Bau gestorben, hat sie gesagt. Oder stimmt das etwa nicht?«

»Das stimmt«, bestätigte Esad und kratzte an dem Flaschenetikett herum; ich wusste gar nicht, dass Quitten gelb sind. »Unser Vater ist gestorben, auf eurem Scheiß-Bau. Wir haben ihn kaum gekannt, nur sein Motorrad. Aber unsere Mutter ist mit ihm verheiratet, Mann, und zwar für immer. Sie ist und bleibt seine Frau, so wie wir seine Söhne bleiben.«

Er beugte sich vor, drückte mir einen Finger gegen die Brust, und erst jetzt merkte ich, wie schnell mein Herz hämmerte. »Oder willst du etwa sagen, weil er tot ist, sind wir nicht mehr seine Söhne?«, fuhr er fort. »Na also. Und ohne unsere Erlaubnis darf sie einen anderen Mann nicht einmal angucken, so ist das bei uns. Kannst du das verstehen?«

Ich nickte, hob beschwichtigend beide Hände: Verstanden. Im Arbeitszimmer klingelte das Telefon, der Festnetzapparat, was mich unter der Woche meistens alarmierte. Das war selten etwas Gutes, die Krankenkasse, der Steuerberater oder die Personalabteilung. Aber am Ostersonntag bedeutete das nichts, vermutlich hatte sich jemand verwählt, und ich blieb sitzen. Die beiden musterten mich lange, und nachdem das Klingeln aufgehört hatte, schien das Schweigen noch einmal dichter zu werden, und ich atmete durch den geöffneten Mund, weil es leiser war als durch meine stets verstopfte Nase. Die Schleimhäute schwellen an von all dem Cortison.

Muharrem schob sich einen Ärmel hoch und kratzte über den behaarten Unterarm, auf den ein Wappen tätowiert war, das springende Pferd von Ferrari. Schließlich wies er mit einer Kopfbewegung auf den großen, gerade leeren Stellplatz vor dem Haus, Osterferien; alle waren auf Sylt. Der BMW stand direkt neben der Terrasse, mit meinem Namen auf dem Schild davor, und er räusperte sich und fragte: »Benziner?«

Das nun klang fast wieder versöhnlich, und ich schluckte und nickte erleichtert, weil das Mutter-Thema offenbar abgehakt war und es nun um Autos ging, was ja ihr Spezialgebiet zu sein schien. Niemand hier in der Straße, nicht einmal der Besitzer dieser Fitness-Kette gegenüber, hatte so teure Wagen wie sie, und auch ich musste den BMW im Herbst wieder abgeben, damit er weiterverkauft werden konnte. Ich hatte einen guten Freund in der Firma, einen Studienfreund, der für die Neuwagen zuständig war, die zur Vorführung und zur Probefahrt in die Läden kommen. Davon zweigte er mir immer einen ab, völlig legal und fast kostenfrei, wenn das Kontingent nicht ausgeschöpft war, und ich konnte ihn so lange fahren, bis er als Jahreswagen weiterverkauft wurde. Natürlich musste ich pfleglich damit umgehen und auch mal eine Magnumflasche rüberwachsen lassen, aber so glänzte immer ein fabrikneuer 7er BMW für mehr als hundert Riesen vor meiner Tür – mit Dachauer Kennzeichen allerdings, da melden die ihre Wagen wegen der Steuern an.

Muharrem schüttelte den Kopf, schnippte die Asche in den Kübel meiner Palme und grinste den Bruder an. »Bei Allahs Esel, ich glaub's nicht!«, sagte er. »Wohnt unter der Einflugschneise in diesem muffigen Kellerloch, wo man schon mittags die Lampen anmachen muss, trägt so eine Blender-Rolex, fährt einen popeligen 7er BMW und fickt unsere alte Mutter.« Er zog die Nase kraus, als röche ich plötzlich schlecht. »Und wieso humpelst du überhaupt? Und was soll diese Kruste an der Schläfe? Bist du am Ende auch noch krank? Hast du irgendeine Seuche, Mann?«

Nun war es genug. Ich fuhr hoch, zwängte mich zwischen den Knien der beiden hindurch und sagte: »Es reicht, meine Herren. Wir leben hier nicht auf dem Balkan, wir sind in Frankfurt am Main, wie Sie wissen. In meiner Wohnung befinden Sie sich, und ich möchte Sie jetzt bitten, zu gehen. Wen ich mir als Hilfe engagiere und welche Beziehungen ich zu ihr pflege, ist ganz allein meine Sache. Ich habe Ihrer Mutter die Küche und diesen Raum zur Verfügung gestellt, damit sie Sie angemessen begrüßen und bewirten kann, denn sie hat sich darauf gefreut, ihre Kinder einmal wiederzusehen. Ein herzensguter Mensch wie sie hat es einfach nicht verdient, so behandelt zu werden, dass sie die Wohnung unter Tränen verlässt. Sie ist seit dreißig Jahren Witwe, hat seit dreißig Jahren keinen anderen Mann angesehen, wie sie mir sagte, und Sie werden Ihrer eigenen Mutter doch jetzt nicht ein wenig Glück und Zufriedenheit verwehren! Bitte, gehen Sie! Nehmen Sie sich vom Büfett, was Sie brauchen und …«

Ich öffnete die Terrassentür weiter, damit der Rauch abziehen konnte, und als ich mich umdrehte, nestelte Esad an der Beintasche seiner Hose herum und kramte etwas hervor, das ich zunächst für ein Feuerzeug hielt, für was sonst; wir waren schließlich nicht im Film. Aber dann legte er den Gegenstand auf den Glastisch vor der Couch, das Klicken verriet mir sein Gewicht, und mit einem Mal war eine andere Wirklichkeit im Zimmer, unbezweifelbar in ihrer Kälte und ihrem Ernst, und hätte auch ein freies Feld zu einem ausweglosen Raum gemacht. »Ist das etwa …«, fragte ich und griff mir an den Kragen, »… soll das eine Pistole sein?«

Muharrem stieß den Rauch durch die Nase, ein belustigtes Schnauben, als hielte er mich für naiv. »Ach wo!«, sagte sein Bruder und ging wieder zum Büfett, wo er sich ein Stück Blätterteig mit Honig und Pistazien in den Mund schob. »Das ist eine Insulinspritze. Möchtest du einen Schuss?«

Ich schüttelte den Kopf, räusperte mich, und das Schlucken machte mir Mühe. »Moment jetzt: Seid ihr verrückt? Was wird das hier?«

»Nichts«, sagte Muharrem und warf seine Kippe an mir vorbei auf die Terrasse. »Was soll das schon werden, Mister 7er BMW. Eine kleine Metall-Unterhaltung ... Also: Wie stellst du dir das in Zukunft mit unserer Mutter vor? Wie soll das weitergehen? Willst du wieder und wieder die Ehre unserer Familie beschmutzen? Willst du dich dauernd an einer verheirateten Frau vergreifen, gegen den Willen ihrer Söhne? Hast du keine Würde?« Er lehnte sich zurück, verschränkte die Finger über dem Bauch. »Ich könnte dir ja auch noch unsere kleine Schwester vorbeibringen.«

Esad leckte sich die Mundwinkel. »Die kann Französisch, die Bitch. Die schluckt alles«, sagte er, langte auf den Glastisch und drehte die Waffe so, dass die Mündung auf mich zeigte.

Unwillkürlich machte ich einen Schritt zur Seite. »Ich vergreife mich an niemandem!«, erwiderte ich und ärgerte mich über meine jähe Heiserkeit. »Ehre, Würde ... Was sind denn das für seltsame Phantasien? Wie ich schon sagte, ich habe nichts mit Ihrer Mutter, und ich hatte nie etwas mit ihr. Sie arbeitet hier, ist meine Pflegerin, weiter nichts. Meinen Sie, nach einem Schlaganfall könn-

te ich noch groß die Puppen tanzen lassen? Gut, manchmal putzt und bügelt sie ein bisschen und …«
»Auch deine Unterhosen?«, fuhr Esad mir ins Wort; er klopfte sich Krümel von der Pulloverbrust und meinte es offenbar ernst; jedenfalls verzog er keine Miene.
Ich strich einen Zweig der Palme aus meinem Blick. »Was? Wer bügelt denn Unterhosen. Sie kommt einmal am Tag für ein paar Stunden, gibt mir meine Pillen, sorgt für frische Handtücher und Laken und kocht für mich, solange ich den Arm hier noch nicht richtig gebrauchen kann; Gemüse schnippeln geht schlecht. Und ich zahle ihr einen korrekten Lohn. Also stecken Sie das Ding da ruhig wieder weg. Das ist ja albern!«
Aber die beiden sahen mich erst noch eine Weile an, wobei Muharrem etwas in ihrer Sprache sagte, wieder fast ohne die Lippen zu bewegen. Tatsächlich war meine Rolex Yacht-Master ein Blender, vor Jahren für fünfzig Euro auf der Rambla in Barcelona gekauft. Aber die große Sekunde ruckelte nicht wie bei anderen Fälschungen, lief immer noch rund, als wär's eine echte, und es gab sogar eine gelaserte Krone im Glas; darum hatte es bisher keiner gemerkt … Auch auf diesem Gebiet waren die Brüder also Experten.
Ihr bewegungsloses Starren wollte mir einen Lidschlag lang fast brutal vorkommen, wie bei diesen Islamisten im Fernsehen, für die ein Menschenleben weniger als ein Schnalzen ist, aber dann nahm Esad die Pistole vom Tisch, wog sie in der Hand und verstellte etwas daran, vielleicht die Sicherung, keine Ahnung, war nie beim Mi-

litär gewesen. Endlich schob er sie wieder in seine Beintasche, warf eine Kirschtomate in die Luft, fing sie mit dem Mund und ging ohne Gruß aus dem Raum. Auch Muharrem stand auf. »Einmal am Tag kommt sie?«, fragte er und betrachtete den Kunstdruck von den Vorbesitzern an der Wand, Manet oder Monet, keine Ahnung. »Na, einmal die Woche reicht auch, oder? Du siehst doch ganz gesund aus, bist ein sauberes Kerlchen, und sie ist sehr gründlich, war sie immer. Nachher putzt sie dich noch weg.«

Das meckernde Lachen seines Bruders hallte im Treppenflur, und er gab mir die Hand und sah mir fest in die Augen. »Ja, gut, meinetwegen«, sagte ich, die Kehle nach wie vor rau, aber er ließ mich nicht los, im Gegenteil. Er drückte fester zu, sah mir erwartungsvoller ins Gesicht, und schließlich räusperte ich mich und murmelte: »Abgemacht. Einmal die Woche geht auch.«

»Sag ich doch«, erwiderte er. »Zahl ihr halt ein bisschen mehr.«

Dann folgte er seinem Bruder, und es dauerte eine Weile, ehe die beiden um das Haus herum kamen, vielleicht besprachen sie noch irgendwas im Garten. Auf dem Stellplatz kickten sie ein paar der herumliegenden Kiefernzapfen durch die Gegend, trafen wohl auch einmal meinen BMW, aber die Dinger sind ja leicht und machen keine Kratzer. Esad stieg in den Maserati mit dem Militär-Anstrich, dessen brachiales Startgeräusch mich zusammenzucken ließ, und auch die spitz aufragende Scherentür des Lamborghini glitt zu. Den Ton der Hupe, auf die Muharrem drei Mal schlug, hätte man bei einem Wagen dieser Preisklasse, gut zweihundertfünfzig Riesen, allerdings nicht vermutet. Fast wie eine dieser Blechtröten von der Kirmes klang er, oder wie ein Krähen.

Als die beiden endlich vom Grundstück fuhren und es wieder still war in der Straße, nahm ich Esads Zahnstocher von meiner Tischdecke, zerbrach das Hölzchen zwischen Daumen und Zeigefinger und ließ es auf den Boden fallen. Aber dann musste ich mich erst einmal aufs Sofa legen. Immer wieder klingelte das Telefon, sowohl das Festnetz als auch das Handy, doch ich wollte mit niemandem sprechen. Ich aß ein paar Sachen von dem Büfett, trank den Quittenschnaps mit Limonade und starrte leicht benebelt in die Zweige der Palme, die sehr raumgreifend geworden war mit den Jahren. Meine Mutter hatte eine ähnliche gehabt und immer penibel gepflegt, und als ich sie kurz vor ihrem Tod fragte, warum die eigentlich Goldfruchtpalme heiße, hatte sie mit den Schultern gezuckt und gesagt: »Keine Ahnung, Kind.« Gerade war ihr erster Gedichtband herausgekommen, im Selbstverlag und ziemlich billig gebunden; manche Blätter lösten sich schon nach dem ersten Lesen. Sie strich mir mit ihrem Armstumpf über das Haar. »Ich hab noch nie eine Frucht daran gesehen. Schon gar keine goldene.«
Am nächsten Tag, dem Ostermontag, ging es meinem Bremsfuß ganz gut, und ich besuchte meine Schwester in der Wetterau. Sie und ihr Phillip hatten sich ein idyl-

lisch gelegenes, mittlerweile schick ausgebautes Winzerhäuschen in Obbornhofen zugelegt, fürs Wochenende. Wir grillten den ganzen Nachmittag, ich krabbelte mit ihrem kleinen Benjamin im jungen Gras und später vor dem Kaminfeuer herum, und in der Zeit rief mich Vjosa bestimmt fünf oder sechs Mal auf WhatsApp an. Ich spürte das Vibrieren in der Tasche, und genervt blockte ich ihre Nummer, strich sie aus den Kontakten und löschte alle Nachrichten von ihr.

Auch an dem Abend trank ich zu viel, was sich gar nicht mit meinen Tabletten vertrug, und übernachtete in dem Gästezimmer der beiden, und es war schon fast Mittag, als ich am Dienstag in meine Straße zurückkam. Irgendwas stimmte nicht mit dem Briefkasten neben der Haustür, das Schloss war zerkratzt, als hätte sich jemand daran zu schaffen gemacht, der Schlüssel ließ sich nur mit Mühe drehen. Aber endlich klappte es doch, und ich nahm die Reklame heraus und einen Brief von der Firma, dessen Inhalt ich mir denken konnte; nach der Fusion mit den Franzosen, von der ich aus der Zeitung erfahren hatte, war das Logo schon ein anderes.

Und da lag sie dann, diese Tüte: Ich starrte sie an und dachte im ersten Moment, es wäre so etwas wie ein Gelege, denn es soll ja vorkommen, dass Vögel in Briefkästen nisten. Nebenan pickten sich die Meisen sogar kleine Höhlen in die Fassadenisolierung, das dünn überputzte Styropor, und zogen darin ihren Nachwuchs groß. Es war eine dieser braunen Tüten, die man beim Obst- und Gemüsehändler kriegt, so weit umgekrempelt, dass sie wie ein Nest aussah; aber was darin lag, dieses schwarzgrüne Oval, war natürlich kein Ostergruß, kein Ei. Vorsichtig, ganz vorsichtig tippte ich mit der Spitze des kleinen Fingers dagegen, beschnupperte sie und rief schließlich Sibylle an, die seit einiger Zeit im Homeoffice arbeitete. Ihr Computer piepte, ihr Baby schrie im Hintergrund, und sie wirkte genervt. »Bist du denn sicher?«, fragte sie. »Wer tut den sowas! Vielleicht ist das ja ein Scherzartikel mit Schokolinsen drin, oder es kommt Konfetti raus? Kein Mensch steckt einem anderen eine Handgranate in die Post. Und wo hat er die überhaupt her? Kann man die hierzulande einfach so kaufen?«

Ähnlich ratlos wie ich war sie und empfahl mir, die Polizei oder die Feuerwehr anzurufen, denn sie musste ihren Kleinen wickeln. Also rief ich die 110 an, und der junge Mann in der Zentrale dachte erst, ich mache einen Witz oder wolle ihn verscheißern; aber dann schickte ich ihm ein Foto von dem Ding, und während ich auf die Beamten wartete – ich ging in einigem Abstand vor den Briefkästen auf und ab und hoffte, dass keiner der anderen Bewohner aus dem Haus nach der Post sehen wollte –, hörte ich sie schon am Klang der Schritte.

Sie liebte diese Pumps mit kurzem Absatz, die fast wie Tangoschuhe aussehen und dem Gang der zarten Frau etwas Kraftvolles und Zielstrebiges gaben, besonders wenn sie einen Rock mit schwingenden Säumen trug. Das Haar im Nacken mit dem violett und gelb gemusterten Tuch zusammengebunden, kam sie zwischen den

Kiefern durch den Garten und sah mich mit ihren großen, vom Weinen geröteten Augen an. Heftig atmete sie, als wäre sie den ganzen Zickzackweg über die Streuobstwiesen zu mir hochgelaufen, und eine Weile standen wir uns stumm gegenüber. Wie schön sie war in ihrer Traurigkeit, mir wurde ganz flau, und als ich einen Schritt auf sie zuging, geriet ich leicht ins Schwanken, der Restalkohol … Mit dem Daumen wies ich auf den Postkasten, und nun sah auch sie die Bescherung und runzelte die dichten Brauen.

Dieweil ihr noch die Tränen über die Wangen liefen, zartgraue Spuren der Wimperntusche, ging schon ein anderer Ernst in ihren Augen auf, und darin war etwas von derselben jähen Sachlichkeit, mit der sie mir früher nach der Liebe den Verband erneuert oder die Tabletten abgezählt hatte. »Oh, diese verdammten Idioten! Was hab ich da bloß in die Welt gebracht«, zischte sie und schimpfte dann in ihrer Sprache weiter, was aber nicht unbedingt böse klang; die Stimme hörte sich sogar melodischer an, jünger auch, und schließlich trat sie vor den Briefkasten und nahm die Granate heraus.

Fast beiläufig sah das aus, wie bei einer Landfrau, die im Vorübergehen in das Nest ihrer Henne greift. »Um Gottes willen!«, rief ich und wich zurück. »Bist du lebensmüde? Willst du uns zerfetzen? Lass die Finger davon!«

»Wieso?«, sagte sie. »Ich bin deine Putzfrau, oder? Einmal die Woche. Ich muss aufräumen.«

Spöttisch klang das, und sie trat einen Schritt auf mich

zu und sah mir ähnlich fest in die Augen wie ihr Ältester beim Abschied am Sonntag. Dabei wog sie die Granate in der Hand, als wollte sie mir ihr Gewicht zeigen, ihr bedrohliches, und ließ sie plötzlich zwischen uns aufs Pflaster fallen. Ich schreckte zusammen – hörte aber im selben Moment, dass sie hohl war, ein Spielzeug aus Plastik oder Hartgummi, das kurz einmal aufsprang und leise kollernd zum Gartentor rollte. Ein Amazon-Bote, der gerade mit einem Stapel Päckchen von der Straße kam, ging genauso spreizbeinig darüber hinweg wie über die Kiefernzapfen.

Ich griff mir ans Herz und sah in den Himmel, und als ich Vjosa umarmte und mein Gesicht in ihr Haar grub, das trotz der frischen Tönung schon wieder nach Nikotin roch, musste ich an meine Mutter in ihrer weißen Rüschenbluse denken und daran, dass ich laut aufgelacht hatte an ihrem Sarg, ein hysterischer Reflex. Denn an ihrer Manschette, die sonst immer im Rock- oder Hosenbund steckte, glänzte ein goldener Knopf, vielleicht ein Manschettenknopf meines Vaters, und einen Lidschlag lang wollte es mir vorkommen, als hätte ihr die Palme doch noch eine kleine Frucht geschenkt.

Die Melodie bei Nacht

In den Linden längs der stillen Straße hatte das Summen der Bienenschwärme begonnen, aber die Dachterrasse war immer noch nicht fertig. Die Fliesenleger ließen auf sich warten, und die dicke Bitumenschicht wurde zu weich in der anhaltenden Hitze, die Stuhlbeine sanken darin ein. Folglich musste das Essen am Samstag in der Wohnung stattfinden. Paul hatte sich Bœuf bourguignon mit selbstgemachten Nudeln gewünscht, dazu einen Blattsalat mit schaumigem Zitronendressing und zum Nachtisch natürlich Vanilleeis mit Himbeeren.

Weil Masha erneut vom Türenknallen der Nachbarn geweckt worden war, machte sie bereits um acht Uhr ihre Yoga-Übungen und ging anschließend in den Supermarkt am Brunnen. Dem Augenschein nach kannte man die meisten Bewohner in diesem vornehmen Bezirk schon nach kurzer Zeit, ohne dass deswegen eine dörfliche Vertrautheit aufkam. Selten sah man Menschen freundlich miteinander sprechen, viele der sichtlich Vermögenden gaben sich eine Aura aus kalter Unnahbarkeit, und Masha musste an den Werbespruch ihres Maklers denken: »Im Pücklerviertel wohnen die Entscheider.« Beim Anblick all der ergrauten und dabei oft tatterigen Menschen durfte man allerdings schon mal der eigenen Boshaftigkeit nachgeben und sich fragen, worin die Entscheidungen wohl bestanden: Krücke oder Rollator? Magensonde oder Schnabeltasse? Und während sie den Wein, das Fleisch und die anderen Zutaten am Self-Check-out bezahlte und in ihren Rucksack packte, dachte sie wieder an das Abendessen, den eigentlichen Grund für ihren Unmut an dem Morgen.

Von Beginn an war sie dagegen gewesen; diese Nachbarn hatten ihr nur Verdruss beschert ... Ein Warnschild mit einem Hundekopf hing an der Pforte des Grundstücks am Lindenweg, »Ich beiße nicht, ich schlucke am Stück!«, und in dem weißen Haus mit den blaugrauen Fensterläden, in das sie gezogen waren, einer sogenannten Stadtvilla, gab es drei Parteien. In den ebenerdigen Räumen betrieben mehrere Juristen eine Kanzlei für Wirtschaftsrecht, also fast ohne Publikumsverkehr, und wo nicht Mattglas den Blick in die Büros verwehrte, standen wuchtige Ledersessel auf poliertem Parkett und Sideboards voller Orchideen. In der Maisonette- oder Galeriewohnung darüber, hinter hohen, sanft getönten Bogenfenstern lebte ein älteres Ehepaar, von dem sie in der ersten Zeit nur den Mann sahen, einen nahezu kahlköpfigen um die Siebzig, der ab und zu eine Golftasche zu seinem Auto trug und dabei das Aroma eines teuren Eau de Toilette im Treppenhaus hinterließ, Zimt und Mandarinenöl. Masha und Paul nun bewohnten das verwinkelte Dachgeschoss, eher kleine Räume voller unvermuteter Schrägen, an denen sie sich anfangs oft die Köpfe stießen. Aber immerhin gab es zwei Bäder und eine geräumige Terrasse mit einem Blick bis zur Alten Leine und zum Wald.

»Dr. Silberer« stand an der Klingel der Nachbarn unter ihnen, und dass der rundliche Mann bis zu seiner Pensionierung der Direktor eines Zuckerkonzerns in den USA gewesen war, konnte man im Internet erfahren. Dort fanden sich auch ein paar Fotos des gebürtigen Hannoveraners, die ihn an einem Rednerpult in Atlanta oder in einer Raffinerie am Mississippi zeigten, schlanker noch und immer mit einem Lächeln, das wie ein Zähneblecken wirkte. Der große Hund, den er auf einem der Fotos über einen Badestrand führte, trug einen Maulkorb.

Die Frau hatten sie in der ersten Zeit lange nicht gesehen, aber hin und wieder wurde unter ihnen Klavier gespielt, ungelenke, von jeder Musikalität entfernte Fingerübungen in Dur, die sich eher nach einer Arthrose-Therapie anhörten; kein Mann, hatte Paul einmal gesagt, würde derart konsequent die Molltöne vermeiden.

Das Krachen aber, das sie in ihrer Mansarde mehrmals täglich zusammenzucken ließ, wäre wiederum einer Frau kaum gelungen. Der Hall zwischen den Leichtbauwänden war verblüffend, und man konnte die Erschütterungen unter den Fußsohlen fühlen – was für Masha auch etwas Ironisches hatte, schrieb sie doch gerade einen Artikel über das Bauen im erdbebengeplagten Japan der Kamakura-Zeit. »Ich glaube fast, da leben keine Menschen«, war es ihr einmal entschlüpft, als sie sich gerade Notizen mit dem neuen Füllhalter machte, einem Geschenk der Eltern zu ihrem Vierzigsten, und vor

Schreck einen Buchstaben verzittert hatte. »Da wohnt ein Türenknallen mit siebzehn Kindern!«

Während sie das Fleisch und die anderen Zutaten in zwei Papiertüten nach Hause trug, musste sie an die erste Begegnung mit den Silberers vierzehn Tage nach ihrem Einzug denken. Paul, ein Privatdozent für Romanistik, der in Oldenburg lehrte und im Semester nur am Wochenende nach Hannover kam, hatte trotz ihres Protestes – sie fand das entschieden zu freundlich, fast servil – einen Blumenstrauß und eine Flasche guten Weins besorgt, und als sie bei den Silberers klingelten, um sich als die neuen Nachbarn vorzustellen, wurde die Tür mit dem Kranz aus Immergrün so abrupt geöffnet, als hätte man schon dahinter gewartet.

Die weite Leinenhose und die Bluse mit der großen Schleife konnten nicht verbergen, wie dünn, ja knochig Frau Silberer war. Das Gesicht voller feinster Falten, die weniger an Weisheit als vielmehr an Bitternis denken ließen, hatte sie sich die kurzen Haare aschblond gefärbt, die Brauenbögen aber schwarz nachgezeichnet. Etwas zu bemüht zeigte sie sich nicht überrascht von dem unvermuteten Besuch, und dass sie Paul und Masha kaum genauer taxierte, sagte der, dass sie das schon ausgiebig getan hatte hinter ihren Gardinen; beim Einzug waren sie ja oft genug über das Grundstück gelaufen. Sie lächelte mit perfekten Zähnen, und noch während sie Mashas Hand hielt, blickte sie sich über die Schulter um und rief: »Hannes? Jetzt schau mal, wer hier ist!«

Habichtartig das Profil, und ihre Stimme, ein seltsam hohes Krächzen, war etwas, das Masha so noch nicht gehört hatte, oder nur auf der Bühne. Unwillkürlich suchte sie nach einer Narbe an ihrem Hals, an dem eine Doppelreihe schwarzer Perlen hing, und entdeckte tatsächlich die leicht eingesunkene einer Intubation.
Dr. Silberer, der nun mit einem raschen, seltsam hüftbetonten Gang aus dem hinteren Teil der Wohnung kam und beiläufig den Fernseher ausstellte, eine Verkaufssendung für Tupperware, war fast einen Kopf kleiner als seine Frau, und das erhobene Kinn und die straffe Haltung in Anzughose und Business-Hemd sollten wohl über seine Rundlichkeit hinwegtäuschen, betonten sie aber. Einige wenige Haarsträhnen, schlohweiße, hatte er sich quer über die sonnengebräunte Glatze gelegt, und in seinem Blick war von Anfang an alles.
Nicht nur seine Skepsis oder gar Geringschätzung stellte der ehemalige Top-Manager zur Schau, sondern auch die Überzeugung, die neuen Nachbarn seien es kaum wert, dass diese Reserve vor ihnen verborgen werde, nicht einmal hinter einem höflichen Lächeln. Wie das Echo der scharfen Bügelfalten blitzten zwei senkrechte Runzeln zwischen seinen Brauen auf, und plötzlich wurde Masha klar, warum hier ständig die Wohnungstür – eine moderne leichte, völlig lautlos zu schließende wie ihre – so nachdrücklich ins Schloss gerammt wurde. Das lag kaum an irgendwelchen Gelenkerkrankungen und der damit verbundenen Mühe, nach einer Klinke zu greifen, wie Paul einmal vermutet hatte. Nichts als ein

tumbes Primatenverhalten war es, das knallende Ausrufezeichen hinter einem lautlosen »Haut ab!«.
Denn das, so mutmaßte sie nach einem Blick in die eisfarbenen Augen des Mannes, schien hier der Punkt zu sein: Fast alle Nachbarn in diesem Bezirk waren Eigentümer, keines der edlen Apartments, die im Schaufenster des Maklers angeboten wurden, gab es unter einer Million. Paul und Masha aber, Zufälle passieren, lebten mit einem befristeten Vertrag in dem schönen Haus, denn der eigentliche Besitzer ihrer Räume, ein pensionierter Verlagsleiter, hatte sich entschieden, vorerst bei seinen Kindern in Irland zu altern. Als Mieter der außerdem kleinsten Wohnung befanden sich die Zugezogenen für Dr. Silberer also in einer anderen sozialen Schicht, und so waren denn seine ersten Worte auch nicht »Guten Tag!«, »Willkommen!« oder »Wie geht's?«. Vielmehr drückte er das Kinn an den Hals und fragte mit einer Stimme, der man trotz der Pensionierung noch das Diktafon oder die Konferenzleitung anhörte: »Haben Sie eigentlich kein Auto?«
Nicht einmal Führerscheine besaßen sie, und Frau Silberer wies auf das Sofa und bot ihnen Mineralwasser an. Es gab einiges zu besprechen, denn obwohl das Gebäude erst fünfundzwanzig Jahre alt war, standen Reparaturarbeiten an, auch in ihrer Mansarde. Doch die ersten Minuten gehörten der Höflichkeit: Wie imposant das hohe Wohnzimmer mit der umlaufenden Galerie, wie schön der alte Flügel mit den Barock-Intarsien, wie zweckmäßig die getönten Fenster auf der Südseite waren, das lob-

te der stets umgängliche Paul. Während Masha dachte, wie bezeichnend die Auswahl der Bücher im Regal war, Bestseller der Stunde, oft noch eingeschweißt, wie geschmacklos das türkisfarbene Ledersofa neben den grauen Sesseln aussah, wie billig die Zusammenstellung der teuren Teppiche. Aber dass an dem viel zu protzigen Lüster über der Sitzgruppe eine kleine Dufttanne aus grüner Pappe hing, fand sie dann ähnlich rührend wie das alte »Löwensenf«-Glas mit Henkel, das sich unter den vier verschiedenen Wassergläsern auf dem Tablett befand.

Eine Reproduktion von Jasper Johns »Flag« hing an der Treppe zu den Galerie-Zimmern, und bei ihren Beobachtungen war Masha wohl einen Moment lang unachtsam gewesen. Frau Silberers heiseres Kichern klang, als rieselte ihr Vogelsand durch die Kehle, und sie sagte: »Nein, das ist wirklich unser Brooklyn, ein reinrassiger Weimaraner; wir haben das Schild damals mit seinem Foto anfertigen lassen. Zwölf Jahre hatten wir ihn, das reine Glück. Klug wie ein Mensch war er, wenn auch mit Diabetes. Als er hier noch das Regiment führte, räumten keine Waschbären die Mülltonnen aus. Die hat er genauso gehasst wie ich und so manchem das Genick zerbissen. Sind ja auch eklige Tiere, oder? Voller Krankheitserreger. Mit Tollwut infizierten sie ihn, der Schaum lief ihm aus dem Maul, und wir mussten ihn einschläfern lassen.«

Die kleinen braunen Augen wurden feucht, was sie fast schwarz aussehen ließ, und nun griff ihr Mann nach ih-

rer Hand, tätschelte sie tröstend. Dabei sah er seltsamerweise Paul an, ein gedanken- oder traumversunkener Blick, wie es schien, und nachdem seine Frau sich die Lider mit dem Fingerrücken abgetupft hatte, mussten sie sich eine geschlagene Stunde lang anhören, wie gut geraten und erfolgreich ihre sechs erwachsenen Kinder seien: welcher Sohn demnächst als CEO irgendwo in Philadelphia arbeiten werde, welche Tochter in welchem Wirtschaftsfach an der Sorbonne promoviert habe, natürlich summa cum laude, und welche Enkelin bereits die »Mondscheinsonate« spielen könne, auf der Gitarre! Die Ferienwohnung in Miami sei groß gewesen, aber die im Bau befindliche Finca auf Ibiza werde noch viel schöner, der alte Jaguar mit den zwei Tanks sei nur schweren Herzens ausrangiert worden, »aus Umweltgründen«, aber der neue Mercedes, S-Klasse, habe auch seine Vorzüge, und überhaupt: Nichts an Masha oder Paul schien sie zu interessieren, auch nichts Berufliches; keine Frage stellten sie an sie.
Noch einmal stießen sie mit Wasser an, und Frau Silberer sagte: »Also, auf eine gute Nachbarschaft! Vielleicht können wir ja bald mal was Richtiges zusammen trinken.« Beide mussten am nächsten Tag zu ihrer halbjährlichen Routineuntersuchung, mit Blutentnahme und MRT-Check, sowie zum Orthopäden; Vorsorge sei ja so wichtig. Und dann ließ sie den ausgestreckten Zeigefinger zwischen den neuen Mietern hin- und herpendeln und fragte: »Ihr raucht doch hoffentlich nicht?«
Sie schüttelten die Köpfe, und beim Abschied entstand

plötzlich ein winziger Moment der Stille: Der Besitzer ihrer Mansarde hatte sie am Telefon gebeten, sich den dritten, den Ersatzschlüssel bei Dr. Silberer zu holen, und als Masha ihn darum bat, zog der Nachbar verdutzt die Mundwinkel herab und sagte: »Nein, das muss ein Missverständnis sein; wir haben keinen Schlüssel zu Ihrer Wohnung. Wieso auch …« Er brachte sie zur Tür. »Da fällt mir übrigens ein: Was halten Sie denn davon, sich auch Dipladenias auf Ihre Terrasse zu stellen, an das Geländer? Also jetzt nicht, weil das meine Lieblingsblumen sind, das nicht. Aber sie blühen den ganzen Sommer, besonders die weißen und die rosafarbenen, man muss sich kaum darum kümmern. Und wir hätten eine angenehm einheitliche Hausfront. Das wäre doch schön, oder?«

Masha hob die Schultern und nickte zugleich, ein wortloses »Wir werden sehen«. Aber Paul, der ihre heimliche Empörung wohl spürte, sah sie besorgt von der Seite an und fragte Dr. Silberer rasch, wieso der Name ihres Hundes eigentlich Brooklyn gewesen sei, ob es eine besondere Beziehung zu dem New Yorker Stadtteil gebe? Vor ihrer Ehe hatte er dort ein Jahr gelebt, doch der Mann winkte ab. »Ach wo, den Namen hat ihm die Züchterin verpasst. Bei reinrassigen Rüden, die zur Reproduktion gebraucht werden, ist eine alphabetische Folge Gesetz, jedenfalls in den USA. Sein Vater hieß Aaron.« Er zwinkerte ihnen zu. »Meine Frau hätte ihn natürlich gern Baby genannt, oder auch Ober-Baby …«

Und dann lachte er plötzlich so laut, dass Masha zusam-

menzuckte. Völlig freudlos, bestenfalls höflich, vermutlich aber auch taktisch gemeint, klang es ihr wie hölzerne Hammerschläge, mit denen man Unebenheiten oder Raustellen im zwischenmenschlichen Umgang glättete.
»Unser Hund liegt übrigens neben dem alten Nussbaum hinter dem Haus!«, rief Frau Silberer, die bereits wieder die Sofakissen aufschüttelte und mit einem Knick versah. »Deswegen blühen die Rosen da so rot! Riechen Sie mal dran!«
Mit »alt« meinte sie ehemalig, denn der Baum war abgesägt worden, und Masha schüttelte den Kopf. Wenn sie eine Tierrasse nicht mochte, dann waren es diese silberbraunen Weimaraner, die aussahen, als hätten sie ein Fell aus Polyester und würden Styroporkugeln kacken.
»Und das sollen wir glauben?«, fragte sie, nachdem sie sich die Zähne geputzt hatte und wie stets noch einmal in Pauls Zimmer kam, um ihm eine gute Nacht zu wünschen. »Diese Wohnung stand ein Jahr lang leer. In der Zeit mussten Strom-, Gas- und Wasserzähler abgelesen werden. Es gab einen Frostschaden samt Klempnerarbeiten, unsere Dachterrasse wurde wegen der lockeren Ziegel begutachtet – und der Mann behauptet, er habe keinen Schlüssel?«
Schon im Bett, las Paul in einem etymologischen Lexikon, wie fast jeden Abend; das half ihm einzuschlafen, und er sagte: »Sei nicht immer so misstrauisch, bitte. Weswegen sollten sie uns den Schlüssel vorenthalten. Ich hab schon an deinem festgewachsenen Lächeln gesehen, dass du sie nicht magst, oder?«

»Ja, genau – weil diese Breitspurigkeit stets ein Zeichen von einem engen Geist ist. Und weil sie sich mit keiner Silbe nach unseren Verhältnissen erkundigt haben! Unhöflich war das, wenn nicht gar arrogant, einer von diesen armseligen Tricks aus den Bürofluren ihres Lebens: ›Stelle niemals eine persönliche oder private Frage, das verleiht dir Souveränität.‹«

»Man kann es aber auch stilvoll finden«, erwiderte er schmunzelnd. »Sie wollten nicht zudringlich sein. Außerdem hatten sie uns wahrscheinlich längst gegoogelt, wie wir sie. Ein bisschen einsam kommen sie mir vor auf ihrem Altengleis, und solche Menschen sprechen nun mal gern von sich und ihren Kindern, wenn sie Gelegenheit dazu haben. Oder regen sich über Waschbären auf. Denen passiert ja sonst nichts mehr im Leben; die kommen nach Hause, um zu sterben.«

Masha schnalzte verärgert. In ihren Augen hatte er einen kaum zu kurierenden Hang zur Milde, und sein Verständnis für alle und jeden, im Umgang mit seinen Studentinnen und Studenten erworben, war meistens von einer atemberaubenden Gelenkigkeit. »Trotzdem: Es ist ein Unding, dass wir mit Blumen und teurem Wein da runtergehen, um uns vorzustellen«, beharrte sie. »Du bist wie immer zu freundlich gewesen – was bei solchen Leuten nur den Dünkel schürt. *Die* hätten bei uns klingeln müssen, mit einem Einzugsbrot, einem Säckchen Salz und einem Cent als Geschenk. *Das* wäre stilvoll gewesen.«

Paul, die Lesebrille auf der Nasenspitze, ließ sein Buch

nicht aus den Augen und fragte: »Was ist denn ein Einzugsbrot?«
Sie zeigte ihm die Faust. »Na, so ein kleines, hart gebackenes Ding, das man zusammen mit dem Salz und der Münze hinter den Kachelofen schiebt, als Glücksbringer. Ein uralter norddeutscher Brauch.«
Da schüttelte er den schönen Kopf. Trotz seiner fünfzig Jahre hatte er noch dunkle Haare, fast schwarz; nur die Stoppeln an seinem schmalen Kinn wurden weiß, was ihn stets etwas melancholisch aussehen ließ, auch wenn er lächelte. »Haben wir nicht eine Fußbodenheizung?«

Der Lärm indes, das Krachen hörte nicht auf, im Gegenteil. Eigentlich Architektin mit einer Spezialisierung für Holz- und Glasbau, verdiente Masha ihr Geld seit einigen Jahren als leitende Redakteurin für eine Architektur-Zeitschrift und manchmal auch als Bühnenbildnerin; ihr Bruder war Theater-Regisseur in Hamburg. Nachdem die Nachbarn offenbar herausgefunden hatten, dass sie in Pauls Abwesenheit meistens nachts arbeitete, nicht selten bis drei oder vier Uhr früh, und darum bis mittags schlief, schlugen sie die Türen und Schranktüren in ihren Räumen schon ab sieben Uhr morgens so laut zu, dass auch kein Ohropax mehr half. Immer wieder schreckte sie hoch und konnte dann nicht mehr einschlafen, und als sie sich eines Tages trotz flirrender Nerven ein Herz nahm, die Treppe hinunterging und bei ihnen klingelte, reagierte zunächst niemand. Dennoch schien Dr. Silberer hinter der Tür zu stehen; jedenfalls roch sie sein Eau de Toilette schon, bevor er öffnete. Er trug einen seidenen Hausmantel, dunkelblau, und ein weißes Halstuch mit eingewebtem Lilienmuster und ignorierte ihren Gruß. Ein Bonbon lutschte er und fragte leise: »Ja?«

Bestenfalls Schauspieler haben eine Vorstellung davon, wie viel kalte Herablassung Raum findet in so einem kleinen »Ja?«, und Masha musste sich erst räuspern, ehe sie ihn höflich darum bat, seine Türen, wenn möglich, etwas leiser zu schließen; das Haus sei ja nun leider sehr hellhörig. Mehrfach sei sie inzwischen geweckt worden, und auch ein konzentriertes Arbeiten falle ihr schwer bei dem ständigen Krachen, das die Gläser im Glasschrank erzittern lasse. Sie selbst gehe zum Beispiel nur auf Strümpfen durch die Wohnung, um seine Frau und ihn nicht mit ihrem Trittschall zu belästigen, und vielleicht könne er ja ähnlich rücksichtsvoll sein?

Viel zu fahl klang ihr die eigene Stimme, und theatralisch irritiert musterte der Mann ihre zerschlissenen Boyfriend-Jeans, ihr altes T-Shirt und die nachlässig aufgesteckten, mit einem Bleistift fixierten Haare. Danach blickte er auf die Uhr und sagte in seinem hörbar antrainierten und inzwischen wohl zur zweiten Natur gewordenen Brustton: »Ehrlich gesagt verstehe ich Sie nicht ganz, junge Frau. Was, bitte, wollen Sie genau? Atmen wir Ihnen am Ende zu laut? Wir schließen hier alles ganz normal, damit werden Sie schon leben müssen. Oder aber Sie ziehen aus, ganz einfach.« Und dann stieß er die Tür derart ins Schloss, dass ein paar Blätter

und Rispen aus dem Willkommenskranz auf die Fußmatte fielen.
Auch eine der roten Plastikbeeren, die daran hingen, hüpfte die Treppe hinunter, ein höhnischer Schlusspunkt, und in der Folge änderte sich ihr ohnehin reservierter Umgang noch einmal. Traf man sich früher an den Briefkästen, am Müllcontainer oder im Garten, hatte Dr. Silberer Mashas »Guten Tag!« mit einem »Guten Tag!« oder auch schon mal mit einem korrigierenden »Guten Abend!« beantwortet. Nun sagte er kein Wort mehr, auch nicht auf ihren Gruß hin, nickte allenfalls kurz und eilte weiter, als gäbe es etwas immens Wichtiges zu erledigen. Und dann zupfte er ein paar welke Blätter aus den Hortensien neben der Pforte und brachte sie zur Bio-Tonne.
Nur wenn Paul sie begleitete, quälte er sich die Andeutung eines Lächelns ab, und manchmal kam dabei etwas seltsam Berührtes, fast Verstörtes in seinen Blick – das er aber rasch verbarg, indem er grimassierte, als schiene ihm die Sonne ins Gesicht, auch bei Regen. Und plötzlich wollte Masha sein stets geschäftiger, schrittweise auch leicht gezierter Gang wie eine Schrift vorkommen, wie die klare Signatur unter den geheimsten Wünschen dieses Mannes. »Ich wette, er war mal einer dieser Vorgesetzten, die ihre Mitarbeiter statt mit Kompetenz und innerer Autorität mit permanenter Übellaunigkeit in Schach halten«, sagte sie. »Wusstest du übrigens, dass seine geliebten Dipladenias auf dem Balkon zu den Hundsgift-Gewächsen gehören?«
Paul, der sich gerade einen Tee aufbrühte, lachte durch

die Nase. »Komm, lass Milde walten«, erwiderte er. »Mir ist sein Gesichtsausdruck auch schon aufgefallen. Möglicherweise geht es ihm ja nicht gut, und er hat Schmerzen. Hatten sie nicht etwas von einem orthopädischen Problem erzählt, irgendeine Operation vor Jahren? Deswegen wohl dieses seltsame Trippeln.«

»Sicher«, antwortete sie, »aber vielleicht ist er auch einfach nur schwul und hat das sein Leben lang um der Karriere willen versteckt? Wenn ich sein teures Eau de Toilette rieche, die Grammatik seiner Seitenblicke richtig deute und daran denke, dass man als Mann seiner Generation nur als biederer heterosexueller Familienvater in Chefetagen aufsteigen konnte, zumal in den USA, kann ich mir einiges vorstellen. Und am Ende, großer Kontostand hin oder her, kommt so ein Sehnsuchtskrüppel dabei heraus, der sich bei allen und jedem für sein dauerfrustriertes Dasein rächt und die Türen ins Schloss schlägt, dass es nur so scheppert.«

Paul rührte Honig in seinen Tee. »Jetzt hör schon auf zu ätzen!«, sagte er. »Es mag ja sein, dass er oder seine Frau uns nicht besonders mögen; aber sie kennen uns nicht und haben also kein Recht dazu, oder? Sobald die Bodenkacheln verlegt sind, lade ich sie einmal zu uns ein, und wir trinken was Gutes und reden in Ruhe. Sie erzählen von sich und wir von uns, und du kochst dein alles versöhnendes Bœuf bourguignon, was meinst du?«

»Ich ätze nicht«, hatte Masha geantwortet, durchaus gekränkt. »Es ist immer das alte Lied. Eine Zumutung sind die Menschen, feindselig, niederträchtig, geschmacklos

oder arrogant, und wenn man genau hinsieht, wenn man das beim Namen nennt, weil man darunter leidet, heißt es: Ach Gott, bist du gemein!«
»Na ja«, sagte er leise und nippte von seinem Melissentee, »vielleicht kommt es auf das Wie an? Nicht nur du bist empfindlich.«

Zwar wurde die Dachterrasse nicht fertig, dennoch hatte Paul die Silberers damals für den kommenden Samstag eingeladen, die letzte Möglichkeit vor dem Monatsende, an dem die Ferien begannen und sie nach Neapel reisen wollten. Aus dem Supermarkt zurück, schob Masha die Kasserolle mit dem Fleisch, dem Speck und einem Bouquet aus Kräutern in den Ofen, und nachdem sie den Nudelteig noch einmal durchgeknetet und in ein feuchtes Geschirrtuch gewickelt hatte, zog sie sich um und fuhr zum Zahnarzt in die Innenstadt, wo ihr eine neue Knirschschiene angepasst wurde. Die alte hatte sie im Schlaf zerbissen.
Gegen Abend legte sie sich aufs Sofa und telefonierte kurz mit Paul in Oldenburg, um ihm zu sagen, dass alles vorbereitet sei für den nächsten Tag. Dabei rauchte sie einen kleinen Joint, und kaum hatten sie sich eine gute Nacht gewünscht, begann wieder das Geklimper auf dem Klavier dort unten, jene schiefen Akkordfolgen und zerhackten Melodienbögen, die ihr nach dem Türenknallen am meisten auf die Nerven gingen. Wegen der anhaltenden Hitze standen alle Fenster offen, und sie suchte in dem CD-Stapel auf der Anlage nach ihrer momentanen

Lieblingsmusik, Keith Jarretts »The Melody at Night, with You«; doch war sie nicht zu finden.
Sie hörte sich »I'm Through with Love« auf dem Laptop an, und nach einem Sandwich und einem Glas Milch ging sie in ihr Zimmer und setzte sich mit dicken Kissen im Rücken aufs Bett, um weiter an dem Artikel über das Bauen in der japanischen Feudalzeit zu schreiben. Damals stellte man die Eckbalken der Gebäude ohne jede Verankerung auf glatt polierte Marmorblöcke, ebenerdig, so dass die Konstruktion sich bei einem Beben lediglich verschob, anstatt gleich zusammenzufallen und die Bewohner unter sich zu begraben.
Irgendwann nickte sie über der Arbeit ein, kurz nur, wie ihr schien. Aber die Leuchtziffer ihres Weckers glitt auf Mitternacht, als sie hochschreckte, weil eine Tür ins Schloss geschlagen wurde, eine stählerne, und sie momentlang nicht wusste, wo sie sich befand. Das ganze Zimmer war in ein blaues Flackern getaucht, das die Schatten der Fensterkreuze, der Deckenlampe und der Möbel hin und her springen und den silbernen Buddha auf ihrem Schreibtisch weiß aussehen ließ. Der Computer rutschte ihr vom Schoß, und schlafbenommen dachte sie, die Wände würden wackeln, und hielt sich an der Bettkante fest.
Stimmen irgendwo, männliche, und sie trat in die Gaube ihres Zimmers und blickte hinaus. Offenbar gleichzeitig aus entgegengesetzten Richtungen herbeigeeilt, standen zwei Ambulanzfahrzeuge der Feuerwehr vor dem Gartenzaun. Die Motoren waren ausgeschaltet, die Heck-

türen mit den groß aufgedruckten Notrufnummern geöffnet, zu sehen war aber kein Mensch. Die lautlos zuckenden Lichter auf den Dächern der Wagen färbten auch die Unterseiten der alten, sehr hohen Linden und ließen sie wie blaue Gewölbe aussehen, was die Straße noch einmal stiller zu machen schien.

Wieder Stimmen, und Masha öffnete die Wohnungstür, ging auf Zehenspitzen in den Flur und beugte sich über das Geländer. Zwei Männer mit Atemmasken – sie trugen orangefarbene Signaljacken – manövrierten eine Trage durch das nicht sehr breite Treppenhaus. Angeschnallt darauf lag Frau Silberer, von der sie einen Lidschlag lang nur die bleiche Gesichtshaut und das Collier aus schwarzen Perlen sah. Eine Schmetterlingskanüle war mit Pflaster auf ihrem Handrücken fixiert, und ein dritter Mann, der einen deutlich schweren Rucksack mit der Aufschrift »Notarzt« trug und einen Infusionsbeutel mit Schlauch in die Höhe hielt, raffte sich seinen Atemschutz unters Kinn und sagte: »Haben Sie Ihren Schlüssel?«

»Ja, sicher …« Plötzlich war nichts mehr von jenem Büroton in Dr. Silberers Stimme, fahl und beinahe zittrig klang sie, als er sagte: »Nein, das ist der falsche … Moment, wo hab ich ihn? Ach, hier!« Dann zog er die Tür ins Schloss, folgte den Männern, und Masha ging in das Wohnzimmer. In keinem der Nachbarhäuser brannte Licht, eine Katze rieb sich an einer Laterne vorm Gartentor, und die beiden Sanitäter hoben Frau Silberer von ihrem Scherenwagen und schoben sie in ein Fahrzeug, wobei einer kurz auflachte, weil irgendetwas nicht gleich einrasten wollte; mehrmals musste die Tragbahre hin und her geruckelt werden. Endlich war sie verstaut, doch wurde der Transporter nicht gestartet, fuhr nicht mit Vollgas und Sirenen davon, wie es das flackernde Blaulicht vermuten ließ. Nicht einmal die Türen zog man zu; das an- und abschwellende Fiepen irgendeines Geräts erklang – und wurde augenblicklich leiser gestellt.

Masha, die sich die Erleichterung darüber, dass das gemeinsame Essen am nächsten Tag nun wohl ausfallen würde, mit einem Kopfschütteln verbat, wagte nicht, eine Stehlampe anzuschalten und so als Neugierige sichtbar zu werden. Sie schob einen Sessel ans offene Fenster, goss sich ein wenig Wein in ein Wasserglas und blickte aus dem Dunkeln auf das Geschehen hinunter. Die weiß und schwarz gescheckte Katze, rollig aufgebuckelt, umstrich mittlerweile die Beine des Nachbarn, und der reckte den Hals und hob das Kinn, um etwas erkennen zu können zwischen den Rücken der Männer. Dabei krallte er die Finger in die Seitennähte seiner gebügelten Hose, pendelte mit dem Oberkörper hin und her.

»Hören Sie mich?« Mehrmals wurde der Name seiner Frau gerufen, und den Schemen der Sanitäter hinter den opaken Seitenfenstern zufolge ging es immer hektischer zu in dem Behandlungsraum. Ihre Schritte auf dem Blechboden hallten in der stillen Straße, ein rhythmisches Knarren und Quietschen wurde laut, und nach einem wütenden »Herrgott noch mal!« flog eine Pappschachtel auf die Straße. Ein Sanitäter rannte zu dem anderen

Wagen, um mit einem Spiralkabel und einem hantelartigen Gegenstand zurückzueilen, und dann rief jemand »Weg vom Bett! Kein Metall anfassen!« Es folgte ein dumpfer Knall, kurz darauf ein zweiter, und in den Linden wurde ein Rascheln und Flattern laut, ohne dass man Vögel sah.

Einer der Sanitäter, Blut am Handschuh, reichte Dr. Silberer eine Kette aus dem Wagen, die Tahiti-Perlen seiner Frau. Er sagte wohl auch etwas zu ihm, wies mit einer sanften Geste auf das Haus, und der Nachbar nickte. Indessen war ein wiederholtes Fauchen zu hören, ein Beatmungsgerät wohl, und schließlich wurde die Tür des Transporters zugezogen, und Dr. Silberer sah auf seine Füße hinunter, als bemerkte er erst jetzt, dass er ohne Schuhe aus der Wohnung gegangen war.

Er verstaute die Perlen in seiner Hemdtasche, bückte sich nach der Schachtel auf dem Asphalt, in der Spritzen oder Ampullen gewesen sein mochten, und warf sie in eine Mülltonne, in die blaue für das Papier. Dann strich er sich seine weißen, aus der Form gefallenen Strähnen wieder über den Kopf und kam langsam zum Haus zurück. Lindenblüten klebten an seinen Strümpfen.

Die Katze folgte ihm zögerlich, ein Stück nur, die Wohnungstür fiel ins Schloss, und einen Augenblick lang dachte Masha daran, bei ihm zu klingeln, um ihre Hilfe anzubieten. Doch hatte sie eine seltsame Scheu davor, nicht nur, weil sie vermutete, dass sich dieser Nachbar auch jetzt nicht hilflos zeigen würde, nicht ihr gegenüber. Vielmehr fragte sie sich, worin ein Zuspruch oder

eine Unterstützung in so einer intimen Situation, die bei aller Angst womöglich auf den letzten, den Augenblick höchster Würde im Leben eines Menschen hinauslief, überhaupt bestehen könnte? Sich fernhalten war hier wohl der einzig angemessene Beistand, dachte sie und ließ den Mann mit den besten Wünschen allein.
Nachdem sie sich noch etwas Burgunder ins Glas gegossen hatte, holte sie ihr Smartphone vom Nachttisch, um den blauen Garten und die Ambulanzen für Paul zu fotografieren – stutzte aber sogleich, weil sie einen Moment lang ihren Ohren nicht traute. Noch einmal hatte jemand im Wagen den Namen der Nachbarin gerufen, und in dem folgenden Moment der Stille, in dem ein fetter Waschbär von einem Hortensienstrauch zum anderen eilte und nach aufgeschreckten Nachtfaltern haschte, wurde plötzlich Klavier gespielt in der Wohnung der Silberers. Wind kam auf, vertrieb die Wolken vor dem Mond, und verwirrt legte Masha das Handy wieder weg.
Sehr leise drang die Musik durch die Decke oder die hohlen Zwischenwände, leiser als sonst, und war nicht eine dieser monotonen Klangfolgen, mit denen sich jemand die Fingergelenke beweglich hielt. Es war ein sanfter Jazz – leicht modifizierte oder ins Melancholische übersetzte, von aller Raffinesse befreite Standards, die ihr bekannt vorkamen, und der Mann wurde ihr noch einmal unheimlicher. Dort unten auf der Straße, die übersät war von abgefallenen Blüten, rang man mit allen möglichen Mitteln und Geräten um das Leben seiner

Frau, und Dr. Silberer saß am Flügel und spielte Evergreens?
Er spielte sie gut und innig und ohne Nervosität, sicher in Tempo und Tonart, und Masha stellte sich vor, ihr Mann würde vor dem Haus wegen eines akuten Notfalls behandelt, womöglich sogar reanimiert werden: Wäre sie nicht nah am Fahrzeug geblieben, auch wenn der Arzt sie weggeschickt hätte, so nah wie möglich, egal wie lange es dauern mochte, um in jeder Sekunde des Kampfes in Pauls Nähe zu sein? Hätte sie nicht wieder und wieder den Hals gereckt, um zu sehen, was dort auf der Trage mit ihrem Liebsten geschah, und vielleicht sogar selbst seinen Namen gerufen, damit er einen Hauch von Halt oder Trost im Klang ihrer Stimme fände?
Sie mochte es nicht glauben, trat auf die Dachterrasse hinaus und blickte über die Brüstung. Zwei leere Teller standen auf dem Balkontisch der Silberers, Bändchen von Teebeuteln, die aus zwei Gläsern hingen, flatterten im Wind. Die weißen Dipladenias blühten blau in dem Geflacker, die hohen Fenstertüren standen offen, und deutlicher war jetzt die Klaviermusik zu hören. Aber an dem Flügel mit den Intarsien – ein Vorhang wölbte sich in die Sommernacht – saß niemand, und Masha schloss kurz die Augen und fühlte die dicke Bitumenschicht, immer noch warm von der Tageshitze, weich werden unter ihren Füßen.
Keith Jarrett spielte »I'm Through with Love«, und dann trat ein Sanitäter auf die Straße, streifte sich die Handschuhe ab und zog sein Smartphone aus der Tasche. Wäh-

rend er auf das Display blickte, umschmiegte die Katze auch seine Beine, und das Behandlungslicht im Innern des Transporters erlosch.

Entgegen aller Gewohnheit nahm Masha in dieser Nacht eine Schlaftablette, und eine Weile horchte sie noch auf das leise Poltern und Räumen in der Nachbarwohnung und legte sogar einmal ein Ohr an die Wand. Klaviermusik lief dort unten jedenfalls nicht mehr, aber sie erkannte die Stimme des Arztes und hörte Dr. Silberer »Ja« im hallenden Treppenhaus sagen. »Ja, ist gut. Bring ich morgen vorbei.«
Dann fielen ihr die Augen zu, und obwohl es bereits dämmerte, als sie erwachte, hatte sie das Gefühl, kaum geschlafen zu haben. Der Duft der alten Linden durchzog die Wohnung, doch das Brausen der Bienenschwärme, das seit einer Woche Luft und Laub vibrieren ließ, hatte noch nicht begonnen in der Morgenkühle. Von anderen Geräuschen war sie geweckt worden, von einem seltsamen Zwitschern und Ächzen aus dem Teil des Gartens, der hinter dem Haus lag, und sie band sich die Haare im Nacken zusammen, ging in Pauls Zimmer und blickte hinaus. Über den hohen Taxusstauden, die das Grundstück nach Osten begrenzten, und dem Rosenbeet, unter dem der Hund begraben lag, blaute es bereits und ließ einen weiteren heißen Tag ahnen.
Dennoch trug der Mann, der auf dem Stumpf des Nussbaums saß, eine wattierte Jacke, einen Schal und sogar Handschuhe, indes er hustend in Taschen und Beuteln

kramte und die Tiere fütterte, die Masha auf den ersten Blick für Katzen hielt. Töpfe, Gläser, bunte Tupperware und offenbar auch Plastikschubladen aus einem Kühlschrank hatte er um sich herumgestellt, und sein wiederholtes Schnalzen und Pfeifen oder das Rascheln mit einer Tüte Chips lockte mehr und mehr kleine und große, magere oder dick aufgeplusterte Waschbären herbei.
Aus den Hecken und durch den lückenhaften Jägerzaun der Nachbarn krochen sie hervor, hoben witternd die Schnauzen oder blickten sich aus ihren schwarzen Gesichtsmasken um, ehe sie quer über den gepflegten Rasen hoppelten, dass die Tautropfen spritzten. Manche hockten sich in einigem Abstand vor Dr. Silberer hin, beäugten ihn mit neugierig zur Seite geneigten Köpfen, doch andere richteten sich auch nah vor ihm auf, reckten die Kehlen und legten ihm sogar ihre Pfoten an die Knie. Vorsichtig nahm das eine oder andere eine geschälte Banane, einen halben Dosenpfirsich oder ein rohes Ei mit seinen langen Krallen entgegen und zog sich damit unter die Sträucher zurück.
Zwanzig oder mehr mochten den Mann schon umringen, sogar vom Dach der Nachbarvilla kamen zwei, kletterten eilig das Regenrohr herab, und er leerte eine große Schachtel Pralinen über ihren schwarzen und graubraunen Fellrücken und zerbiss Äpfel und Möhren, verteilte die Stücke. Dabei schob er die gierigsten Tiere behutsam mit dem Handrücken zur Seite, mit dem Fuß, damit scheuere Platz fanden, und sprach auch manchmal mit ihnen, wobei sich seine Stimme nahezu väterlich färbte.

»Du schon wieder?«, brummte er. »Na, langsam, schön langsam! Lass den auch mal! Was denn, was denn! Jeder kommt dran. Wo ist denn dein Junges heute? So, ja so, und jetzt du! Alter Ganove!«

Mit Nüssen und Salzstangen fütterte er sie, mit Würstchen aus der Dose und Roter Beete aus dem Vakuumbeutel. Er stellte ihnen ein Töpfchen Heringssalat ins Gras, zupfte Weintrauben von den Dolden, riss Schinken- und Käsepackungen auf und goss ein Glas voller Oliven und eines voller Gurken vor sie hin. Auch Salamischeiben, einen Camembert und mehrere rohe Fleischstücke aus einer Tüte des Supermarktes reichte er herum, Gulasch vielleicht. Dann leerte er eine Tüte Milch in eine Kühlschrank-Lade, die sofort ausgeschlürft wurde, und auch einen Kuchen, einen fast noch runden, mit Puderzucker bestäubten Gugelhupf, zwei Stücke mochten fehlen, verteilte er gerecht.

Erste Schwalben schossen durch die Luft, hinter den Dächern des Nachbargrundstücks ging die Sonne auf, und schließlich schien alles verfüttert zu sein. Eine Weile war noch das Kratzen der Krallen in den leeren Dosen und Gläsern und das Schmatzen der Tiere zu hören, die einander die Mäuler leckten, und Dr. Silberer erhob sich wie aus einer zurückweichenden Woge aus Fell, kramte in seinen Jackentaschen und steckte sich eine Zigarette an. Hustend stieg er dann die Treppe zu seiner Wohnung hinauf, schweren Schrittes, das war zu hören; aber die Tür schloss er lautlos.

Budenzauber

Im Sommer 1963 sprachen die Erwachsenen oft vom »Zechensterben«, aber der Vater und die anderen Kumpel in der Siedlung hatten noch Arbeit, und auch aus den Kühltürmen der Kokerei quoll Rauch. Die Mutter saß im Unterrock vor der Frisierkommode, entfernte den alten Lack von ihren Nägeln und ließ die Watteflocken auf den Boden fallen. Das Kind, dem stets ein wenig übel wurde von dem Aceton-Geruch, hob sie auf, und als es die tonlos Flötende fragte, ob sie an dem Abend tanzen gehen würde, nickte sie stumm, mit ernstem Gesicht, als wäre das so unvermeidlich wie der Schulbeginn im Herbst. Diese scheinbare Beiläufigkeit bei zusammengedrückten Lippen sollte die Beklommenheit oder gar das schlechte Gewissen der Frau verbergen. Aber der sechsjährige Junge spürte es doch, und trotz der Sonne draußen türmten sich Nacht und angstvolle Verlassenheit vor ihm auf wie die Kohlehalden jenseits der Felder.
»Hör zu, Timmi …«, sagte die Mutter, die ihn meistens so nannte, wenn sie einen Gefallen von ihm wollte, etwa ihre täglichen Zigaretten bis zum Lohntag anschreiben zu lassen; sie selbst genierte sich deswegen. »Der Kleine schläft ja mittlerweile durch, und wir bleiben bestimmt nicht lange weg. Aber vorbeischauen müssen wir da, die

Kumpel haben Revierfest und extra ein Bierzelt aufgebaut. Und dass wir bei all der Arbeit mit euch auch mal ein bisschen Spaß und Erholung brauchen, verstehst du sicher, oder?« Sie sah ihn aus dem dreigeteilten Spiegel an, wartete auf sein Nicken, und nachdem sie sich die Nägel neu lackiert hatte, ging sie in die Küche und stellte das Fläschchen in den Kühlschrank zurück.

Sein Vater war bei den Tauben auf dem Dachboden, man hörte, wie er den kalkigen Kot der Tiere von den Brettern kratzte, und das weckte wohl seinen Bruder im Wohnzimmer auf. Aber vielleicht war es auch die Hitze in diesem August, in der sie alle nicht mehr richtig schlafen konnten; jedenfalls ächzte und wimmerte Flori leise, als hätte er einen schlimmen Traum gehabt. Zwei Jahre alt wurde er demnächst, sprach außer »Mama« und »Papa« aber kaum ein Wort und konnte sich immer noch nicht lange auf den Beinen halten. Und weil er beim Herumkrabbeln jeden Dreck in den Mund nahm, einmal sogar eine Büroklammer, wurde er die meiste Zeit in den Laufstall gesetzt. Der hatte Rollen und konnte zwischen das Aquarium und die Musiktruhe geschoben werden, wo der Kleine dann die Fische beobachtete oder auf die Radio-Skala starrte, die erleuchteten Städtenamen, als könnte er sie schon lesen.

Aber jetzt weinte er, und die Mutter, die gerade eine neue Schachtel »Juno« aufriss, verdrehte die Augen und bedeutete dem Älteren mit einer Kopfbewegung, nach dem Kleinen zu sehen. Eine der Muscheln mit der Karamellfüllung, die es im Konsum gab, war ihm auf den Teppich

gefallen, unerreichbar für seine Ärmchen, und Tim warf sie ihm durch die Stäbe zurück, schnitt ihm eine Grimasse und ging in sein Zimmer. Er mochte den Bruder nicht, weil er beim geringsten Anlass weinte oder schrie, ohne dass die Mutter ihm nur einen Klaps gab. Sogar wenn Flori den verhassten Spinat an die Küchenwand schmierte oder ihren vollen Aschenbecher von der Sofalehne stieß, wurde Tim angeherrscht oder gar geohrfeigt, weil er nicht achtgegeben hatte auf ihn.
Krank war er, ohne dass man genau wusste, was ihm fehlte; irgendetwas stimmte nicht mit den Nerven, sagten die Eltern manchmal, aber was waren Nerven. Immer zappelte er unruhig herum und hatte zudem eine Lidlähmung links; das Auge ließ sich nur einen Spalt breit öffnen und auch nicht ganz schließen, was dem Gesicht einen etwas schiefen Ausdruck gab. Mehrmals täglich zerdrückte die Mutter Tabletten und rührte sie zusammen mit irgendwelchen Tropfen in den Kirschjoghurt, den er so gern aß. Sie fütterte ihn damit über das Holzgitter hinweg, und meistens beruhigte ihn die Medizin, und das Quengeln und Weinen ließ nach. Dann legte er die Wange auf seinen vollgesabberten Teddy und beobachtete alles, was im Raum geschah, reglos durch die Stäbe hindurch.
Aber manchmal erbrach er sich auch, und wenn das vor den Hausbesitzern geschah, den Braakes, oder vor einem der Sofahändler vom »Wäschehaus Witt«, konnte Tim einen seltsamen Ausdruck im Gesicht der Mutter sehen, eine Verlegenheit, die sie fast mädchenhaft wirken ließ.

Manchmal wurde sie sogar rot, und er blickte rasch weg, denn fiele ihr auf, dass er das bemerkt hatte, würde sie später umso strenger zu ihm sein. Ein krankes Kind zu haben, über das man redete, das ließ sie oft das gesunde büßen.

Seinen Bruder mochte Tim aber auch deswegen nicht, weil er in diesem Sommer kaum mehr frei war und spielen durfte, wann und wo er Lust dazu hatte: Nichts liebte er mehr, als Figuren zu formen aus dem Lehm am Baggersee oder mit dem neuen Roller die Fernewaldstraße hinunterzusausen, bis ihm der warme Wind wie Seide um die nackten Beine wirbelte. Aber neuerdings musste er immer öfter seiner Mutter helfen, denn sobald sie Dinge zu tun hatte, für die sie Ruhe oder Platz brauchte in der engen Wohnung, etwa Staub saugen, einen Korb voller Wäsche bügeln oder bei Kaffee und Zigaretten mit ihren Freundinnen tratschen, bettete sie den schlafenden Florian in den Rattan-Wagen, in dem schon Tim gelegen hatte, und dann musste der ihn auf dem Gehweg vor dem Haus herumschieben, mindestens eine Stunde lang, nicht selten auch länger.

Vom Trafokasten bis zur nächsten Laterne und wieder zurück, das war sein Auftrag, denn so konnte die Mutter ihn immer im Blick behalten, und diese Zeit war nicht nur eine Qual, weil die kleinen Räder des Wagens schwergängig quietschten und die Griffstange noch etwas zu hoch für ihn angesetzt war. Tim schämte sich auch vor den anderen Kindern, die alle jüngere Geschwister hatten, Säuglinge oft, aber nie etwas Derartiges tun mussten, keines von ihnen. Besonders die Mädchen, die Flori manchmal »Fletschauge« oder auch »Schnapskind« nannten, obwohl er nur Milch trank, belachten ihn hämisch – während die Jungen mit extra lautem Geheul im Ginster des Brachlands verschwanden und ohne ihn Indianer spielten.

Als der Vater die Stiege herunterkam, brachte er das Aroma des Dachbodens mit, einen Geruch nach staubigen Federn, kalkigem Kot und Mais in Papiersäcken. Er drückte die Wohnungstür mit einem Ellbogen zu und hielt Tims Mutter, die an ihrer »Singer«-Nähmaschine saß, seine großen Hände hin. Zwei sauber gerupfte Tauben ohne Köpfe und Krallen lagen darauf, Täubchen, wie die Mutter meistens sagte, denn die sonst so imposant die Brust blähenden Tiere sahen ohne ihre Federn erstaunlich zart aus. Beim Braten wurden sie noch einmal kleiner, und am Ende gab's kaum mehr etwas an ihnen, das satt machte. Mit einem Schnittmuster aus Seidenpapier beschäftigt, eine Reihe Nadeln zwischen den Lippen, blickte Tims Mutter kurz einmal auf. »Und?«, fragte sie aus dem Mundwinkel heraus. »Was soll ich damit?«
Sein Vater hob die Schultern. »Na, ich dachte, du könntest sie schnell zum Essen machen«, antwortete er. »Du magst sie doch gern, oder? Das waren Fremde im Schlag, ohne Beringung, das Gefieder voller Milben. Mit denen hätte ich keinen Preis gewonnen.«
Die Mutter steckte die Nadeln in ein Kissen. »Zum Abendbrot Tauben? Spinnst du? Ich mach mir gleich die

Haare – und dann stell ich mich noch an den Herd und riech stundenlang nach Küche? Es gibt Tomatenbrote und Quark, fertig. Leg sie in den Kühlschrank und rasier dich! Um acht holt uns die Lisbeth ab.«

Kleine-Gunk hieß das Lokal am Stadtrand, in das sie jedes zweite oder dritte Wochenende zum Tanzen ging – gewöhnlich mit ihren Freundinnen und ohne Tims Vater. Der blieb lieber zu Hause auf dem Sofa, wo er Romanhefte las; wenige in der Siedlung konnten sich schon einen Fernseher leisten. »Sowas gehört sich nicht! Eine anständige Frau geht nicht allein aus«, hatte Walburga, die älteste Tochter der Hausbesitzer, einmal zu Tim gesagt. Sie war schon zwölf und stammte aus der ersten Ehe von Frau Braake, was ihm stets wie eine Besonderheit oder gar Auszeichnung klang. Als er seine Mutter einmal fragte, ob auch er aus der ersten und sein kranker Bruder vielleicht aus der zweiten Ehe stammte, musste sie lachen.

»Die sind bloß neidisch«, sagte sie. »Die gönnen sich nicht mal richtigen Kaffee, nur Muckefuck, weil sie ihr Haus abbezahlen müssen, mit unserer Miete. Und nach dreißig Jahren gehört ihnen die rissige Schachtel vielleicht, aber sie waren nicht ein einziges Mal tanzen und fragen sich, wofür sie überhaupt gelebt haben.«

Manchmal am Monatsende, wenn es den Restlohn gab, der etwas höher als der Abschlag am Fünfzehnten war, ging aber auch der Vater mit zu Kleine-Gunk, eine halbe Stunde Fußweg entlang der Weizenfelder, und nach dem Essen und dem Zähneputzen kam die Mutter auf einen letzten Blick in Tims Zimmer. Sie wusste, dass er noch wach war; immer an solchen Abenden blieb er lange schlaflos vor Angst. Aber sie machte kein Licht, um ihm nicht in die Augen sehen zu müssen; auch das hatte er mittlerweile im Gefühl. Die kleine Wandlampe im Korridor schien durch ihre toupierten Haare, als sie sich auf seine Bettkante setzte.

Festlich roch sie, nach Puder und Parfüm. »Also, Sohnemann, wir ziehen los«, sagte sie und zupfte die dünne Decke glatt. »Der Kleine schläft in seinem Käfig, ich hab ihm ein paar Extra-Tropfen in den Joghurt gerührt, und die Tür hier lass ich vorsichtshalber offen. Sein Fläschchen steht auf dem Radio; wo die Windeln sind, weißt du. Und falls irgendetwas sein sollte und er sich nicht beruhigen will, geh einfach wieder zu Frau Braake, ich hab mit ihr gesprochen. Notfalls kommt Sie hoch und hilft.« Ihre dünnen Armreife klirrten leise gegeneinander, als sie ihm über die Haare strich. »Aber du bist ja schon groß, du schaffst das auch ohne die, oder? Seid schön artig und veranstaltet hier keinen Budenzauber.«

Sie löschte das Licht im Korridor, und kurz darauf hörte er sie die Treppe hinuntergehen in ihren neuen spitzen Schuhen und zählte die Stufen mit, soweit er es konnte, bis zwölf; es waren aber zwei mehr, und kaum schlug unten die Haustür zu, sprang er aus dem Bett. Draußen war das schrille Lachen von Tante Lisbeth zu hören, fast ein Kreischen, und während sich das Klacken und Kratzen von Pfennigabsätzen auf dem Asphalt entfernte, sah

Tim durch den Türspalt ins Wohnzimmer, das trotz der zugezogenen Vorhänge noch nicht ganz dunkel war. Zu fadenscheinig der Stoff, und außerdem brannte ein Nachtlicht hinter dem Aquarium.

Floris leise pfeifender Atem klang, als wäre die Nase verstopft, doch lag das an den Schwellungen darin, die man wegoperieren wollte, wenn er größer war. Tim hoffte innig, dass der Bruder durchschlafen würde und er die Hausbesitzer nicht wecken musste, wie einmal schon. Er fürchtete sich vor den Braakes – umso mehr, als sie immer freundlich zu seinen Eltern waren, aber selten zu ihm. Sie scherzten mit ihnen auf der Treppe, luden sie auch schon mal zum Kartenspielen ein oder zu einer Flasche Bier im Garten, aber sobald Tims Eltern sich wegdrehten, erlosch das Lächeln in den Gesichtern der beiden, und sie musterten ihn und Flori aus kalten Augen, die wenig mehr als die eigenen Kinder gelten ließen. Herr Braake, ein kleiner Mann, dessen Wangenknochen immer zuckten, als bisse er die Zähne zusammen, hatte ihm sogar schon mal ein Ohr langgezogen und gesagt: »Der Roller wird nicht an die Mauer gelehnt, verstanden! Du zerschrammst den Putz!«

Obwohl das Fenster gekippt war und Tim nur Unterwäsche trug, wurde es kaum kühler in der Dämmerung. Er wälzte sich im Bett herum und schlug sich immer wieder an die Schläfe oder in den Nacken, weil er die rinnenden Schweißtropfen für Mücken hielt. Aber endlich schlief er doch ein und träumte von seinem Roller, den der Vater ihm geschenkt hatte, und von dem roten Marienkäfer auf dem Klingeldeckel, den er so liebte – obwohl er sich fragte, warum er auf einem Flügel drei und auf dem anderen nur zwei schwarze Punkte hatte. War er womöglich deshalb billiger gewesen, ein Sonderangebot aus zweiter Ehe? Und dann schreckte er hoch, weil sich die Tauben auf dem Dachboden zu streiten schienen, sie konnten sehr laut sein. Aber was er im Traum für ihr wütendes Gurren gehalten hatte, war in Wahrheit die Stimme des Bruders.

Es klang überhaupt nicht nach einem Kind, wenn Flori schrie, nicht nur wegen der Polypen. In seiner Kehle war stets so ein Schnarren wie in den farblosen Melodien, die Onkel Helmut manchmal mit einem Stück Butterbrotpapier auf dem Kamm blies. Rasch glitt Tim aus dem Bett, schlich auf Zehenspitzen in den dunklen Korridor und blickte erneut durch den Spalt der Wohnzimmertür. Er konnte schon die Uhr an der Wand lesen, jedenfalls die vollen Stunden; im schwachen Schein der Aquarium-Lampe ließ sich aber nicht erkennen, ob es zehn war oder ein wenig vor zwölf.
Die feinen blonden Haare zerzaust, das Gesicht verzerrt, stand Flori auf der bunten Flickendecke, hielt sich an den Gitterstäben fest und wippte auf und ab in den Knien, während er nach der Mutter schrie. Offenbar tat er das schon eine Weile, denn die geröteten Wangen glänzten vor Rotz und Tränen; aber in die Windeln gemacht hatte er sich offenbar nicht. Sein hellblauer Strampelanzug, im Licht des Aquariums nahezu grün, schien trocken

zu sein, und lautlos zog Tim sich zurück und kroch unter die Decke in der Hoffnung, dass sich die Stille des Hauses wieder um sie schließen möge und sie weiterschlafen konnten.
Aber Flori wurde nicht müde, im Gegenteil. Das wackelige Gitter des Bettes wummerte gegen die Wand, und Tim drückte sich einen Kissenzipfel aufs Ohr. Mehr als das rücksichtslose, jede Nachtruhe ignorierende Schreien des Bruders beengte ihn freilich die Angst, dass man ihm die Schuld daran geben könnte. Die Hausbesitzer, die sich oft schon über Radiomusik oder das Herumgehen der Mutter in Stöckelschuhen beschwerten, mussten es irgendwann hören, und wie die Eltern manchmal könnten auch sie denken, er habe Schlimmes angestellt mit dem Bruder, ihn durch die Stäbe hindurch gepiesackt oder ihm Spielzeug weggenommen. Und wie sollte er dann beweisen, dass es gar nicht so war?
Er riss sich die Decke vom Gesicht, rang japsend nach Luft. Mit Herzklopfen erinnerte er sich an den vorigen Monat, als die Eltern bis nach Mitternacht auf dem Polterabend von Papas Steiger getanzt hatten und er Frau Braake rufen musste, weil ihm der Schnuller von Floris Fläschchen gerutscht war und er alles im Bett vergossen hatte, den ganzen klebrigen Brei. Atemlos von den Treppenstufen, denn die Frau war sehr dick, hatte sie ohne jedes Interesse für seine Erklärungen und Beteuerungen an ihm vorbeigeblickt wie an einem Stuhl, der im Weg stand, und kopfschüttelnd über seine Handreichungen hinweggegriffen. Als gehörten ihr auch die Truhen und

Schränke, wusste sie selbst, wo seine Mutter die frischen Windeln oder Strampelhöschen des Bruders verstaute, hatte alle Arbeiten ächzend verrichtet und war grußlos wieder schlafen gegangen. Sie litt, hieß es, an einer »Frauensache«.

Aber inzwischen schien Flori leiser zu weinen, wimmerte fast nur noch, was Tim erleichterte. Denn fast noch ärger als der Gedanke an Frau Braake war die Vorstellung, dass ihr Mann hier nach dem Rechten sah, weil sie erschöpft war oder mal wieder im Krankenhaus lag. Allein der Blick aus Augen schmal wie Nadeln ließ seine Kinder, zwei Jungen und drei Mädchen, oft erstarren und trieb ihnen die Blässe ins Gesicht. Denn hatten sie etwas ausgefressen oder die befohlenen Arbeiten – Unkraut jäten, Schuhe putzen, Brennholz hacken – nicht ordentlich erledigt, mussten sie ohne Abendbrot ins Bett oder sich im Schuppen über den Sägebock legen. Dort zog er ihnen die Kleider herunter und drosch mit seinem Gürtel auf ihre nackten Hintern ein, bis sie blaurote Striemen kriegten. Im Alsbachtal, wo man sich zum Schwimmen traf, lugten die manchmal unter den Säumen ihrer Trikots hervor.

Auch ihn, als er im Kohlenkeller ein paar Briketts holen sollte, hatte Herr Braake einmal gepackt. Unvermutet aus dem Dunkeln tretend, hatte er ihm, dem Schreckensstarren, zwischen die Beine gegriffen und gesagt: »Keinen Arsch in der Hose, aber ›La Paloma‹ pfeifen, was?« Dabei hatte Tim gar nicht gepfiffen, und wenn »La Paloma« ein Schlager war, kannte er ihn nicht; sie besaßen zwar einen Zehn-Platten-Wechsler, aber nur drei Platten, und die hießen »Marina«, »Ohne Krimi geht die Mimi nie ins Bett« und »Heißer Sand und ein verlorenes Land«.

Gähnend setzte er sich auf. Sein Hals fühlte sich trocken an vor Hitze und Beklemmung, das Schlucken fiel schwer, und er ging ins Bad und stellte sich auf das Bänkchen vor dem Waschbecken. Das Leitungswasser wurde nie richtig kalt in diesem Sommer, und nachdem er etwas getrunken hatte, lauschte er wieder, hörte nun aber nichts mehr durch den Türspalt, oder nur das Säuseln der Sauerstoffpumpe im Aquarium. Offenbar hatte sich sein Bruder müde geschrien und schlief bereits wieder, und erleichtert zog Tim sich in sein Zimmer zurück.

Kaum aber lag er im Bett und hatte die Augen geschlossen, klirrte es nebenan, und etwas kollerte über die Dielen. Erneut setzte Floris Schreien ein, und Tim sprang auf, lief hinüber und schaltete das Deckenlicht an, den Kranz aus grauen Tütenlampen. Offenbar war der Kleine dahintergekommen, dass die Rollen unter seinem Laufgitter nicht festgestellt waren und er die ganze Konstruktion bewegen konnte, indem er sich mit beiden Händen von der Wand abstieß: So hatte er sich ein Stück weit durch den Raum manövriert und den dünnbeinigen Nierentisch mit der böhmischen Schale darauf gerammt. Zwei Äpfel lagen in den Scherben auf der Ofenschwelle, eine Banane in seinem Bett, und er weinte und schrie nun noch lauter in dem grellen Licht und streckte seinem Bruder die Ärmchen entgegen.

»O Gott, was machst du denn!«, sagte Tim traurig, schob das Gitterbett wieder an seinen Platz und trat auf die Arretierung, die sich nur schwer bewegen ließ von seinem nackten Fuß. Er nahm das Fläschchen vom Radio, prüfte den Sitz des Schnullers und hielt es dem Bruder hin. Doch schrie der offenbar nicht, weil er Hunger hatte. Zwar schloss er die Hände um das Plastik mit dem zerkratzten Elefantenmuster und trank einen Schluck, vielleicht auch zwei, spuckte den Brei aber gleich wieder aus und jammerte erneut, wobei sein »Mama!« eher wie ein heiseres »Awa!« oder auch »Aua!« klang und Milchblasen in seinem Rachen platzten.

Tim strich ihm über die Haare. »Sie hört dich nicht«, sagte er. »Sie ist zu Kleine-Gunk gegangen, Revierfest, das verstehst du doch, oder? Bist ja schon groß, und sie muss auch mal ein bisschen Vergnügen haben nach der Anstrengung mit uns. Aber sie kommt bald zurück, ganz bestimmt. Zusammen mit dem Papa ist sie gleich wieder da. Leg dich hin und schlaf jetzt, ja? Du weckst noch alle auf!«

Aber das interessierte den Bruder, der auf die Knie geplumpst war, ganz und gar nicht. Er warf das Fläschchen aus dem Bett, packte seinen Teddy am Bein und schlug damit schreiend nach dem Bruder, traf ihn sogar einmal. Tim konnte die harten Glasaugen fühlen, und schließlich schaltete er das Radio ein, um den Kleinen mit der Leuchtskala abzulenken, ihrem Flackern, wenn man an der Senderwahl drehte. Hinter der Stoffbespannung knackte und dudelte es leise, und tatsächlich ver-

stummte Flori einen Moment lang, bog das Köpfchen in den Nacken und starrte den Apparat an.
Vorsichtig verstellte Tim den Lautstärkenregler, bis eine ganz zarte, wie von fern her wehende Geigenmusik zu hören war. Auf den ersten Blick sah es aus, als würde sie die kaum sichtbaren Wellen auf der Wasseroberfläche des Aquariums erzeugen. Aber das war wohl der Sauerstoffstrahl zwischen den Pflanzen oder der Flossenschlag der größeren Fische, und als die Musik kurz verstummte und die Sprecherin des Nachtprogramms, die so entspannt klang, als würde sie bei Kerzenlicht reden, das nächste Stück ankündigte, begann Flori wieder nach der Mutter zu rufen.
Dabei schlug er die Stirn gegen die Holzstäbe, und seine kratzige Stimme kippte ins Schrille. Das klang wie bei einer sonst nur schnurrenden oder maunzenden Katze, der man jäh das Fell im Nacken zusammenwrang, und alle, die das hören konnten, mussten glauben, dass er furchtbar gequält wurde. Panik verschlug Tim den Atem, seine Hände und Füße fühlten sich trotz der Wärme kalt an, und er rannte in sein Zimmer, zerrte seinen Spielzeug-Karton unter dem Bett hervor, kippte die Matchbox-Autos und Dschungel-Figuren auf den Boden und nahm seinen Schatz heraus, seine Bilderbücher.
»Fix und Foxi«-, »Micky Maus«- oder »Prinz Eisenherz«-Hefte bekam er selten, die waren den Eltern zu teuer, und so hatte er sich etwas Ähnliches selbst gebastelt. In drei zerfledderte Schulkladden von Walburga Braake, vollgeschrieben mit Zahlenreihen, hatte er Gegenstände

und Figuren aus »Neckermann«- oder »Klingel«-Katalogen geklebt, ein viertes Heft war in Arbeit. Die Männer konnte man einfach ausschneiden, doch die Frauen mit den komplizierten Kleidern und den Innen- und Außenrollen in den Haaren erforderten Fingerspitzengefühl, dazu brauchte es die spitze Nagelschere der Mutter, und beim Blättern in diesen Bilderfolgen träumte er sich oft in spannende Handlungen hinein.
Zwischen die Figuren hatte er Bäume, Blumen oder bunte Vögel gemalt, und tatsächlich stutzte sein Bruder, als er ihm das erste Heft durch die Stäbe reichte, denn nie sonst überließ er ihm diese Arbeiten; viel zu achtlos betatschte er immer alles, viel zu klebrig waren oft seine Finger. Aber jetzt, nach wie vor auf den Knien, durfte er sich Seite für Seite ansehen, was er zunächst auch fast andächtig tat. Dabei brabbelte er halblaut vor sich hin, und Tim, der plötzlich wieder schläfrig wurde, legte sich auf den Teppich, stützte das Kinn auf eine Faust und beobachtete ihn dabei. Wollte der Kleine ein Bild an einer losen Ecke vom Blatt reißen oder an einer aufgemalten Sonne lecken, langte er rasch durch das Gitter und blätterte für ihn weiter. Dabei aß er ein Stück von der Banane.

Schon beim nächsten Heft war Flori aber sichtlich enttäuscht davon, dass es wieder nur Ausgeschnittenes enthielt – adrett gescheitelte Handwerker in Blaumännern, Frauen in Hüfthaltern, Sammeltassen mit goldenem Rand. Unwirsch überschlug er mehrere Seiten, ein Pudel im gesteppten Jäckchen fiel heraus, und dann verzog er den Mund, bis die Winkel neben dem krausen Kinn herabhingen, kniff die Lider zusammen und wurde, als staute sich etwas in ihm an, immer noch roter im Gesicht: Ehe er die notdürftig hergestellte Stille wieder mit einem Schrei zerriss.

Offenbar zu Kräften gekommen beim versonnen Blättern, war seine Stimme noch einmal dunkler als zuvor. Sie hörte sich an, als würde er in etwas Hohles schreien, in die leere Kohlenschütte, wie Tim es manchmal im Keller machte – wobei in dem schnarrenden Unterton mitklang, dass der Kleine zunehmend empört war über den Bruder und darüber, dass er ihm nicht half aus seiner Not oder Verzweiflung, was immer die meinte. Die halbe Banane, die Tim ihm reichte, wurde sogleich zerquetscht und auf eine Kladde geschmiert, und er sprang auf und lief durch die Wohnung in der Hoffnung, irgendetwas Ablenkendes oder Beruhigendes für Flori zu finden.

Eine Tageszeitung schob er ihm durch die Stäbe, seinen Junior-Tischtennisschläger mit den beiden »Schildkröt«-Bällen, seinen kleinen Feuerwehrwagen mit ausziehbarer Leiter, alle Lockenwickler von der Frisierkommode, den Flamingo aus Plastik hinter der Gardine. Auch ein Rabattheft voller Marken von »Schätzlein«, eine Stoffblume aus dem Nähkasten der Mutter und die lederne Arbeitstasche des Vaters mit der verbeulten Brotdose hielt er ihm hin, und das alles prüfte Flori zwar einen Augenblick lang, warf es dann aber zur Seite oder durch

das Gitter hinaus und schrie und jammerte weiter, und vor Hilflosigkeit kamen nun auch Tim die Tränen.
»Hör auf, Flori! Bitte hör auf!«, flehte er, indes ihm nichts anderes mehr einfiel, als das Radio lauter zu drehen, um den Bruder mit der Musik des Nachtkonzerts zu übertönen. Orgelmusik war es, wie er sie aus der Kirche kannte und eigentlich nicht mochte; immer erschrak man, wenn sie losbrauste, und besonders die Töne aus den schmalen Pfeifen schmerzten in den Ohren. Aber hier setzte nach einem kurzen Vorspiel ein Chor ein und die Stimmen waren so weich wie die Chiffontücher von Tante Lisbeth und glänzten wie Silber oder Perlmutt, was auch Flori zu faszinieren schien.
Denn plötzlich verstummte er vor dem ebenso zarten wie machtvollen Gesang, riss das unversehrte Auge auf und blickte eine Weile zur Lampe hoch, als sähe er dort etwas schweben. So traumverloren und schön war Tim der Bruder selten erschienen. Die Finger der erhobenen Linken bewegend, wollte er offenbar die Töne betasten und lächelte sogar, und das herabhängende Lid fiel kaum mehr auf.
Doch jähe Paukenschläge, oder was man dafür halten konnte, ließen ihn zusammenzucken, und Tim, die Hand noch am Regler, drehte das Radio rasch wieder aus. Nun war eingetreten, was er die ganze Zeit befürchtet hatte, und noch als es still war im Zimmer, pochte jemand unter ihnen mit einem Stock oder Stiel gegen die Decke. Wieder und wieder hallten die wütenden Stöße durchs Haus, sogar die Tauben auf dem Dachboden gurrten

vor Schreck und schlugen laut mit den Flügeln, und ängstlich zog Flori die Schultern hoch, öffnete den Mund und sah ihn hilfesuchend an.
Tim brach erneut der Schweiß aus. Sollten sie heraufkommen, würden die Hausbesitzer ihm, nur ihm dieses haarsträubende Durcheinander im Zimmer vorhalten, natürlich, und er kletterte auf einen der Cocktail-Sessel und öffnete das Fenster. So schwarz war die Nacht im Garten, dass man die Kohlehalden am Horizont nicht sah, aber kühler wurde es nicht. »Hörst du, was du angerichtet hast?«, zischte er dem nun wieder Weinenden zu. »Wer soll denn schlafen bei deinem ewigen Mama-Geschrei! Du musst jetzt ruhig sein, Flori, sonst schimpfen sie uns aus! Bitte, sei ruhig, ich fahr dich auch mal mit meinem Roller herum, versprochen. Vor mir auf dem Trittbrett kannst du stehen und mit dem Glückskäfer klingeln!«
Die Sauerstoffpumpe im Aquarium schaltete sich ab, war wohl zu warm geworden, und Hoffnungslosigkeit befiel ihn, noch während er sprach. Denn dem fortgesetzten Weinen des Kleinen glaubte er anzuhören, dass der längst nicht mehr mit einer Linderung seines Jammers rechnete und sich mit einer Art schluchzendem Behagen eingerichtet hatte in der Klage – wie er selbst zu Beginn des Sommers, nachdem die Mutter ihm erzählt hatte, dass der Vater sie manchmal schlug. Der gute, der liebe Vater, das hatte er nicht glauben wollen und sich weinend auf die Schaukel der Braakes gesetzt, insgeheim verwundert darüber, wie viele heiße Tränen in ihm wa-

ren. Sie tropften auf seine bloßen Oberschenkel, und es war so schön gewesen, dieses Schaukeln und Schluchzen und das stumme Bedauern der Nachbarn hinter den Fenstern.

Endlich fiel ihm ein, dass es doch noch ein Mittel geben könnte, um den Bruder zu beruhigen, und er ging in die Küche, öffnete den Kühlschrank. Weil außer mit den Nerven auch etwas mit seinem Blut nicht stimmte, bekam Flori nur selten Süßes; der tägliche Kirschjoghurt und eine Schleckmuschel waren die Ausnahme. Dabei aß er nichts lieber als Marmelade, besonders Erdbeermarmelade, wie die Oma in Rendsburg sie kochte. Einmal im Jahr schickte sie ein Paket mit mehreren Gläsern, und Tim öffnete ein halbvolles und kramte in der Schublade nach Floris Lieblingslöffel, einem gelben Eierlöffel aus Bakelit.

Offenbar hatten die Eltern vergessen, die beiden gerupften Tauben in den Kühlschrank zu legen. Oder sollten sie erst richtig ausbluten auf der Geschirrablage? Unter dem Drahtgestell schimmerte eine kleine Lache, und er ging wieder zu seinem Bruder, der in einer Ecke des Laufstalls saß, sein verzweifeltes Weinen mit dem Zerfetzen des »General-Anzeigers« bekräftigte – und sofort ruhiger wurde, als er die Marmelade sah.

Er japste verblüfft, schluckte leer, streckte ihm beide Arme entgegen. Doch wollte er sich nicht füttern lassen; heftig schüttelte er den Kopf. Also stellte Tim ihm das Glas zwischen die gespreizten Beine und gab ihm den Löffel, den der Kleine vor Aufregung oder Gier aber viel zu ungelenk hielt. Halb zerkochte Früchte glitten ihm ins Ärmelbündchen, und schließlich warf er ihn fort und wühlte mit seinen kleinen, von der Druckerschwärze verfärbten Fingern in dem Glas herum und steckte sich drei gleichzeitig in den Mund. Dabei ließ er ein seliges Summen und Schlürfen hören.

Inzwischen holte Tim ein Kehrblech aus dem Besenschrank. Vorsichtig klaubte er die größeren Scherben der Obstschale auf und fegte die kleineren zusammen, und als er auch in den Äpfeln Glassplitter entdeckte, warf er sie in den Eimer unter der Spüle. Dabei betrachtete er wieder die gerupften Tauben, an denen hier und da noch Flaumfedern hafteten oder Kiele hervorstachen, vom Vater wohl übersehen. Die würde die Mutter vor dem Braten mit ihrem Feuerzeug absengen, wobei der schwärzliche Rauch immer ein bisschen wie Haarspray roch.
Einmal war er dabei gewesen beim Töten so eines Tieres: Vorsichtig, fast zärtlich hatte sein Vater die große Hand, die linke, um den runden Leib geschlossen, so dass die Taube weder Krallen noch Flügel rühren konnte. Mit dem gekrümmten Zeige- und Mittelfinger der rechten hatte er daraufhin das Köpfchen wie mit einer Kombizange gefasst und rasch und scheinbar ohne Mühe umgedreht. Kein Knacken war zu hören gewesen, kein erschrockenes letztes Gurren, und kaum hatte er sie losgelassen, war die Taube, die eigentlich schon tote mit dem hängenden Köpfchen, noch einige Herzschlä-

ge lang unter den Dachziegeln herumgeflattert, fast bis in die Firstspitze hoch. Dann aber fiel sie, von den anderen starr beäugt, wie ein Putzlappen auf die staubigen Bretter.

Tim war seinerzeit aus dem Schlag gelaufen, und nun hob er eine der Geschlachteten an und erschrak abermals: Im Gegensatz zu den gefrorenen Brathähnchen oder Poularden, die seine Mutter manchmal an Lohntagen kaufte, war diese ausgenommene Taube wie ohne Gewicht. So weich und nachgiebig fühlte sie sich an, dass er eine Sekunde lang die Vorstellung hatte, all die leise knackenden, von der schlaffen Haut umschlossenen Knöchelchen und Knorpel unter seinen Fingern könnten aus der hinteren Öffnung vor seine Füße prasseln. Heimlich hoffend, nichts zu riechen, schnupperte er mit krausgezogener Nase an dem Fleisch – als Flori nebenan wieder unruhig wurde.

Er hatte offenbar genug von der Marmelade und wischte sich die klebrigen Hände an seinem Strampelanzug ab, wobei er erneut jenes Keuchen und Ächzen hören ließ, das oft dem lauten Ausbruch vorausging. Frische Tränen liefen bereits über die rot verschmierten Wangen, tropften ihm vom Kinn, und sein »Ma-ma!« hatte vielleicht noch etwas Verhaltenes, weil er vorerst besänftigt war von der Süßigkeit. Aber das würde sich rasch geben, und bevor sich seine Verzweiflung, Wut oder Traurigkeit in einem erneuten Schrei Luft machen konnte, der wieder alle wecken würde, eilte Tim an das Bett.

»Ist gut, Flori, ich bin ja da!«, flüsterte er dem Wimmernden zu. »Du musst keine Angst haben. Die Nacht ist gleich vorbei, bald kommt die Mama. Sie ist nur tanzen, verstehst du? Bei Kleine-Gunk tanzen! Ich hol mal einen Waschlappen, oder?«

Die Sauerstoffpumpe schaltete sich wieder ein, und zu Tims Verblüffung verstummte der Bruder und staunte ihn an, als nähme er ihn jetzt erst wirklich wahr. Er nickte ihm sogar zu, rutschte auf dem Windelhintern etwas näher an das Gitter und betrachtete ihn eine Weile durch die Stäbe. Dann lachte er plötzlich, was wie ein Glucksen klang, und nun wurde Tim klar, dass er nicht ihn meinte oder das, was er gerade zu ihm gesagt hatte. Der Kleine konnte ja nicht einmal richtig laufen, wie sollte er wissen, was tanzen ist.

Grinsend zeigte er ihm die Taube, deren Fleisch bläulich durch die bleiche Haut an Brust und Schenkeln schien. »Die magst du, was? Das ist eine Wilde, ohne Ring, hat der Papa gesagt, die gibt es morgen zum Mittagessen. Vielleicht mit Erbsen und Kartoffelbrei, deiner Lieblingsspeise. Aber sie kann auch singen, hör mal! Sei mal ganz still!«

Er griff in den Laufstall und raffte die Flickendecke wie einen Vorhang über das Gitter, so dass der Bruder die Taube momentlang nicht sah. Dann imitierte er ein Fanfarengeräusch mit den Lippen, hob sie langsam in seinen Blick und drehte die Hand mehrmals so im Gelenk, als wäre die Kopf- und Krallenlose eine Puppe. Und während er »Tri-tra-trullala, tri-tra-trullala, / der Kasper, der ist wieder da!« sang, überlegte er bereits, wie die weite-

ren Verse lauteten, konnte sich aber kaum erinnern; nur einmal hatte er so ein Theater gesehen, auf einem Pfarrfest im Mai. »Das Krokodil, das Krokodil, / das zieht die Kinder in den Nil!«, fiel ihm noch ein, und schließlich reimte er, was in den Rhythmus passte: »Ach, liebste Mimi, komm doch her, / und bring uns mit dein Schießgewehr. / Denn ohne Krimi nie ins Bett, nie ins Bett / und unser Kasperle ist nett!«
Da kreischte Flori vor Vergnügen und hob und senkte die Ärmchen in dem Rhythmus, in dem auch die nackten Flügel der Taube wippten, und als der Bruder sie ihm in den Laufstall reichte, bettete er sie in der Ellenbeuge, wiegte sie sanft hin und her. Er küsste sie sogar und bewegte wispernd die Lippen, als spräche er mit ihr.
Tim ging ins Bad, befeuchtete den Waschlappen, um dem Kleinen das Gesicht und die klebrigen Hände zu reinigen. Der wollte aber auch die Taube abputzen, hier und da tränte noch wässriges Blut hervor, vermischte sich mit seinem Marmeladenspeichel, und schließlich kletterte Tim über das Gitter und hockte sich zu ihm auf die dünne Matratze. Eine Weile schaukelten sie das Tier an den Flügelspitzen hin und her, wie manche Eltern ihr Kind an beiden Armen über den Rasen schaukeln, wenn sie gut gelaunt sind und ihm eine Freude machen wollen, und plötzlich sagte Flori überraschend deutlich »Tanzen!« und lächelte breit. »Mama, tanzen!«
Auch Tim schmunzelte, und noch einmal schreckten sie zusammen, als ein Pfiff zu hören war durch das offene

Fenster, einer der langen Kohlenzüge, die auch nachts zwischen der Zeche und der Kokerei verkehrten. Das Rumpeln der Waggons ließ den Gardinensaum zittern, und unvermittelt gähnte der Kleine, was fast wie ein Krampf aussah, und blickte den Bruder benommen und wie aus einer anderen, unglaublich rasch sich entfernenden Welt an. Den Kopf neigend, als würde er ihm plötzlich zu schwer, zog er sich die Taube an die Brust, krallte die Finger in die Haut, und sein Mund versuchte wohl noch ein Wort zu formen – aber da sank er schon seufzend zur Seite und war eingeschlafen, ehe die Wange das Kissen berührte.

Auch Tim wurde nun so müde, dass er nicht mehr in sein Zimmer gehen mochte; er raffte die Flickendecke über sie, nur über die Beine, denn es war nach wie vor sehr warm, und starrte noch einen Moment auf die fahlen Fische im Aquarium, ihre wie Chiffon wehenden Schleierflossen hinter den Pflanzen. In der jähen Stille konnte man die Wanduhr hören, die mehr sirrte als tickte, aus den Parterrefenstern klang das Schnarchen der Nachbarn herauf, und dann schlief auch er endlich ein.

Etwas von seinem Lächeln mochte noch in dem Gesicht gewesen sein, als die Eltern, die sich den ganzen Rückweg von Kleine-Gunk wegen einer gerissenen Perlenkette gestritten hatten, im Morgengrauen an das Bett traten. Die Mutter hielt ihre Schuhe an den Riemchen in der Hand, der Vater zog sich die schmale Krawatte vom Hals. Eine Mondsichel verblich über dem Haus, und die beiden Jungen lagen in all dem Kram, den alten Schulheften, der Brotdose aus verbeultem Aluminium, den Lockenwicklern, zerknüllten Zeitungsblättern und Tischtennisbällen so nah beieinander wie sonst nie, wobei der Ältere dem Kleinen eine Hand auf den Rücken gelegt hatte – während der, zusammengekrümmt, wie er schlief, das gerupfte Tier mit seinem zarten Körper zu beschützen schien. In dem Auge mit der Lidlähmung, das er kaum öffnen und auch nicht ganz schließen konnte, war ein winziger weißer Spalt zu sehen.

Engel auf Krücken

Solange es nicht fror, wurde gearbeitet, auch am Tag vor dem Heiligen Abend, denn nach Weihnachten sollten die Fundamente für den zweiten Flügel betoniert werden, und Willi, ein hagerer, fast kahlköpfiger Hilfsarbeiter Ende fünfzig, zündete den Haufen leerer Zementtüten neben dem Mischer an. Das grau bestaubte Papier brannte nur scheinbar schlecht; in Wahrheit waren die Flammen so hell, dass man sie kaum sah und sich rasch die Ärmel oder die Haare auf dem Handrücken versengte.

»Ich war immer beim Werner«, sagte er, und Clemente, der neue Bauleiter, schüttelte kurz den Kopf, als sei das jetzt nicht die Frage. Unter dem offenen Mantel trug er einen Anzug, einen Zweireiher, und glänzend braune Schuhe, und Willi goss etwas Mischöl in die Trommel. »Sie können ihn fragen«, beharrte er, öffnete den verbeulten Motorkasten und verstellte die Umdrehungszahl. »Schon als er noch einfacher Vorarbeiter war, vor über dreißig Jahren, hab ich ihm den Speiß gemischt, erste Sahne. Und wenn ich den Maurern die Steine aufs Gerüst stapeln sollte, musste er mir nicht erklären, wo die scharfkantigsten hinkommen: natürlich an die Ecken, immer an die Ecken. Eine Akkord-Kolonne ist nur so gut wie ihr Handlanger.«

Das hatte Clemente, der in der Firmenleitung saß, selbst einmal zu ihm gesagt, und Willi hoffte, dass er sich jetzt nicht daran erinnern würde. Auf seinen Schaufelstiel gestützt, suchte er die Fassade des Rohbaus ab, einer mehrstöckigen Mietskaserne an der Lennefeldtstraße. Ganz oben arbeiteten die Einschaler, kroatische Subunternehmer, die Werner immer genauestens kontrollierte, doch konnte er den weißen Polierhelm nirgends sehen. »Er lässt bestimmt nicht zu, dass Sie mich auf eine andere Baustelle schicken«, beharrte er. »Das wäre ja das erste Mal in all der Zeit! Weiß er das überhaupt?«
Clemente schnalzte verärgert. Der Kranführer hatte einen Stapel Kanthölzer direkt vor seinem Wagen abgesetzt, Pfützenwasser spritzte auf den weißen Lack. »Natürlich haben wir uns das lange überlegt«, sagte er. »Die Kolonne Mühlhaus, da kann ich sicher für alle sprechen, wusste immer, was sie an dir hatte. Aber seit der Sache mit deiner Hüfte, lass uns ehrlich sein, bist du nicht mehr so belastbar wie früher.« Beschwichtigend hob er die Hände. »Was auch in Ordnung ist, keine Frage! Niemand wird jünger, jedem von uns kann morgen dasselbe passieren.«
Er blickte auf seine Uhr. »Allerdings: Wenn die Maurer auf dem Gerüst stehen und Taschenbillard spielen, weil du den Zementsack nicht hochkriegst, kann man den Akkord natürlich vergessen. Und die haben Familien zu ernähren und Hypotheken und Autos abzubezahlen, das weißt du. Wir denken, dass nach der Pause der Neue, dieser Finn, hier den Handlanger macht; alle in der Kolon-

ne haben sich dafür ausgesprochen, er scheint ja ganz patent zu sein. Und du meldest dich im Amtsgericht am Bahnhof; das ist eine gemütliche Innenbaustelle, da kannst du Wind und Wetter vergessen. Außerdem haben die keinen Akkord; du stemmst und spachtelst ein bisschen und hast immer pünktlich Feierabend.«

Willi nahm die alte Mütze ab und strich sich über die Glatze; was konnte er schon machen. Wahrscheinlich war's noch ein Entgegenkommen, dass man ihm den Wechsel so schonend ankündigte; normalerweise kriegte man einen Laufzettel zugesteckt, fertig. Aber dass ausgerechnet so ein Schleimer wie dieser Finn, der Jatzek mit Nachnamen hieß, seinen Platz einnehmen sollte, verbitterte ihn doch. Der war höchstens Mitte zwanzig, also ähnlich jung wie er seinerzeit, als er beim Werner anfing, und ein auffallend schönes Kerlchen, viel zu schön für einen Hilfsarbeiter. Er hatte Locken, die immer wie geföhnt aussahen, einen Schnäuzer, den er mit der Zahnbürste kämmte, und eine richtige Radiostimme; deshalb klang alles Dumme, was er von sich gab, doppelt dumm. Doch blieb er immer noch klug genug, niemandem, der über ihm stand, zu widersprechen, schon gar nicht dem Polier.

Dem wusch er sogar jeden Freitag den Mercedes, und dass er ihm oft Fragen stellte, die sich von selbst beantworteten, etwa »Mischungsverhältnis eins zu drei, Werner?« oder »Isolierputz bis Oberkante Kellerfenster?«, war weniger einfältig als vielmehr gewieft. So wollte er allen zeigen, dass er ganz bei der Sache war, voll konzen-

triert, und »eine Baustelle lesen« konnte, wie man sagte. Außerdem war er flink und arbeitete im Laufschritt, sobald ihn jemand aus dem Büro im Blick hatte.
War man aber mit ihm allein in irgendeiner entlegenen Ecke des Rohbaus, konnte man sicher sein, dass er sich erst einmal eine Zigarette ansteckte, auf dem Handy herumtippte oder dreckige Witze riss, während er einem den beschwerlicheren Teil der Arbeit überließ. »Kannst du überhaupt noch knattern, so hüftlahm, wie du jetzt bist?«, hatte er neulich gefragt und sich mit einem Span die Nägel gereinigt. »Oder soll ich dir schnell mal die Nülle kitzeln?«
Ein Sattelschlepper bog auf das Gelände, und der Bauführer, von dem schon mal ein Foto in der »Neuen Ruhr Zeitung« gestanden hatte, denn in seiner Freizeit trainierte er die Jugend bei Rot-Weiß, nahm sich einen Lappen aus dem Eimer. »Also«, sagte er, stellte einen Fuß auf das Dieselfass und polierte seine Schuhe, obwohl sie bereits glänzten, »bis dein Antrag auf Frührente durch ist, bringen wir dich schon irgendwo unter, da musst du keine Sorgen haben. Am besten, du machst jetzt Pause und fährst anschließend zum Amtsgericht. Da ist der alte Hentschel Polier, den kennst du, oder? Ein feiner Kerl, bei dem hab ich als Student mein Praktikum gemacht.«
Willi runzelte die Brauen. »In die Pause soll ich gehen? Jetzt? Aber es ist noch gar nicht eins … Außerdem kommt da eine Ladung Kalksandsteine, dreißig Kubikmeter; die müssen vermauert werden. – Haben Sie das denn dem Werner gesagt?«

Der Bauleiter ging zu seinem Auto, einem neuen Alfa Romeo, und wischte mit dem Lappen das Pfützenwasser vom Lack. »Ja, ja«, erwiderte er, nun hörbar entnervt, »wir machen hier bestimmt nichts ohne Absprache.« Wieder blickte er auf die Uhr, die teuer aussah; aber eine Rolex war es wohl nicht. »Ich könnte dich auch gleich mitnehmen in die Innenstadt, hab einen Termin im Bauamt; dann musst du dich aber rasch umziehen …«
Willi drehte am Kipprad der Trommel und goss den fertigen Mörtel in den »Japaner«, die große Schubkarre mit den zwei Rädern, die ihm ein Lehrjunge hingeschoben hatte. Nagel um Nagel wurde in den oberen Räumen des Rohbaus eingeschlagen, aber in der blassen Dezembersonne waren nur die Köpfe der Einschaler zu sehen, ihre gelben Helme. »Danke«, sagte Willi schließlich, steckte sich eine Zigarette an und humpelte zwischen den Pfützen zur Pausen-Baracke: »Ich hab schon verstanden, Chef. Ich nehm die Bahn.«
Der Laufzettel, von Werner unterschrieben, lag an seinem Platz, und als er kurz darauf gewaschen und umgezogen an den Straßenrand trat – die Haltestelle befand sich gegenüber –, zerhackte Jatzek schon einen Sack Zement mit dem Schaufelblatt, kippte eine Hälfte in den Mischer. Der Kranführer pfiff und winkte aus seinem Kabuff herunter, und Willi, die schmutzigen Sachen und die Arbeitsschuhe in einer Plastiktüte, einer großen von C&A, winkte zurück. Die Bahn kam in sieben Minuten, und während er nach Münzen für die Fahrkarte kramte, fiel ihm ein, dass er seine neue Kappe im Ma-

schinenkasten vergessen hatte. Seufzend machte er noch einmal kehrt.
Sein Nachfolger sah ihn nicht an. Beide Hände auf den Schaufelstiel gestützt, das Kinn auf den Fingerrücken, stand er da wie sonst er und blinzelte in den fahlen Himmel. Wenn die Maschine rumpelte, war der Speiß noch nicht geschmeidig genug, da musste man warten und hatte Zeit, die leeren Tüten zu verbrennen. Aber Jatzek überließ sie dem Wind, der sie über die großen Pfützen der Baustelle schob. »Machst du etwa schon Feierabend?«, fragte er, fast ohne die Lippen zu bewegen. »So gut hätte ich's auch gern. Eine kaputte Hüfte hat was für sich, oder? Da wird man geschont. Vielleicht kriegst du ja bald wieder einen hoch.«
Wenn er lachte, war es mit seiner Schönheit gleich vorbei, denn dann sah man mehr bläuliches Zahnfleisch als Zähne. Stummelkurz waren die, wie abgeschliffen, und standen ziemlich weit auseinander, und Willi lag einiges auf den Lippen, doch schluckte er es herunter. Er zog die eingeschweißte Mütze aus dem Motorkasten, ein Geschenk der Zementfabrik, und suchte noch einmal die Fassade des Rohbaus ab, Fenster um Fenster. »Du nimmst zu wenig Mischöl, Junge«, sagte er beiläufig. »Der Schlamm bleibt denen an der Kelle kleben.«
Jeder Stein, ob aus Ton, Bims oder Beton, brauchte seine eigene Mörtel-Konsistenz; das hatte man in den Fingerspitzen, oder eben nicht, und Jatzek beulte sich die Wange mit der Zunge aus und erwiderte: »Das halt' ich für'n Gerücht. Du hast immer zu viel davon genommen, die

ganze Zeit. Die Maurer haben nichts gesagt, weil sie dich schonen wollten, aber denen rutschten dauernd die Steine aus dem Lot.« Er leckte sich den Zementstaub von den Lippen, spuckte in die Trommel. »Also, fröhliche Weihnachten, Alter. Lass dir 'ne schöne Krücke schenken.«
An seinem nervösen Blinzeln konnte Willi erkennen, dass er log; grinsend wendete er sich ab. Die Bahn bog in die Straße, die Räder kreischten in den engen Schienen, und nun entdeckte er doch noch den weißen Polierhelm im oberen Stock. Der große, an die Verschalung geheftete Plan, den Werner gerade mit dem Rotstift korrigierte, wölbte sich im Wind, und er sah aus den Augenwinkeln zu ihm herunter und hob kurz einmal die Hand. »Mach's gut«, hieß das, aber ebenso: »Ich hab zu tun, Mann, werd nicht rührselig. Auch nach zweiunddreißig Jahren nicht.«

Die Baustelle in der Innenstadt, auf der er sich melden sollte, hieß zwar Amtsgericht, tatsächlich wurde jedoch das dahinter liegende Untersuchungsgefängnis renoviert. Durch eine schmale, in ein riesiges Stahltor eingelassene Tür trat man auf den halbrunden Hof, der ganz im Schatten des siebenstöckigen Gebäudes lag, eines sichtlich alten mit unzähligen vergitterten Fenstern. Davor standen die blauen Personal- und Magazin-Container der Firma, und der alte Konrad Hentschel, den Willi gut leiden mochte, prüfte seinen Laufzettel und kratzte sich den Kopf. Er trug einen mehrfach um den Hals gewickelten Schal und

war verschnupft. »Meine Fresse, jetzt schicken sie mir schon wieder so einen Invaliden«, sagte er und grinste ihn an. »Bald krieg ich einen Orden von der Caritas. Wie war's in der Knochenmühle?«
Er meinte die Reha am Baldeneysee, und Willi nickte. »Nicht übel«, sagte er. »Jeden Tag Kaffee und Kuchen, sonntags sogar zwei Stück.«
Konrad, der eine Kalkschulter und Probleme mit der Wirbelsäule hatte, war vor Jahren in derselben Klinik gewesen und sagte: »Nur ein bisschen einsam, oder? Wer will schon einen humpelnden Kurschatten haben. – Pass auf, es gibt hier 'n paar Personalprobleme; kein einziger Facharbeiter, nicht mal ein Handlanger, nur wichsende Stifte. Dabei tickt die Uhr, und wenn gleich die Mörder kommen, nimmst du dir einen von denen, holst dir ein paar ordentliche Hämmer und Meißel aus dem Magazin und steigst hoch in die Siebte. Der Aufzug ist heute leider defekt.«
Er kniff ein Auge zu; es gab also keinen. »Da oben ist schon alles markiert: Die alten Gitter müssen raus, die Fenster vergrößert und die Türen verbreitert werden, Zelle für Zelle. Außerdem brauchen wir neue Kabel- und Leitungsschächte, mindestens fünfzehn Zentimeter tief. Und falls du dich wunderst, wenn dir nach Feierabend die Arme abfallen: Das sind diese violetten Ziegel aus der Kaiserzeit, Hartbrandziegel, nur Stahl ist härter. ›Have fun!‹, wie mein Enkel neuerdings sagt.«
Willi runzelte die Brauen. »Mit dem Meißel sollen wir das raushauen? Wieso das? Gibt's denn keine Pressluft-

hämmer? Oder wenigstens diese elektrischen, diese Tango-Dinger ...«
Konrad wies auf das Gerichtsgebäude. Man konnte hier und da Computerbildschirme sehen und kurz einmal eine Lautsprecherstimme hören, dann einen Gong wie in der Schule, und er sagte: »Die meisten Verhandlungsräume und Büros sind auf dieser Seite, und der Justizbetrieb muss weitergehen. Die Damen und Herren Richter könnten sich gestört fühlen bei der Rechtsprechung, wenn hier acht Stunden täglich Kompressoren dröhnen oder Elektrohämmer knattern würden. Also huschen wir auf Zehenspitzen durch den Knast und picken nur ganz zärtlich herum, wie die Spatzen, auch wenn es doppelt so lange dauert. Aber wie gesagt, gleich kommen ein paar starke Männer, die schubbern sogar sonntags, und vielleicht werden wir ja noch vor der Rente fertig.«
Es bewölkte sich, vereinzelte Schneeflocken wehten umher, und Willi ging in die Arbeiter-Bude auf der anderen Hofseite. Die fünf Maurerlehrlinge, die neben dem Ölofen ihre Mittagsbrote aßen, verstummten kurz, als er in die Tür trat. Ihrem Alter und ihren steifen weißen Anzügen nach waren es Stifte im ersten Jahr, die man gewöhnlich auf Baustellen schickte, auf denen es entweder besonders dreckig oder besonders hart zuging, und sie sprachen gedämpfter weiter, während er sich umzog, beantworteten seine Fragen aber prompt. Es waren die üblichen Auskünfte, die man sich holte, wenn man auf eine neue Baustelle kam: Wann war Schichtbeginn, wann Feierabend, wer erledigte den Einkauf für die Pausen, gab es

eine Waschmöglichkeit und wo war das Klo? Und erst als sie an seiner Hose ohne Zollstocktasche und seiner blauen Jacke sahen, dass er kein vorgesetzter Geselle, sondern ein Handlanger war, wurden sie wieder ausgelassener und lauter, sprangen über die Bänke und rissen sich gegenseitig die »Bild«-Zeitung mit der Nackten des Tages aus den Händen. Sie trug Weihnachtskugeln an den Ohren.

Am morgigen Heiligen Abend sollte bis mittags gearbeitet werden, und Willi schraubte seine Thermoskanne auf, trank einen Schluck Tee und wollte von einem der Jungen wissen, was denn das für Männer seien, die gleich auf die Baustelle kämen. Erstaunlich zart für einen angehenden Maurer war er, mit Brille und verpflasterten Fingern, und er hob die schmalen Schultern und sagte wie Konrad gerade: »Na, Mörder halt, aus dem Knast in Bochum, glaub ich. Oder Schläger, Vergewaltiger, Bankräuber und so. Die werden demnächst entlassen und dürfen schon mal wegen guter Führung draußen arbeiten, fast für lau. Seit Tagen kommen die mal morgens, mal nachmittags, und das Erste, was die fragen, ist, ob du 'ne Schwester hast.«

»Oder ob du selber eine bist«, sagte sein Tischnachbar, und alle lachten.

Die Pause dauerte noch ein paar Minuten, in denen Willi in das Dixi-Klo ging, um sich etwas Salbe auf die harte, fast knorpelige Narbe zu massieren. Kurz darauf erklang eine Sirene, und ein orangefarbenes Signallicht flackerte auf der Mauer, die gut fünf Meter hoch sein mochte. Das Stahltor öffnete sich automatisch, ein dunkelgrüner Transporter fuhr rückwärts auf den Hof, und ein Uniformierter mit Handschellen und einer Sprayflasche am Gürtel stieg aus dem Führerhaus und verschwand in der Bude des Poliers. »Justiz« stand auf seiner Jacke.

»Hoffentlich kriege ich nicht wieder so ’ne faule Sau wie gestern«, sagte einer der Lehrlinge aus dem Mundwinkel und setzte sich seinen Helm auf. »Der hat mich die ganze Drecksarbeit allein machen lassen und in die Ecken gepisst, damit es nicht so staubt. Als ich ihm mein Schweizermesser nicht verkaufen wollte, hat er es einfach eingesteckt und mir angeboten, es beim Bauernskat zurückzugewinnen. Fast zwei Stunden haben wir gezockt, bis mir aufging, dass seine Karten gezinkt waren. Aber da hatte er mich schon ausgenommen wie eine Weihnachtsgans.«

Ein anderer Beamter schloss den Transporter auf und klappte eine Stahltreppe aus. Die zehn oder zwölf Männer, die auf den Gefängnishof traten, mochten zwischen zwanzig und sechzig Jahre alt sein und trugen allesamt neue Seemannspullover und steife, noch kaum benutzte Arbeitsschuhe mit Stahlkappen. Doch ihre dünnen Drilichanzüge, blaugrau, waren hier und da geflickt und so oft gewaschen worden, dass sie schon ausfransten an den Säumen. Der Polier kam aus der Bude, und während die Männer die Fassade musterten, die vielen vergitterten Fenster, oder sich dünne Zigaretten drehten, rief er ihre Namen auf und machte einen Haken auf seiner Lis-

te. Dann teilte er sie für Arbeiten auf dem Hof ein oder schickte sie mit den Lehrlingen in die verschiedenen Etagen der Baustelle.
Der nicht sehr große, aber kräftige Mann, der Willi zugeteilt wurde, kniff die Glut von seinem Zigarettenstummel, steckte ihn ein und folgte ihm ins Magazin. Die Art der Arbeit war schnell erklärt, und er nahm sich einen Eimer voller Meißel, schulterte zwei schwere Vorschlaghämmer und stapfte auch schon los. Ende vierzig oder Anfang fünfzig, hatte er einen bläulichen Bartschatten und so schwarze Haare, dass Willi ihn zunächst für einen Südländer hielt, zumal der Polier ihn Farraro gerufen hatte. Er hieß aber Herbert, wie er ihm über die Schulter zurief, und war ursprünglich aus Gelsenkirchen-Buer.
»Ah«, sagte Willi, »kenn ich. Fährste nach Gladbeck: Rad weg. Kommste nach Buer …«
»… klaun se dich Uhr«, ergänzte der andere und stieg vor ihm die ausgetretenen Stufen hinauf. In den ersten Etagen nahm er sogar immer zwei gleichzeitig, wobei er tonlos flötete, als könnte er die Arbeit kaum erwarten, und als er sich einmal auf halber Strecke umdrehte und Willi beim mühevollen Treppensteigen beobachtete, lächelte er breit, mit makellos weißen Zähnen. »Hör ich da etwa ein leises Ticken in der Hüfte?«, fragte er. »Hast du mit deinem Engel gerungen?«
Willi, der einen Eimer mit Fäusteln trug, verstand nicht, was er damit sagen wollte; es klang irgendwie nach Bibel, und schwer atmend zuckte er mit den Schultern. In der siebten Etage angekommen, hockte er sich erst ein-

mal auf einen Stapel Zellentüren in der Ecke, pulte eine Schmerztablette aus der Folie und trank einen Schluck von seiner Zitronenlimonade.
In Wahrheit waren Innenbaustellen viel ungesunder als die Arbeit im Freien, weil es immer staubte und man schwitzend in der Zugluft stand, bis man den verfluchten »Reißmichtüchtig« kriegte. Die Bewölkung hatte sich verdichtet, düster war es im Hof, und er stellte das umgitterte Deckenlicht an, zeigte auf die Kreidelinien an den Wänden. Herbert nickte, zog die Jacke aus und streifte die Ärmel seines Pullovers hoch; auch seine Unterarme waren schwarz behaart, und an der Wurzel eines Daumens gab es drei dunkelblaue Punkte.
Im Amtsgericht hatte offenbar eine Weihnachtsfeier begonnen. Man hörte Musik und das Knallen von Korken, und plötzlich hüpfte eine Polonaise an den neonhellen Fenstern vorbei, ein Dutzend Richter oder Anwälte in ihren Roben, Nikolausmützen auf den Köpfen. Herbert wog einen Fäustel in der Hand, dann einen anderen und begann zu stemmen. Der Putz mit den eingeritzten Jahreszahlen, Tagesstrichen oder Silhouetten von Frauen war mürbe, fast konnte man ihn abkratzen, aber die ersten Schläge auf die braunvioletten Ziegel darunter klangen, als wären die aus Glas statt aus gebranntem Ton; ihre Fäustel federten zurück, und manchmal sprangen Funken von den Meißeln ab. Eigentlich hätte man also Schutzbrillen gebraucht, aber Willi wollte nicht noch einmal die vielen Treppen hinab- und wieder hinaufsteigen und kniff die Augen zu Schlitzen zusammen.

Ohnehin nicht mehr ganz standsicher seit der Operation, spürte er die Hammerschläge trotz der Tablette bis in die Hüfte, ein stechender Schmerz; doch ließ er sich das nicht anmerken. Er biss die Zähne zusammen und versuchte, mit Herbert mitzuhalten, dessen kraftvolles und zügiges Arbeiten verriet, dass er das nicht zum ersten Mal machte. Keiner seiner Rohr- und Kabelschächte musste nachgemessen werden, auch nicht in der Tiefe, das sah Willi sofort; immer wieder bückte er sich und klopfte den Meißel auf dem Estrich scharf, und als er vor einer Zigarettenpause einen Eimer mit Wasser füllte und ihre wackeligen Fäustel hineinstellte, damit das Griffholz wieder aufquellen konnte, fragte er: »Warst du schon mal auf'm Bau?«
Herbert nickte, gab ihm Feuer. »Gelernt hab ich Bergmann«, sagte er. »Aber ich kriegte den Kohle-Koller in der Enge da unten und hab schließlich als Kran- und Baggerführer gearbeitet, fast fünfzehn Jahre lang.« Er klopfte sich den roten Ziegelstaub vom Pullover. »Gute Zeit, prima Kollegen damals. Nur, wie ein Specht in seinem Astloch hocken und den ganzen Tag auf die Ameisen runtergucken wurde mir irgendwann auch zu langweilig. Am Ende hab ich alles gemacht, sogar Glasbausteine konnte ich vermauern, was nicht einfach ist. Ein bisschen Wind, und schon hast du eine schiefe Wand.«
Willi rieb die Flaschenöffnung mit dem Ärmel ab und reichte ihm die Limonade. »Ja, kenn ich. Der Mörtel darf nur erdfeucht sein … Aber eigentlich ist Kranführer ein prima Job, oder? Hast du da nicht satt verdient? Der

auf meiner letzten Baustelle hatte eine Spezialschulung für diese ganz großen Dinger, hundert Meter Hakenhöhe, und er fährt einen neuen Tesla! Wieso bist du denn in den Knast gekommen?«

Der andere grinste. »Ach, du hältst mich für einen Einbrecher oder Dieb oder sowas? Einen Bankräuber vielleicht? Nee, nee, ich hab noch nie was geklaut, oder nur Äpfel und mal einen Kaugummi als Kind. – Ich bin eingefahren, weil ich eine kleine Meinungsverschiedenheit mit einem Nachbarn hatte, verstehst du.« Und als Willi den Kopf schüttelte: »Na ja, wie soll ich sagen ... Ich war schneller am Lichtschalter.«

»Was heißt das? Hast du jemanden umgelegt?«

Herbert trank einen Schluck von seiner Limonade. »Ach wo, der lag schon. Ich hab ihn nur noch mal richtig festgeheftet auf den Brettern. Mit seinem eigenen Messer übrigens. Aber lass uns von was anderem reden.« Er zeigte auf Willis Hüfte, die seit der Operation etwas weiter ausgewölbt war als die andere, was sich aber geben sollte mit der Zeit. »Ist das eigentlich vernünftig, dass du damit so schwer arbeitest? Wie alt bist du, Mann? Ende fünfzig, Anfang sechzig, stimmt's? Da kriegt ja schon ein Gesunder keinen Zementsack mehr hoch. Willst du denn nicht lieber umschulen oder langsam mal in Rente gehen? Frührente, oder so?«

»Sicher«, sagte Willi und starrte aus dem Fenster. Der Lehrjunge mit den verpflasterten Fingern saß in einer der Zellen auf dem Schubkarrenrand und schlug mit dem schweren Hammer auf den Meißel, ohne wirklich

zu stemmen. Er wollte nur das Geräusch erzeugen, damit der Polier in seiner Bude nicht glaubte, er mache sich einen Lenz. Erschöpft sah er aus, viel zu zart für den Bau.
»Der Antrag läuft«, fuhr Willi fort. »Hab ja seit meinem vierzehnten Jahr gearbeitet, werd schon ein bisschen Rente kriegen.« Er schluckte, blinzelte verlegen. »Wie is'n das eigentlich, wenn man einen umbringt, was fühlt man da? Ich meine, auch so innen, im Gewissen …«
Der kalte Dezemberwind pfiff durch den Flur. Herbert zog den Reißverschluss seines Pullovers hoch und zuckte mit den Schultern. »Was soll man schon fühlen«, murmelte er und blies die Asche von der Glut. Der Rauch seiner Selbstgedrehten roch, als bestände sie ganz aus teerigen Stummeln. »Du bist natürlich in Rage, aber es geht alles viel zu schnell für ein Gefühl. Erst hinterher wird's bitter, da tut's dir leid, auch wenn das Arschloch zu Recht draufging; der hatte meine kleine Tochter befingert. Der einzige Trost, der dir bleibt, ist, dass der Tod eigentlich nichts bedeutet, auch dein eigener nicht. Dir rutscht die Welt aus dem Blick, und du sackst in die Ecke und wirst dir nicht mal selber fehlen, das war's.«
Sie schwiegen eine Weile, und Willi zerbiss eine weitere Schmerztablette und spülte sie hinunter, ehe er fragte: »Wie lange musst du denn noch sitzen?«
»Oh, das hängt davon ab, wie brav ich bleibe; manchmal dreht man ja wegen Lappalien durch. In den letzten Jahren war jeder Tag eine Ewigkeit, klar. Aber da sie mich jetzt draußen arbeiten lassen, könnte das heißen, dass ich schon im nächsten Sommer freikomme.«

Willi nickte, betrachtete die tätowierten Knastpunkte an seiner Daumenwurzel. Irgendwo hatte er mal gehört oder gelesen, dass sie Glaube, Liebe und Hoffnung bedeuten sollten, und er sagte: »Schon komisch, dass du jetzt ausgerechnet hier schubberst und nicht fürs Gartenamt oder beim Tütenkleben, was? Ein Gefangener, der sein eigenes Gefängnis baut.« Er kratzte sich den Nacken, wo der Ziegelstaub juckte. »Ich meine jetzt, so bildlich gesprochen oder durch die Blume, oder wie man das nennt.«

»Wieso?«, fragte Herbert und drückte seine Zigarette auf der Fensterbank aus. »Machst du groß was anderes? Wer oder was, glaubst du denn, hat dir die Hüfte demoliert? Der Geist der Freiheit?« Er öffnete seinen Tabakbeutel und bröselte die Kippe hinein. »Der Unterschied ist, du kriegst ein bisschen Geld dafür und kannst dir abends die Kante geben oder Druck im Puff ablassen, damit du den Krampf überhaupt erträgst. Aber auch du schlägst dich mit Arschlöchern rum und wartest den ganzen Tag darauf, dass man dir aufschließt.« Zwinkernd grinste er ihn an. »Wie sieht's übrigens aus bei dir, hast du eine bessere Hälfte oder eine Freundin mit 'ner Freundin? Oder vielleicht, durch die Blume gesprochen, eine einsame Schwester? Demnächst darf ich nämlich am Wochenende raus …«

An dem Abend, es war schon fast dunkel, fuhr Willi nicht nach Hause, jedenfalls nicht sofort. Er nahm den Bus nach Bottrop, stieg am Dicken Stein aus und setzte sich im »Fuchsbau« neben die Heizung, wo er zwei Frikadellen aß und ein großes Bier und einen Wacholder trank, was ihn leicht benommen machte; vielleicht lag das aber auch an den Tabletten. Aus dem Spiegel über dem Tresen sah ihn sein zerfurchtes, von Wind und Wetter gerötetes Gesicht mit den blassgrauen Augenhöhlen an, und nachdem er eine herumliegende Zeitung durchgeblättert hatte, öffnete er das Telefonbuch auf seinem Handy.

Elfriede hieß immer noch Retzlaff und wohnte nach wie vor in der Nähe; aber ihre Nummer war natürlich nicht mehr fünfstellig wie seinerzeit. Er ging vor die Tür, um zu rauchen. »Nanu«, sagte sie, und der Stimme hörte er an, dass auch sie nicht mehr nüchtern war, »was verschafft mir die Ehre? Haben wir mal wieder Vollmond? Oder hat deine Frau dich rausgeschmissen? Bei mir kannst du nicht wohnen, das sag ich dir gleich. Ich hab nämlich Hunde, zwei süße Pudel, champagnerfarben. Die schlafen mit mir im Bett.«

»Meine Frau ist tot«, sagte er, »schon seit fünf Jahren. Aber ich dachte, vielleicht könnte ein schwer arbeitender Mann einen Feierabendschnaps bei dir kriegen, wie früher? Oder einen Glühwein, von wegen Weihnachten? Wenn ich schon mal in der Nähe bin …«

»Tot?«, fragte sie und schlürfte irgendetwas. »Wieso? Was fehlte ihr denn?«

»Weiß keiner genau. Sie hat mit ihrem Engel gekämpft und verloren, nehm ich an.«

Ihr Stutzen war hörbar. »Oh, wirklich? Das hast du

schön gesagt. Dafür könnte ich dir glatt ein Likörchen spendieren. Aber ich bin nicht frisiert. Und Bier hab ich auch nicht, das müsstest du dir schon selbst mitbringen. Ein Sixpack vielleicht.«
Er griff in seinen Parka und setzte sich das neue Basecap auf, »HeidelbergCement AG«. Anders als vor Jahren gab es in ihrer Straße keine zerschlagenen Laternen mehr, aber die Asbestverkleidung des Mietshauses war hier und da weggebrochen, vor allem im Parterre; gelbbraune Dämmstoffe quollen aus den Löchern. Trotz der Kälte standen Elfriedes Fenster im ersten Stock weit offen, und nach seinem Klingeln begann in der Wohnung ein wildes Kläffen, dem man schmale Kiefer und spitze Zähnchen anhörte.
Doch ließen sich die Tiere rasch beruhigen von ihrer dunklen Stimme, und als er die Treppe hinaufstieg, musterte sie ihn durch den Türspalt und sagte: »Wieso gehst ’n du so schief? Hast du ’ne Knarre in der Tasche? Oder taumelst du vor Freude?«
Sie trug einen ehemals weißen Frotteemantel mit einem Muster aus bunten Kaffeetassen sowie karierte Männer-Schlappen, und der Nagellack an ihren geschwollenen Fingern war zum größten Teil abgeblättert. In der Wohnung roch es noch brackiger, als er es in Erinnerung hatte, was nicht nur an dem gebrauchten Geschirr, dem randvollen Mülleimer und den offenen Futterdosen in der Küche liegen konnte; auch Abstoßenderes glaubte er zu riechen und blickte auf den Balkon. Der Heizstrahler, der über einem großen Drahtkäfig glühte, beleuchte-

te mehrere Kothaufen auf dem Estrich. Reglos starrten ihn zwei Zierpudel an.

»Ich bin eine schwache Frau«, sagte Elfriede und zeigte auf eine Krücke, die an der Schrankwand lehnte; mit einer Girlande aus grünem Lametta war sie umwickelt. »Ich kann nicht mehr jeden Tag zwei Mal mit den Viechern raus. Manchmal geht's gar nicht. Aber wenn's dich stört, wisch ich das schnell weg ...«

Kopfschüttelnd drückte er die Balkontür zu; das Glas hatte einen Sprung. Als er ihr mit den Fingerrücken über die Wange strich, kurz nur, schloss sie gleich die Augen, und er blickte über ihre Schulter in das offene Schlafzimmer; eine Wandlampe mit schiefem Pergamentschirm brannte über dem Bett. »Na los«, sagte er und griff in den Ausschnitt ihres Morgenmantels, »gehen wir rüber. Wenn ich schon mal spitz bin in meinem Alter, muss es schnell gehen, sehr schnell. Sonst ist es gleich wieder vorbei.«

Ihre Brüste waren flach geworden, mit Warzen, die sich wie harter Knorpel anfühlten, und sie schlug ihm auf die Hand. »Immer dasselbe ... Da drüben ist nicht geheizt. Wollten wir nicht erst was trinken? Einen kleinen Warmmacher? Ich hab so einen Karamell-Likör entdeckt – den mit einem Spritzer Limonensaft, da leckst du dir alle zehn Finger.«

»Ich weiß was Besseres«, sagte er und bedrängte sie so, dass sie rückwärts aus ihren Pantoffeln glitt, die Balance verlor und fast einen kleinen Weihnachtsbaum vom Couchtisch gestoßen hätte.

Er hielt sie fest, sie sah zu ihm auf, und einen Moment lang glaubte er ihre einstige Schönheit durch das aufgedunsene Gesicht schimmern zu sehen, ihre Verletzlichkeit auch, die sie nie verborgen hatte, trotz aller schmerzhaften Erfahrungen nicht, und die ihm darum immer wie etwas Weises erschienen war. »Ach, hör auf!«, sagte sie und blies sich eine ihrer blondierten Strähnen aus dem Blick. »Ich muss mir erst mal die Haare machen, da ist ja gar keine Form drin. War seit Tagen nicht mehr in den Klamotten.«

»Nein«, sagte er, »ich will dich so. Schön frisiert bin ich selber.«

Er nahm die rote Kappe ab, strich über seine Glatze, und schmunzelnd ließ sie sich in das Schlafzimmer ziehen. Auf einer Frisierkommode mit Klappspiegel standen zwei aufgerissene Packungen bunter Snacks in Knochenform, ein paar Schnapsflaschen und ein Plastikkorb voller schmutziger Wäsche, und über einer Hälfte des ungemachten Ehebetts gab es einen Galgen wie sonst in Krankenzimmern; nur hing kein Triangel-Griff daran, sondern ein Mobile aus Sternen, offenbar aus Stroh.

Er hielt sich am Türrahmen fest, als er aus den Jeans stieg, sie wischte irgendwelche Krümel vom Kissen. Wie seit je lag ihr nicht viel an langen Zärtlichkeiten, sie biss sich in den Handrücken dabei, starrte ihn unverwandt an, und schon wenige Minuten später, irgendwo im Haus wurde Keyboard geübt, ein zögerliches »Jingle Bells«, glitten sie heftig atmend auseinander.

Elfriede setzte sich auf die Bettkante und reichte ihm ei-

ne angezündete Zigarette, und während sie einen Schluck Persico, den sie früher immer Perversico genannt hatten, direkt aus der Flasche trank, betrachtete er ihren Rücken, die silbrigen Hautkrebsnarben und die Wülste schlaffen Fetts, die sich von den Schulterblättern abwärts vervielfachten. Das spürte sie wohl, stellte ein Heizgerät an und fragte: »Wie sehe ich aus?«
Die ventilierte Luft bewegte die Strohsterne an dem Galgen und wehte ihm die dünne Gardine an die Zigarette, und er sagte: »Ganz nett. Wie ein Weihnachtsbaum.«
Asche rieselte herab. Seine Glut war nicht die erste, die ein Loch in das dünne Nylongewebe geschmort hatte, und heiser lachend stellte Elfriede die Flasche weg. »Oh, danke!«, sagte sie und schmiegte sich wieder an ihn. »Ein wirklich nettes Kompliment …«
Mit den Fingerspitzen fuhr sie durch seine grauen Brusthaare und über den eingesunkenen Bauch, und vorsichtig betastete sie die hellrote Narbe an seiner Hüfte. Ein wenig erhaben, verlief sie halbmondförmig vom Beckenkamm bis zur Leiste. »Und was ist das?«, fragte sie gähnend. »Hattest du einen Unfall?«
»Nein«, sagte er. »Verschleiß. Das mit dem Walzertanzen lief nicht mehr so rund, da haben sie mir ein neues Gelenk eingebaut.«
»Ach Gott, dir auch? Mann, was es alles gibt … Das ist ja wie in der Reha hier, oder? Knie treibt's mit Hüfte. Lass mal ziehen.«
Er reichte ihr die Zigarette, langte über sie hinweg auf den Nachttisch und schob einen Wecker zur Seite. Drei

verschieden große, leicht verrutschte Fotos steckten in einem Silberrahmen dahinter und zeigten ein Mädchen mit schwarzen Locken im Sandkasten, eine Jugendliche mit einem Silberring in der Nase und nachtblau umschminkten Augen und eine schlanke Erwachsene in einem Bikini unter Palmen, wo sie einen perfekten Handstand machte.

»Alle Achtung«, sagte er. »Deine Tochter sieht aus wie du damals, oder? Genauso sportlich und sexy. Kein Wunder, dass sich alle in dich verknallt haben.«

Sie schloss die faltigen Lider, an denen ein Rest Schminke klebte, ein Pfennigglanz. »Ach ja, haben sie das? Wenn ich nur mal was davon gespürt hätte, Mann! All diese großmäuligen Typen ... Die haben sich unter den Nagel gerissen, was sie brauchten, und mich dann mit blauen Flecken bezahlt, erinnerst du dich?«

Er nahm ihr die Zigarette wieder ab, machte einen tiefen Zug und sagte mit dem ausströmenden Rauch: »Na ja, wir waren alle keine Heiligen, oder? Die Gisela hatte Gebärmutterkrebs. Warum wolltest du eigentlich kein Kind mit mir damals?«

Sie blickte zur Zimmerdecke, als hätte sie Mühe, sich zu erinnern. »Du stellst vielleicht Fragen ... Woher soll denn ich das wissen?«, murmelte sie und kratzte sich zwischen den Brüsten, wo es ein schmales Ekzem gab. »Wahrscheinlich war ich noch nicht so weit und wollte erst noch was erleben und mal was anderes sehen als diesen ewigen Kohlenpott? Oder weil ich dachte, ich hätte mehr verdient als so einen brotlosen Schaufelkünstler?« Scheinbar über sich selbst amüsiert, stieß sie etwas Luft durch die Nase. »Wenigstens einen Baggerführer?«

Wieder streichelte sie seine Narbe; das Gewebe war völlig empfindungslos. »Was kann denn ich für meine Hormone?«, fuhr sie fort, und das klang nun fast traurig. »Eigentlich wollte ich überhaupt nichts mehr wissen von den Kerlen, war ja auch schon älter. Und plötzlich kommt einer um die Ecke, dem du vielleicht ansiehst, dass er eine Niete ist wie die meisten, aber für den Moment die passende Niete. Ich wusste genau, dass es mit dem nicht gut geht, der hat allen Weibern die Augen verdreht, und heiraten wollt ich den schon mal gar nicht. Trotzdem hält der einfach drauf, und ich werd dick, und am Ende macht er auch noch so einen kriminellen Scheiß und lässt mich auf den Prozesskosten sitzen.«

Sie stellte Willi einen Aschenbecher auf die Brust. »Aber sei man froh, du siehst ja, was ich für 'ne Mutter bin. Nix zum Vorzeigen, nehme ich an. Meine schöne Tochter hat sich jedenfalls immer geschämt, wenn ich sie von der Schule abgeholt habe, mit Lockenwicklern unterm Tuch. Da hing ich schon an der Flasche und wollte nicht, dass sie in schlechte Gesellschaft gerät, wie ich damals. Sie sollte ihre Hausaufgaben machen. Trotzdem ging es schnell bergab mit ihr: lügen, betrügen, Drogen, was weiß ich. Mit siebzehn schwirrte sie zum ersten Mal weg, fing alles Mögliche an, kriegte nichts zu Ende und soll sogar auf'n Strich gegangen sein. Man hat sie hinterm Hauptbahnhof gesehen.«

Willi presste die Lippen zusammen, um ein Gähnen zu verbergen, langte hoch und befühlte einen der Sterne; das Stroh war aus Plastik. »Und mittlerweile kommt sie überhaupt nicht mehr«, fuhr Elfriede fort, »nicht mal an meinem Geburtstag, an Weihnachten oder um mich anzupumpen. Keine Ahnung, ob sie überhaupt noch in der Stadt wohnt. Apropos: Was machst 'n du Heiligabend?«
Sie sah ihn an, doch er schloss kurz die Lider und tat die Frage mit einer knappen Kopfbewegung ab. »Waren wir denn anders?«, murmelte er. »Wenn man jung ist, baut man halt Mist und denkt nicht an später, oder? Sonst wär' man ja nicht jung. Du glaubst ein Leben lang, das Beste passiert noch, und dann drehst du dich um und siehst: Das war's schon! Sogar die guten Momente sind immer nur Momente, stimmt's?«
Sie lachte abermals, fast klang es wie ein Schnarchen, und sagte: »Na, schau an, ich wusste gar nicht, dass es auf'm Bau auch Philosophen gibt. Die Sterne hier hat übrigens meine Tochter gebastelt, in dieser Therapiegruppe damals. Hübsch, oder? Jeder hat eine andere Bedeutung, also Liebe, Hoffnung, Reichtum und so. Stand auch mal dran, die Klebeschilder sind abgefallen. Wie war das jetzt mit den Feiertagen?«
Er drückte die Zigarette im Aschenbecher aus; schwach spürte er die Glut durch das dicke Glas hindurch. Sie nahm ihn von seiner Brust, und schließlich rückte er näher an sie und schmiegte das Gesicht in ihr stumpfes Haar. Das alte Spray darin roch entfernt wie der feine

Zementstaub, Portlandzement, der neuerdings immer in seinen Augen brannte, bis sie tränten. »Nanu, was soll denn das werden?«, murmelte sie und hielt seine Hand fest. »Willst du etwa schon wieder? Je oller, desto doller, was? Bleib mal schön in deiner Besucherritze, ich muss erst zum Klo.«

Sie setzte sich auf die Bettkante, musterte ihn über die Schulter und lächelte vage. Dann versuchte sie aufzustehen, was ihr aber Mühe machte; ihr Oberkörper pendelte hin und her, als müsste erst noch ein Gelenk einrasten. »Guck weg!«, ächzte sie, während sie sich an der Galgenstange hochzog, doch er langte hinüber, stützte sie ab, und unsicher ging sie ins Wohnzimmer. Dabei hielt sie sich an den Möbeln fest und blickte kurz einmal auf den Balkon, wo wieder das Jaulen und Kläffen begann, dem er die schmalen Kiefer anhörte, die spitzen Zähnchen.

Sie murmelte etwas Beruhigendes durch das gesprungene Glas hindurch, und als sie aus dem Bad kam, schaltete sie die Lichter an dem Baum auf ihrem Couchtisch an, das bunte Blinken, das den Kunstschnee auf den Zweigen färbte. »Hast du überhaupt schon was gegessen nach der Arbeit?«, fragte sie und öffnete noch einmal die Flasche. »Ich mach uns gleich mal 'n Spiegelei, oder? Mit Salzgurke, falls du Gemüse brauchst. Und könntest du später vielleicht mit den Hunden raus? Nur kurz um den Block? Die sind eigentlich ganz lieb.«

Schimmel in der Orgel

Glocken schlugen in der Kirche mit den verschieden hohen Zwillingstürmen, landläufig Dom genannt, obwohl kein Bischofssitz, Hochzeitsglocken vielleicht. Nach einer kurzen Mittagsruhe und einer Reihe von Skizzen auf Hotelpapier zog er seinen Leinenanzug an, steckte Feuerzeug und Zigarillos ein und ging durch den langen, mit dicken Läufern ausgelegten Flur zur Treppe, die nach jedem Absatz etwas breiter wurde und auch lauter knarrte. Unzählige Jagdtrophäen hingen über den Paneelen, man stieg unter einem Wald aus Geweihen zur Rezeption hinab, und die Frau in der Kittelschürze empfahl ihm, den Schlüssel mit dem schweren Anhänger mitzunehmen, falls er nach zweiundzwanzig Uhr zurückkäme.

Solche Hotels voller Standuhren und bemalter Bauernschränke, mit dunklen Ahnenportraits an den Wänden und bleigefassten, leise klirrenden Glasmosaiken in den Türen gab es nicht mehr in Berlin, nicht einmal im Grunewald. Baranowsky trat auf die Gasse, in der die Sonne das Laub der Kastanien zartgrüner aussehen ließ, als es war; die ersten Blüten an den Kerzen fielen schon wieder ab. Die Häuser um den Marktplatz herum hatten eine mittelalterliche Anmutung, kamen aber ohne das Fachwerk aus, das Städten ähnlicher Größe manchmal etwas Kleinkariertes gab – oder ihn dazu verführte, es den Bewohnern zu unterstellen. Hier waren die Steine einer antiken Römer-Siedlung verbaut worden, und wenn man durch die krummen Gassen mit dem Ausblick auf die Weinberge ging, hatte man das Gefühl, in einem toskanischen Städtchen zu sein. Aber angeblich soll der Ortsname Nelden an der Mosel aus dem Althochdeutschen stammen und entfernt so viel wie »riesiger Kampf« oder »Riesenkampf« bedeuten.

Frühsommerlich warm war es, und er setzte sich vor eine Eisdiele am Markt, bestellte einen doppelten Espresso und rauchte einen der kurzen Zigarillos, neuerdings mit Filter. Ein ehemaliger Klassenkamerad aus dem Ruhrgebiet war Organist in dem Ort, sie hatten sich zum Nachmittagstee in seiner Dienstwohnung neben der Kirche verabredet, eine erste Begegnung nach nahezu fünfzig Jahren. Die hatte sich Baranowsky zwar lange gewünscht, doch nun machte ihn die Aussicht darauf seltsam beklommen, und er fragte sich einmal mehr, ob seine Frau am Ende nicht recht gehabt hatte, als sie ihm Sentimentalität vorwarf. »Kein Mensch macht so etwas, nicht nach all der Zeit!«, hatte Carolin noch im letzten Winter gesagt. »Der hat das sicher längst vergessen.«

Aber Baranowsky war nun einmal in einem Alter, in dem man anfängt, sein Leben zu bilanzieren: Was er in den beinahe sechs Jahrzehnten getan oder gelassen hatte, ließ sich zwar kaum mehr ändern, leider nicht, aber

vielleicht konnte man hier und da eine Kontur etwas deutlicher nachziehen oder einen Schatten aufhellen, damit das Ganze nicht allzu missglückt aussah. Ihre Katze hatte damals gerade die Rückseite eines Bildes, eines am Vortag verkauften, als Kratzbaum verwendet, und er packte sie im Genick und sagte: »Was haben Tiere uns voraus? Sie sind nicht sentimental, oder?« Er öffnete die Ateliertür und ließ sie in den Garten. »Aber dass wir sentimental sein können, Liebling, das haben wir den Tieren voraus!«
Einige Monate später flog er nach Köln, stieg dort in einen kleinen Jet mit dem imposanten Namen Pilatus PC-24 um, landete in Koblenz-Winningen und nahm sich einen Mietwagen nach Nelden: Denn je mehr Zeit verstrich, desto bedrückender wurde die Erinnerung an jenen Tag und desto nagender wuchs sich die Lappalie aus der Kindheit zu einer Seelenqual aus. Das hatte weniger mit seinem manchmal etwas peniblen Gewissen zu tun, Relikt einer einst verordneten, nur formelhaften Religiosität, als vielmehr mit der Haltung eines Malers, der daran glaubt, dass die Kunst nicht am Bildrand aufhört und sich jeder falsche, nicht wahrhaftige oder auch nur wirkungsgeile Pinselstrich wie ein Verrat auf sein Leben auswirkt – so wie jede Bösartigkeit, Gemeinheit oder Lüge im Leben die innere Wahrheit seiner Kunst verletzt.

Ben Baranowsky und Johannes Farian waren 1959 in Lütgendortmund im Ruhrgebiet eingeschult worden. Schon auf dem Gruppenfoto der Erstklässler vor der Tafel ließ sich erkennen, dass Johannes etwas Besonderes darstellte: Gekleidet wie die meisten – Anorak und kurze Hose –, war er gut eine Stirnhöhe größer als alle und wirkte auch hagerer dadurch, dass er sich sehr gerade hielt. Zudem grinste er nicht linkisch oder verlegen oder zeigte jenes falsche Strahlen, das viele Eltern ihren Kindern damals beim Fotografieren abverlangten. Das feine blonde Haar zurückgekämmt wie bei einem Erwachsenen, schien er mit sanften Augen über die Kamera hinaus in eine Zukunft zu blicken, von der er noch gar nichts wissen, aber sicher einiges ahnen und möglicherweise sogar hören konnte. Denn sein ganzes Wesen drückte etwas Lauschendes aus, das stille Wissen um einen fernen Klang.

Fast alle Schülerinnen und Schüler der katholischen Marienborn-Volksschule kamen damals aus Arbeiterfamilien, und die Umgangsformen auf dem Pausenhof waren rau. Ohne eigentlich scheu zu wirken, stand Johannes meistens allein an der grün verklinkerten Wand unter der Uhr, aß sein Brot, trank seine Milch aus der Kegeltüte und studierte die stets wechselnden Auslagen in den Schaukästen der Bücherei. Wenn Ben für sich sein wollte, wurde das gleich als Ängstlichkeit oder gar Hochmut gewertet; man riss ihm die Brille aus dem Gesicht oder warf seinen Ranzen in den Dreck. Doch Johannes' gelassenes Beiseitestehen schüchterte die meisten ein; wer ihn in seinem stillen Adel anrempeln würde, das spürte man instinktiv, stände unversehens hässlich da. Zudem

machte er auf die meisten wohl den Eindruck, nur vorübergehend in diesem kreischenden Gewusel auf dem Pausenhof zu sein, und das stimmte ja auch.
In fast jedem Fach, sogar in der gefürchteten Mathematik, war Johannes gut bis sehr gut, ohne dass es ihn viel Mühe zu kosten schien. Wie die raffinierten Papierflieger, die er falten konnte und die immer pfeilgenau an die Mützen der Mädchen flogen, ging ihm alles leicht von der Hand, und wenn er im Schwimmunterricht vom Zehn-Meter-Turm sprang, sah das atemberaubend aus: Kerzengerade an der Brettkante stehend, zog er kurz einmal die Lippen nach innen, blickte durch das Glasdach der Halle in den Himmel und stürzte sich auch schon mit ausgebreiteten Armen in die Tiefe – wo er nach mehreren Saltos oder einer perfekten Schraube ins Wasser glitt wie nichts. Während den anderen Kindern, trauten sie sich überhaupt in die Höhe, bestenfalls eine Arschbombe gelang.
Aber nicht nur deswegen brachten ihm sogar die Lehrer, die damals stets missgelaunten, strengen oder gar prügelnden, eine ungewöhnliche Achtung entgegen. Immer mal wieder trat die jeweilige Pausenaufsicht zu ihm unter die Uhr, und obwohl Johannes natürlich kleiner war als Herr Nieswand oder Konrektor Bramhoff, sah das dann aus, als unterhielt man sich auf Augenhöhe. Denn er konnte etwas, zu dem die wenigsten von ihnen fähig waren: Er spielte Klavier, und zwar nicht etwa Zweifingerstücke wie »Alle meine Entchen« oder »O Tannenbaum«. Er las die kompliziertesten Noten wie seine

Schulkameraden die sogenannten »Schundhefte« und war in der Lage, vieles ohne Proben vom Blatt zu spielen, am liebsten Mozart oder Bach. Schon mit neun Jahren hatte er den Chorleiter der Sankt-Magdalena-Kirche an der Orgel vertreten, wenn auch noch ohne Pedal.

Und sowenig Ben und die anderen Kinder das wahrnahmen – sie bekämpften sich in der Heide mit Pfeil und Bogen oder probierten erste Küsse mit den frecheren Mädchen –, so sensationell musste das damals für die Erwachsenen in der Zechensiedlung gewesen sein. Ein Klavier, ein echtes Klavier in einer der Fünfzig-Quadratmeter-Wohnungen, in denen manchmal sechsköpfige Familien lebten – was das allein kostete! Und was für einen Krach es machte! Und doch besaß er eines – dank seines Vaters, der im Anschluss an die täglichen Arbeitsstunden in der Zeche Zollern auf seiner alten »Kreidler« ins Umland fuhr und den Bauern im Stall oder auf den Feldern half, um sich noch etwas dazuzuverdienen: für die Musikausbildung seines Sohnes.

Ein breitschultriger Mann war Herr Farian, mit flachsfarbenen Haaren und dem wachen, der Welt ähnlich zugeneigten Blick, den auch Johannes hatte. »Hände wie Schaufeln«, wie man damals sinnigerweise von den meisten Kohlearbeitern sagte, und sein markantes Gesicht mit den hohen Wangenknochen, den breiten Koteletten und dem geschwungenen Mund wirkte stark und empfindsam zugleich und wollte Ben wie das seines Sohnes nicht recht in diese Gegend passen. Zu viel Klasse für einen Arbeiter glaubte er schon damals darin zu sehen, zu viel erkennbare Sehnsucht nach einem anderen Leben – ohne freilich seine Freude am gegenwärtigen zu verraten.

Verließ man die damals so genannte Volksschule schon vor der regulären Zeit, ging man entweder auf eine höhere, was in der jeweiligen Altersgruppe ein oder zwei Kandidaten gelang, oder man musste auf die »Schwachstrom-Akademie«, also die Sonderschule, wie jährlich wohl ein Dutzend anderer. Und auch wenn die zukünftigen Mittelschüler oder Gymnasiasten ihren Wechsel instinktiv nicht an die große Glocke hängten – die stolzen Eltern taten es vor den Nachbarn, und so hatten ihre Kinder, die Jungen vor allem, einen schweren Stand. Als abtrünnige Verräter wurden sie betrachtet, als Ratten und Kameradenschweine, und auch Johannes musste plötzlich diverse Pöbeleien aushalten und verbrachte die Pausen in den letzten Tagen vor den Ferien lieber allein im Klassenraum.

Trotzdem gab es natürlich Gelegenheiten, sich an ihm zu rächen dafür, dass er die Klasse mit der Aura des Auserwählten beleidigte. Man heftete ihm Zettel mit obszönen Zeichnungen an den Rücken oder schloss ihn im Schulklo ein, und eines Tages nach dem Schwimmunterricht beteiligte sich auch Ben an seiner Geißelung mit nassen Handtüchern. Die wurden zwar noch grinsend abgewehrt; Johannes war wendiger als die meisten und platzierte so manchen zwiebelnden Gegenhieb. Aber als Ben an dem schwarzen Turnbeutel auf seinem Rücken

zerrte – der Name seiner Schwester war in den Stoff gestickt –, verengte Johannes die Augen und trat drohend auf ihn zu.
Die Fäuste erhoben, schützte er bereits seine obere Zahnreihe mit der Zunge, das Gejohle verstummte, und Ben bemerkte zu spät, dass die anderen Jungen sich jäh zurückgezogen hatten, um ihm den Kampf mit dem Streber zu überlassen. Der sportliche Johannes, ganz aus Muskeln und Sehnen bestehend, hätte den zarten Elfjährigen, den manche Spargel-Tarzan nannten, mühelos niederstrecken können, das war klar, und Ben hielt den Atem an und biss die Backenzähne zusammen, dass es in den Ohren schmerzte. Niemand würde ihm beistehen, er war ja selbst nicht sonderlich beliebt wegen seiner Eigenbrötlerei; man wollte Schreie hören, Tränen sehen, womöglich Blut, und um sich vor den grinsenden Neugierigen nicht zu blamieren, sprang er auch schon vor und schlug Johannes mit aller Kraft die Faust ins Gesicht.
In seiner Kindheit zwischen den Zechen war es nichts Besonderes gewesen, sich zu prügeln. Fast täglich gab es Kämpfe oder doch die Angst davor, besonders wenn man Brillenträger war; »Der kann nix taugen, der hat vier Augen!«, riefen sogar die Mädchen. Immerhin hatte Ben herausgefunden, dass man sich auch als Schwächerer durch Schnelligkeit und Brutalität den Respekt verschaffen konnte, der einem wieder ein paar friedlichere Stunden garantierte. Aber letztlich gelang ihm das selten; normalerweise war er es, der aus nichtigen Gründen

verhöhnt, verdroschen oder in Pfützen gestoßen wurde – und dann noch einmal Hausarrest von der Mutter kriegte, wegen der dreckigen oder zerrissenen Kleidung.
Auch jetzt sah Ben sich bereits auf dem Asphalt liegen, einen Zahnsplitter auf der Zunge, und war umso erstaunter über das erschrockene Zurückweichen des eigentlich stärkeren Johannes. Der hielt sich eine Hand unter die Nase, und Blut rann über die langen zarten, plötzlich heftig zitternden Finger und tropfte auf seinen Anorak. Aber mehr noch erschütterten Ben die jähe Blässe, die seine Haut fast wächsern erscheinen ließ und das Vornehme seiner Züge erhöhte, sowie die vor Staunen geweiteten hellblauen Augen: Es war der entgeisterte Blick dessen, der im Gegensatz zu ihm wohl noch nie im Leben geschlagen worden war, jedenfalls nicht ins Gesicht, nicht bis aufs Blut, und der in seiner Arglosigkeit und seiner Musik gar nicht für möglich gehalten hatte, dass ihm so etwas je widerfahren könnte. Und dieser Blick zerriss Ben das Herz.
Zu Hause aß er nur wenig, in der Nacht schlief er schlecht und geriet am Morgen gar in Panik: Wie ein Tier, dem die Vorstellung fehlt, dass hinter seinem Rücken freie Räume liegen, hatte er sich festgewälzt in der Zimmerecke, konnte die Gliedmaßen kaum rühren und erkannte in seiner Atemnot die Tapete mit dem Hunde-Muster nicht mehr. Und weil seine Schlafanzugjacke durchgeschwitzt war und er leichtes Fieber hatte, bekam er Lindenblütentee mit Honig und durfte ausnahmsweise zu Hause bleiben; seine Mutter schrieb ihm eine Entschul-

digung. Doch wich das schlechte Gewissen nicht, im Gegenteil; es wurde noch einmal beklemmender, als an dem Nachmittag jemand an der Tür läutete – nicht kurz und vertraut, wie es Nachbarn oder Spielgefährten taten, sondern so, als wollte jemand den Knopf durch die Klingel drücken.

Da sie gerade auf einer Leiter stand und Gardinen aufhängte, sagte Bens Mutter zu ihm, dass er öffnen solle, und er erschrak. Die starken Schultern vorgeschoben, die großen, von der Arbeit zerschrammten Hände geballt, stapfte Johannes' Vater in seiner grauen Kluft, mit der er stets auf die Felder fuhr, die drei oder vier Stufen zu ihrer Wohnungstür herauf – nur zögerlich gefolgt von seinem Sohn, dem dieser Auftritt sichtlich unangenehm war. Nach wie vor blass, ja bleich, hatte Johannes einen Pfropf aus Watte im linken Nasenloch, blutverkrustet, und einen blau-gelben Fleck unter dem Jochbein, und Ben erstarrte vor Furcht, als der aufgebrachte Vater das breite, etwas stoppelige Kinn hob und mit zwei zusammengelegten Fingern auf ihn zeigte.

»Hast du …«, sagte er schließlich, die Spitzen der Arbeitsstiefel schon an der Schwelle und die Brauen so gerunzelt, dass eine tiefe senkrechte Falte auf der Stirn erschien; der Blick war wie aus Metall, und seine Kieferknochen zuckten. Aber kaum hatte er Ben in seinem Pullunder und den kurzen Hosen richtig ins Auge gefasst, stutzte er auch schon, blinzelte kurz, und der Schub, mit dem ihn seine Empörung durch den Treppenflur getragen hatte, sank jäh in sich zusammen; er trat sogar

einen Schritt zurück. Ein Staunen milderte die Strenge seiner Züge, die gespannten Lippen wurden weicher, und die Stimme klang nun fast sanft, als er fragte: »Hast du etwa gestern meinen Sohn geschlagen?«
Ben schluckte, nickte, brachte aber kein Wort hervor, und Herr Farian musterte die beiden Kinder. Johannes war in den letzten Jahren viel schneller gewachsen als alle; er überragte Ben um fast einen Kopf, zumal der eine schlechte, im Grunde ängstlich defensive Körperhaltung hatte, und der Mann seufzte leise und sagte: »Na ja, nicht unbedingt ein feiner Zug, oder? Der Joschi hat dir doch bestimmt nichts getan? Nur seine Musik hat der im Sinn und ist der Frieden selbst. Ihr Jungs müsst euch raufen, klar, haben wir auch gemacht ...« Er rieb sich den Nacken, sah noch einmal rasch in das Gesicht seines Sohnes. »Aber sag mal, hast du denn irgendwas benutzt, einen Gegenstand? Ich meine, hattest du einen Ring am Finger, einen Schlagring oder so etwas?«
Dass sich sein großer und sportlicher Junge von einem derart Schmächtigen hat verletzen lassen, war ihm offenbar peinlich. Erstaunt über die Frage blickte Ben auf seine Hände voller Plakafarben, mit denen er gerade sein damaliges Lieblingsmotiv malte, Pferde, immer wieder Pferde, und schüttelte den Kopf. Er streckte sie ihm sogar hin, wobei nun seine Finger zitterten; noch nie hatte er einen Ring getragen, nicht einmal einen aus dem Kaugummi-Automaten, und nun trat seine Mutter in den Flur. Obwohl sich alle Wohnungen in der Siedlung bis hin zu den Möbeln glichen, riss sie den Vorhang zur gu-

ten Stube zu, damit niemand hineinsehen konnte, und fragte barsch: »Was gibt's denn hier?«

Beim Klang ihrer Stimme fühlte Ben, wie alles in ihm sank, denn mehr noch als vor dem breitschultrigen Mann, dessen Gesichtszüge letztlich Verständnis, Güte und eine kultivierte Lebensweisheit ausdrückten, fürchtete er sich vor seiner Mutter. Der kleinen Frau, die immer nur putzte und polierte, war nämlich nichts wichtiger als die gute Meinung der Leute über sie, und hatte er einmal vergessen, einen Nachbarn zu grüßen, oder gar etwas »ausgefressen«, und sei es nur, saure Stachelbeeren aus einem Garten gestohlen, wurde er nicht selten mit dem Kochlöffel oder dem Teppichklopfer verdroschen. Wobei sie meistens das Fenster öffnete, damit alle an seinem Jammern und Schreien hören konnten, dass sie ihrem Kind nichts durchgehen ließ.

Aber an dem Tag, an dem Johannes' Vater ihr erklärt hatte, warum er gekommen sei, änderte sich plötzlich alles. Sie musterte seinen Jungen scharf, mit verengten Augen, als glaubte sie ihm nicht, als wären die Blutkrusten und der Fleck unter dem Jochbein nur aufgeschminkt, und dann legte sie Ben eine Hand auf die Schulter. Erschrocken wollte der zur Seite weichen, denn von den Züchtigungen abgesehen, berührte sie ihn sonst nie; doch hielt sie ihn fest, ließ ihn ihre spitzen Nägel spüren und sagte: »Mein Sohn? Der schlägt niemanden ohne Grund. Der ist gut erzogen und weiß, was sich gehört, da können Sie alle im Haus fragen; wir sind hier beliebt. Außerdem, das sehen Sie wohl, ist er viel kleiner und schwächer als

Ihrer. Wahrscheinlich hat er sich nur gewehrt, und das ist sein gutes Recht, oder? Einen schönen Tag noch.« Dann schloss sie die Tür vor dem verdutzten Vater, riegelte sie ab und sah Ben aus den Augenwinkeln an. Den Rücken durchgedrückt, kniff sie sogar ein Lid zu, und zum ersten Mal bemerkte er einen Hauch von Stolz in ihrer Miene, herben Stolz auf ihn und seine brutale Tat. Vielleicht war die ja ein Zeichen seiner endlich erwachenden Lebenstüchtigkeit für sie – immer hielten ihn die Eltern für zu ängstlich, zu unsportlich, zu verträumt –, und er stellte sich das ernste Gesicht von Johannes' Vater nach dieser Abfuhr vor, seine verletzte Würde und dass er sich womöglich genierte vor seinem Sohn, während sie stumm durch die Straßen der Siedlung gingen.
Die halbe Nacht weinte Ben unter seiner Bettdecke. Einem Mitschüler, einem völlig harmlosen, Leid und Schmerzen zugefügt zu haben, um vor den anderen stark zu erscheinen, das war in seinen Augen schlimm genug – hätte sich nach einer reuevollen Entschuldigung aber wohl vergessen lassen. Doch dass seine Mutter, der er immer nur im Weg stand und die ihm dauernd das Gefühl gab, nichts zu sein, nichts zu können und nie etwas zu werden, dass diese unduldsame und oft hartherzige Frau sich ihm nun zur Komplizin machte bei so einer Untat, ließ ihn fassungslos zurück. Und dieser Schock war es wohl, der ihm das Ereignis im Gegensatz zu vielen längst verblassten aus der Kindheit seit fast fünf Jahrzehnten konserviert hatte.

Die Versuchung, einen der überall annoncierten Mirabellenschnäpse zu bestellen, offenbar eine Spezialität der Gegend, war mit einem Mal groß, und er winkte dem Kellner. Mochte Carolin auch von einer fixen Idee sprechen: Er war nun eben so weit, sich nicht mehr quälen zu wollen mit der Befürchtung, dass Johannes ihn ohne Absolution in den Rest seiner Zeit entlassen könnte; er wollte Gewissheit. Ein paar Touristen schlenderten über den Marktplatz, die Männer schon in kurzen Hosen, und jenseits der Dächer nutzten zwei Segelflieger die Thermik dieses warmen Tages. In weit und immer weiter ausholenden Kreisen stiegen sie in den blauen Himmel über der Mosel, und die Glaskuppeln der Kabinen reflektierten das Sonnenlicht, ein feines Sprühen in Spektralfarben. Er steckte sich noch einen Zigarillo an und bestellte ein Wasser.

Vor gut zwanzig Jahren, als man plötzlich alles über beinahe jeden im Internet erfahren konnte, hatte Ben zum ersten Mal recherchiert und gelesen, dass Johannes Farian gleich nach dem Kirchenmusik-Studium an der Essener Folkwangschule einen ersten Preis in einem Orgel-Wettbewerb gewonnen hatte und dann lange Zeit als Chorleiter an einer Bochumer Kirche tätig war. Zudem hatte er sich einen Namen als Komponist gemacht, seine Kantaten und Oratorien waren mehrfach aufgeführt worden, auch in Berlin, und bei der »Deutschen Grammophon« gab es zwei CDs mit seinen Werken, hochgelobt in den Feuilletons.

Schließlich erhielt er einen Ruf nach Nelden an der Mosel, dem er trotz seiner Heimatliebe gefolgt war, weil es dort – so stand es auf der Website des Städtchens – eine der größten noch erhaltenen Silbermann-Orgeln aus der Barockzeit sowie einen Chor mit vierzig Mitgliedern gab. Zusätzlich hatte man ihn zum Orgelbeauftragten des Bistums ernannt: Einmal im Jahr reiste er von Kirche zu Kirche, prüfte und stimmte die Instrumente und machte Reparaturvorschläge, denn besonders die alten, oft feuchten Gemäuer setzten ihnen zu. »Ich bin der Schimmelhund«, stand als Zitat unter einem Foto im »Frommen Boten«, das einen hageren, schütter behaarten und warmherzig lächelnden Mann zeigte. Wie einst auf der Schultreppe schien er mit wundergläubigen Augen über die Kamera hinaus ins Weite zu blicken, wobei das Lauschende, das sich in seinem Wesen ausgedrückt hatte, für Ben nun nicht mehr zu erkennen war. Sichtlich befand er sich in der Musik, nicht mehr davor.

Am Telefon, am vergangenen Abend, hatte er einen Moment lang nachdenken müssen. »Warte mal, wo stecke ich dich jetzt hin. Baranowsky ... Hermann-Hesse-Gymnasium. Du warst damals eine über mir, beim Dr. Dellbrück, oder? Nein, entschuldige, Volksschule, sagtest du ja ... Natürlich, Ben Baranowsky, Lütgendortmund. Mensch, wie schön! Du bist Maler in Berlin geworden, stimmt's? Wir waren mal auf einer Ausstellung hier im Landesmuseum, da hingen auch Bilder von dir, lauter grüne, und ich dachte noch: Sollte das etwa *der* Baranowsky sein? Mensch, wie lange haben wir uns nicht gesehen! Was machst du denn hier? Wo wohnst du? Willst du nicht morgen Nachmittag vorbeikommen, so gegen fünf? Vorher haben wir noch Schülerinnen, und um sechs muss ich zur Abendmesse und anschließend zur Chorprobe. Aber eine Tasse Tee könnten wir doch zusammen trinken, oder?«

Ben war erleichtert gewesen, sich und den Grund seiner Reise nicht schon am Telefon erklären zu müssen, und als der Zeiger der Turmuhr kurz vor der Zeit stand, kaufte er im Laden nebenan ein paar Blumen für Johannes' Frau und ging durch das wuchtige Tor, das die Kirche und ihre Anbauten vom Marktplatz trennte. »Herzfleck« hieß die krumme Gasse, an der eine Musikschule, ein Gemeindeheim, eine Bücherei und die Häuser der Pfarrangestellten standen, alte, aber gut restaurierte Gebäude mit hohen Fenstern und Jahreszahlen aus dem vierzehnten Jahrhundert über den Türen. Weil das wuchtige Kirchenschiff mit seinen Strebebögen alles überschattete, wuchs in den Vorgärten nicht viel, ein Kirschlorbeer hier und da, etwas Sauerdorn und eine Glyzinie. Deren Stamm rankte sich am weißen Haus des Organisten empor, und die herabhängenden Blütendolden, die beinahe seinen Kopf berührten, erinnerten Ben daran, dass die Pflanze auch Blauregen hieß.

Aufgezogen wurde die Tür schon, ehe er geklingelt hatte, und Johannes trat unter den Sturz. Was er dabei sagte, Unverständliches, galt den beiden kleinen Mädchen mit den Geigenkoffern, die nun kichernd an ihm vorbei in die Gasse eilten. Er trug Jeans und ein schwarzes

T-Shirt, seine blauen Augen waren heller geworden, fast grau, und die Zähne standen schiefer, als Ben es in Erinnerung hatte. Aber das ließ das Lächeln doch apart aussehen, schalkhaft fast, und sein im schönsten Ruhrgebiets-Deutsch hervorgebrachtes »Ja hömma, du bist aber 'n Lulatsch geworden!« vertrieb den Hauch der Verlegenheit zwischen ihnen sofort.
Sie gaben sich die Hand, und auch Sophia, seine Frau, die trotz der Wärme einen Pullover trug, rostrot oder burned orange, wie man neuerdings sagte, strahlte vor Freude über den Strauß bunter Ranunkeln und verschwand gleich in der Küche, um eine Vase zu suchen. Offenbar hatte sie gebacken, es roch nach Blechkuchen und Earl Grey, und Johannes führte Ben durch die vier großen Räume im Parterre, in denen sie hauptsächlich lebten. Im ersten Stock, sagte er und zeigte auf die breite Treppe mit dem wurmstichigen Antrittspfosten, einem Engel, dem ein Flügel fehlte, befänden sich nur die Schlaf- und die Kinderzimmer, die ehemaligen. »Alle erwachsen«, sagte er und machte eine wegwerfende Geste, »erwachsener als ich. Die werden schon sehen, was sie davon haben. Aber zum Trost gibt es ja die Enkel …«
Das Haus, in dem seit Jahrhunderten die Organisten der Kirche wohnten, war beinahe ein kleiner Palast. Alle Fenster und Flügeltüren hatten Rundbögen, und das Parkett, in einem Sternmuster aus verschiedenfarbigen Stäben verlegt, knarrte vornehm, als sie durch die Bibliothek mit der Kassettendecke gingen. Die hohen Glasschränke wa-

ren vollgestopft mit Partituren, großformatigen oft, auf denen hier und da ein Kriminalroman lag. An den Wänden der anderen Räume hingen Ledertapeten, zum Teil rissig und so nachgedunkelt, dass man die aufgemalten Bibel-Szenen erst auf den zweiten Blick erkannte. Dagegen waren die Zimmerdecken um die Kronleuchter herum mit allerlei Fresken in Pastelltönen bemalt – Füllhörner voller Früchte, Putten, die nach Vögeln haschten –, und in einer halbrunden Nische zwischen zwei Terrassentüren befand sich sogar ein Brunnen mit einem muschelförmigen Marmorbecken.

Auch darüber ein Wandbild, eine Flöte spielende Euterpe, die Muse der Musik. Die Garnitur aus einem alten Sofa und drei verschiedenen Sesseln wirkte verschwindend klein in der Ecke des riesigen Salons, offenbar gleichzeitig Probenraum: Ein »Bösendorfer«-Flügel, auf dem eine Geige lag, ein altes grün-goldenes Spinett mit Tasten aus schwarzem Horn und zwei Celli standen hier. Es gab eine sichtlich teure Musikanlage mit schlanken Boxen in jeder Zimmerecke, aber keinen Fernseher, wie es schien, und während Sophia einen Rollwagen mit leise klirrendem Teegeschirr und einer kleinen Pyramide aus Kuchenstücken hereinschob, öffnete Johannes eine Glastür und sagte: »Ich werde diese Scheißkatze erschießen, wenn sie mir noch einmal eine tote Amsel auf die Terrasse legt!«

Suchend blickte er in einen ummauerten Garten hinter dem Haus. Zwei Federballschläger lehnten an einem verwitterten Steinkreuz, und seine Frau zwinkerte amü-

siert und fragte: »Hast du denn eine Waffe? Oder womit willst du das tun?«
Ihr Mann ließ sich auf das Sofa fallen, schlug die langen Beine übereinander. »Na, mit deinem Geigenbogen natürlich!« Im Gegensatz zu Ben, für den die abendliche Flasche Wein immer zu wenig, also zu viel war, hatte er nicht den Ansatz eines Bauches, und er zeigte auf den Flügel. Darauf standen die Ranunkeln in einer Vase, die wohl eher für Langstieliges gedacht war, Lilien oder Gladiolen; da keine der Blüten über den Glasrand hinausragte, sahen sie wie eingemacht aus. »Kann es übrigens sein«, fragte er, »dass es den Blumen unseres Gastes ein bisschen eng wird da?«
Sophia, die den Tee einschenkte, zuckte mit den Achseln. »Man sieht sie, und sie haben Wasser. Nachher suche ich eine passende Vase«, erwiderte sie. »Falls wir überhaupt eine haben. Du schenkst mir ja nie Blumen.«
Etwa im Alter der beiden Männer, war die kleine und zarte Frau bereits weißhaarig, was sie seltsamerweise jünger aussehen ließ, zumal sie einen erstaunlich glatten Teint und einen klaren, klugen Blick aus grünbraunen Augen hatte. Und wie Johannes strahlte auch sie die Reinheit, Arglosigkeit und Friedfertigkeit aus, die nur Menschen haben, denen vor aller Tat, aller Farbe oder Sprache die Musik, die klassische vor allem, das genuine Ausdrucksmittel ist.
Die beiden, so erfuhr Ben im Lauf der Teestunde, hatten sich an der Hochschule kennengelernt, in einem Seminar für Kompositionstheorie, waren zusammengezogen

und schnell Eltern von zwei Töchtern und einem Sohn geworden. Nach vielen Jahren als Orchestermusikerin gab Sophia nun Geigenunterricht am kirchlichen Konservatorium nebenan, manchmal auch privat, und während Ben sich mit Johannes über gemeinsame Bekannte aus der Zeit in Lütgendortmund unterhielt, spürte er ihren freundlich forschenden Blick und die fast atemlose Aufmerksamkeit, die manche Menschen an den Tag legen, wenn sie auf jemanden treffen, der den Lebenspartner oder Liebsten noch vor der gemeinsamen Zeit gekannt hat – eine Mischung aus scheuem Respekt und genauester Neugier, als ließen sich der Erzählung noch unbekannte Facetten seines Wesens ablauschen.

»Am meisten hat mich immer dein elegantes Turmspringen beeindruckt«, sagte Ben. »Keiner traute sich auf dieses verdammte Zehnerbrett, für viele waren drei Meter schon der Gipfel, und du bist da oben rumgelaufen, als wär's Parterre. Einmal hast du sogar einen Handstand an der Kante gemacht, erinnerst du dich?«

Sophia hob die feinen Brauen. »Wirklich? Das hast du gemacht?«

Er rührte etwas Kandis in seinen Tee. »Ach wo, er übertreibt«, sagte er. »Will mir vermutlich schmeicheln. Ich war im Sport und auch sonst nur gut, weil ich meine Ruhe haben wollte. Diese alten, aus der Nazizeit übrig gebliebenen Pauker ließen ja kaum mehr gelten als Sport, Mathe und das Nibelungenlied; alles andere war Süßkram.« Er nickte Ben zu. »Aber so gut wie du im Kunstunterricht war ich nie. Weißt du noch, wie ich immer bei dir abgeguckt hab? Du hattest diese Tricks mit den Schatten drauf, Mine flachhalten und so, oder hast mit dem Daumennagel oder einer Büroklammer Striche ins Papier gedrückt, die dann beim Schraffieren weiß blieben. Und wenn dir für eine fummelige Landschaft mit all den Nadelbäumen und Dächern die Geduld fehlte, hast du sie einfach unter Schnee begraben, hier und da einen Schornstein oder eine Baumspitze rausgucken lassen und ›Winter an der Ruhr‹ drangeschrieben. Fand ich genial!«

Ben schüttelte den Kopf. »Du hast bei mir abgekupfert? Das glaube ich nicht!«

»War aber so«, bekräftigte er. »Obwohl du dein Blatt immer eifersüchtig abgeschirmt hast, mit Löschpapier oder einem Buch.«

Doch ehe Ben widersprechen konnte, denn daran erinnerte er sich ganz und gar nicht, hob der andere die Hand, ein Chorleiter, der um Ruhe vor dem Einsatz bittet, und einen Moment lang sahen sie einer schwarzen Katze im Garten zu, ihrem Schleichgang im Gras. Dem stechenden Blick zufolge hatte sie irgendein Opfer anvisiert, und Johannes fletschte die Zähne und ließ ein durchdringendes Fauchen hören, woraufhin sie erschrocken auf die Mauer sprang. Dann grinste er Ben an und sagte: »Musiker brauchen keine Tiere …«

Er trank einen Schluck Tee. »Ich erinnere mich übrigens kaum an die Zeit in der Volksschule, und Namen fallen mir schon gar nicht mehr ein«, fuhr er fort. »Ich musste später so viele Kämpfe in der Innenstadt bestehen, am

Gymnasium – das war ein dauerndes Spießrutenlaufen. Mitte der sechziger Jahre, als einziges Arbeiterkind zwischen lauter Arzt- und Anwaltssöhnen in der Klasse, da warst du der Paria, auch für die Studienräte, und wenn du noch so gut Klavier spielen konntest. Sogar diese Beatles-Lieder hab ich gelernt, aber es half nichts, oder nur bei den Mädchen. Ich prügelte mich fast jede Woche bis aufs Blut, kriegte einen Verweis nach dem anderen und wurde in allen Fächern immer schlechter. Und wenn mein Vater mich nicht permanent ermutigt und aufgebaut hätte, wäre ich wohl nie auf die Hochschule gekommen, nicht mit meinem Notendurchschnitt …«

Sophia schob Ben die Kuchenplatte hin, und er nahm sich ein zweites Stück. Der Zuckerguss, mit gemahlenen Mandeln vermischt, schmeckte köstlich. »Ja, dein Vater … Das war ein Mann mit Format; ich habe ihn damals sehr bewundert«, sagte er. »Wie geht es ihm?«

»Oh, er ist dement, der Arme, wiegt kaum mehr als seine Bettdecke und weiß selten einmal, wie ich heiße. Wir haben ihn in ein Pflegeheim in Kamen gegeben, mit Blick auf seine alte Kokerei und den Sportflugplatz …« Er stutzte sanft. »Moment: Du kanntest meinen Vater? Woher denn?«

Auch Sophia sah auf. Jenseits der Gartenmauer fuhr ein Bus vorbei, und der Wasserstrahl des Zimmerbrunnens, sein kühles Plätschern in der Marmormuschel, setzte einen Herzschlag lang aus. »Nun ja«, sagte Ben und schluckte, »kennen ist natürlich zu viel gesagt. Wir ha-

ben uns einmal getroffen, da waren wir so elf oder zwölf Jahre alt, weißt du das nicht mehr?«
Johannes hob die Schultern, zog die Mundwinkel herab, und seine Frau neigte sich zur Seite und nahm ein Foto von der Fensterbank, ein silbergerahmtes. Auf dem trug ihr Schwiegervater eine Schirmmütze und seine breiten Koteletten waren weiß, aber immer noch hatte er den wachen, der Welt freundlich zugeneigten Blick unter starken Brauen, und der geschwungene Mund und das leicht ironische oder gar selbstironische Lächeln ließ erkennen: Ein Mann mit Eros war das, ein bei aller Kraft sanfter und verständiger, der Frauen faszinieren konnte – was Ben die einst so kühle Reaktion seiner Mutter nun mit anderen Augen sehen ließ. Möglicherweise hatte sie ihn damals auch abwehren wollen, den beunruhigenden Fremden, und Sophia betrachtete das Foto liebevoll und sagte: »Er hatte eine so warme Stimme. Hat er immer noch.«
»Wenn er denn mal redet«, murmelte Johannes und nahm sich ebenfalls noch ein Stück Kuchen. »O Gott, Mädchen, vergiss die Geige. Du solltest Backunterricht geben! – Und ihr habt euch wo getroffen?«
Ben hob die Schultern, kehrte die leeren Handflächen hervor und fühlte sich plötzlich elend. Wie bei der Arbeit an einem fast fertigen Bild, dessen er sich monatelang sicher gewesen war und das sich mit dem letzten, alles entscheidenden Detail als missraten erwies, richtete eine leise Verzweiflung die Haare auf seinen Unterarmen auf, und dieser Besuch und seine scheinbar ehrenwerte Ab-

sicht kamen ihm anmaßend vor, unsensibel und roh. Er saß hier inmitten eines sichtlich gelungenen oder doch harmonischen, von der Schönheit, der Frömmigkeit und der Unschuld der geistlichen Musik geformten Lebens und wollte um Verzeihung bitten für eine Missetat, an die sich sein damaliges Opfer überhaupt nicht mehr erinnerte?

Vermutlich hatte Carolin recht: Er, der sich stets so viel einbildete auf seine Empfindsamkeit, war einfach nur sentimental und sollte seiner Wege gehen, zumal er sich mit einem noch so reuevollen Bekenntnis, das sah er nun klar, gewiss keinen Seelenfrieden, keine innere Reinheit erkaufen würde, im Gegenteil. Indem er Johannes die Episode wieder ins Gedächtnis rief, könnte der sich erneut geschlagen fühlen, und am Ende hätte Ben mindestens so nagende Schuldgefühle wie nach der tatsächlichen Begebenheit vor fast fünfzig Jahren.

Darüber hinaus – auch das hatte er vorher nicht bedacht – war im Beisein seiner Frau ein Gespräch darüber kaum möglich. Vor Sophias reiner Aura und ihrem arglosen Blick konnte er nicht erzählen, dass er ihren Mann, den geliebten Vater ihrer drei Kinder und den Großvater ihrer Enkel, vor Unzeiten einmal ins Gesicht geschlagen hatte. Auch sie würde diese Brutalität am Rand der Erinnerung als eine schmerzhaft gegenwärtige empfinden. Auch von ihr konnte er kaum mehr erwarten als höfliches, leicht befremdetes Verzeihen oder nur dessen Bekunden, das ihn umso zerknirschter zurücklassen würde. Und so trank er erneut von dem nun lauen Tee und sagte in seine Tasse hinein: »Wie, ›wo habt ihr euch getroffen‹? Vor der Schule natürlich. Dein Vater hat dich doch oft abgeholt auf seinem Moped, oder?«

Johannes lachte. »Ach Mensch, ja, die alte ›Kreidler‹! Er hatte immer Angst, dass ich mich davonstahl mit euch und mir beim Klettern im Wald die Hände ruinierte, statt zu Hause Partituren zu üben. Ich musste das teure Klavier mit Fleiß abbezahlen, gewissermaßen.« Nachdenklich starrte er die Blumen an. »Na, er meinte es gut. Und manchmal, bei schönem Wetter, fuhren wir ja auch zu diesem Sportflugplatz bei Kamen, weil ich das so liebte. Dort aßen wir unsere Dubbel im Gras und sahen den Seglern mit den riesigen Spannweiten zu, ihrem Start mithilfe dieser jaulenden Seilwinden, dem Kreisen in der Thermik oder der rauschenden Landung. Keine Ahnung, warum mich das so faszinierte; wahrscheinlich, weil es auch mit Luft zu tun hatte, wie das Turmspringen und der Orgelwind. Fürs Leben gern wäre ich da mal mitgeflogen, aber zu der Zeit war eine Stunde mit einem Piloten im Zweisitzer unerschwinglich, für einen Kokerei-Arbeiter allemal. Man musste eine Extra-Versicherung abschließen, glaube ich.«

Nachdem sie den Kuchen gegessen hatten, zog er eine kleine Tube aus der Tasche, um sich die Hände einzucremen; in der Lotion, die er sorgsam in jedes Gelenk massierte, war offenbar Menthol. Dann sah er auf die Uhr. »Eine Sache damals, eine ziemlich schmerzhafte, die ist mir allerdings im Gedächtnis geblieben«, fuhr er fort und runzelte die Brauen, was eine tiefe senkrechte Falte ergab, fast bis zum Haaransatz hoch; und wie damals sein Vater zeigte er mit zwei zusammengelegten Fingern auf Ben, dem erneut der Atem stockte.

»Erinnerst du dich noch an die flache Holzkiste mit den Buntstiften von ›Faber-Castell‹, die du in der dritten oder vierten Klasse hattest?«, fragte Johannes. »Die dunkel gebeizte mit dem aufschiebbaren Deckel? Die lag oft auf deinem Platz, und weil ich immer so eifersüchtig auf deine Zeichenkünste war, hab ich mal in der Pause dein geliebtes Maigrün daraus geklaut, einfach so, aus Freude an der Bösartigkeit, glaub ich. Na, du hast es auch mit Blau und Gelb hingekriegt, sah sogar noch besser aus, und ich war plötzlich beschämt bis auf die Knochen und bin erst mal beichten gegangen. Und danach hab ich dir den Stift wieder heimlich in den Ranzen gesteckt. Ich hoffe, du kannst mir das verzeihen?«

Er lächelte mit seinen schiefen Zähnen und sah einen Moment lang wie vor vielen Jahren aus, als er die Mädchen in den vorderen Reihen mit seinen Papierfliegern erschreckte. Schalkhaft zwinkernd hob er eines der kleinen Gläser, die Sophia inzwischen gefüllt hatte, klarer Mirabellenschnaps, vom Küster in seinem Schrebergarten gebrannt. Sie stießen miteinander an, und auch wenn er es vorgab – sicher lag es nicht nur an dem hochprozentigen Alkohol, dass plötzlich Tränen in Bens Augen brannten.

Wie bedrückend hatte er sich die Aussprache gedacht, eigentlich kaum zu bewältigen, wie angstvoll schief die Töne seiner Erklärungsversuche, wie herzbeklemmend das Sehnen nach Vergebung – und wie leicht, wie ohne jedes Wort war nun alles beglichen worden. Die Lücken oder Trübungen in Johannes' Gedächtnis, die Ben vorkommen wollten wie ein weises Verzeihen von irgendwoher, hatten ihm natürlich nicht die Schuld genommen; aber dadurch, dass nun nichts weiter gesagt werden musste über jenen unseligen Vorfall, wurde sie doch zu dem, was sie wohl stets gewesen war, die Schuld eines dummen Jungen, und er konnte sich frei fühlen.

Als hätte man ihm einen quälenden Dorn aus dem Fuß, nein, aus der Seele gezogen, war wieder ein Durchatmen möglich. Denn so übertrieben es Carolin stets vorkommen wollte: Seine Gewissensbisse dem alten Schulkameraden gegenüber hatte letztlich vieles grundiert, was ihm später zugestoßen war, und wenn man ihn für einen anständigen Zeitgenossen und noch besseren Künstler gehalten hatte, blieb immer das quälende Bewusstsein, dass er so gut nicht war; bewunderte man ihn für seine Auszeichnungen oder seinen Marktwert, spürte er stets, dass dieser Erfolg mindestens eine faule Stelle hatte; und war er für manche ein lausiger Maler oder gar ein Kitschier, »overrated«, glaubte er, dass es im Grunde noch viel schlimmer um ihn stand.

Johannes schlüpfte in ein Sakko. Da es nach dem Gottesdienst längere Chorproben im Konservatorium geben würde und ein gemeinsames Bier zu späterer Stunde unwahrscheinlich war, beschloss Ben, mit den beiden in die Kirche zu gehen, um ihn spielen zu hören; er hatte ihm eine eigene Komposition angekündigt. Die uralten

Glocken, die die Gläubigen riefen, hallten zu laut in der Gasse wider, um einander zu verstehen, und Ben steckte sich einen Zigarillo an, machte rasch ein paar gierige Züge und drückte ihn auf dem Sockel einer Statue aus, eines Apostels neben dem Portal.

Im Innern das hohe Kreuzgewölbe, zwischen roten Graten weiß gekalkt, ließ tatsächlich an einen Dom denken, und er setzte sich so neben den Taufstein, dass er zur Empore hinaufblicken konnte. Die cremefarbene Silbermann-Orgel mit zwei blau gewandeten Posaunen-Engeln auf den Seitentürmen und einer Krone über dem Hauptwerk hatte im Vergleich zu den Proportionen des Kirchenschiffes jedoch nichts Gewaltiges, im Gegenteil; fast zweifelte man daran, dass ihr Klangvolumen dem riesigen Raum gerecht werden konnte, zumal sich Johannes' anfängliche Improvisationen überraschend zart anhörten, als wären die Pfeifen aus Glas. Einigen schien kaum mehr als ein heiseres Hauchen zu entweichen, und das Klappern der Tasten und Pedale klang manchmal lauter als die Töne des Instruments. Aber als das Eingangslied, das »Großer Gott, wir loben dich«, anklang, schreckte Ben doch zusammen, denn nun dröhnte und schrillte die Orgel derart, dass die Stimmen der Singenden kaum mehr zu hören waren – wobei die Luft, in der beim Eintreten noch das Aroma kalten Weihrauchs und frischer Altarblumen gelegen hatte, plötzlich leicht nach Schimmel roch. Oder bildete er sich das ein?

Von Sophia, die mit ihrem Mann auf die Empore hinaufgegangen war, sah er aus seiner Perspektive eine Weile

nichts. Erst gegen Ende der kurzen Messe, als die wenigen Gläubigen knieten und der Priester, der die Zeremonie ohne Ministranten bestritt, Kelch und Hostie in die Höhe hielt, trat sie an die Balustrade und schüttelte den Kranz silberner Wandlungsglocken in ihrer Rechten, ein dreimaliges Schrillen. Dessen Reinheit war ihm schon in der Kindheit immer wie ein Destillat des Heiligsten erschienen, aber das Gefühl einer unendlichen oder ewigen Präsenz wollte sich jetzt nicht mehr einstellen.
Kurz darauf war der Gottesdienst auch schon zu Ende, und als Johannes nach den mehr oder weniger vertrauten Kirchenliedern jene angekündigte Komposition spielte, die Ben an die Bilder von Feininger denken ließ, sein gemaltes Flehen, stellte sie sich neben ihn, um die Seiten der Partitur umzublättern. In dem Licht über dem Notenbrett sahen ihre Haare noch einmal weißer aus, fast strahlend; aber die Augen waren umschattet, die Lippen blass, und nachdem sie die erste große Seite gewendet hatte, blickte sie zu Ben hinunter – ein sanft forschender und seltsam trauriger Blick, der mehr zu meinen schien als die soeben wiederbelebte Vergangenheit oder diesen Moment.
Mit ausgebreiteten Armen zog Johannes an den Registerknöpfen neben der Tastatur und spielte dabei die Basstöne mit den Fußpedalen, und das sah aus, als wollte er davonsegeln auf dem Atem seiner Orgel. Ben hingegen beengte es plötzlich die Brust – was wohl auch an dem immer noch zunehmenden Schimmelgeruch in der nun leeren Kirche lag. Nachdem er eine Weile versucht hatte,

sich auf das Spiel des Freundes zu konzentrieren, auf das befreiend Atonale darin, hob er schließlich eine Hand, tippte mit der anderen auf seine Uhr, und Sophia nickte kaum merklich und schloss verständnisvoll die Lider, ein stummer Abschied.
Draußen fiel leichter Regen, das Städtchen war still, und noch in den nebligen Gassen und auch am offenen Fenster seines Hotelzimmers, ein Glas Wein aus der Minibar in der Hand, konnte er Johannes spielen hören, ein ferner Klang.

Am nächsten Morgen gab er das Auto am Flughafen ab und durchquerte die Halle, in der die meisten Schalter kaum Kioskgröße hatten und von Rollos verschlossen waren. Nur kleine Business-Jets, Hubschrauber und Sportflugzeuge starteten hier, und da er noch Zeit hatte bis zum Check-in, setzte er sich auf die rosenumrankte Aussichtsterrasse vor dem Restaurant »Delphi« und trank einen Mokka. Daneben wurde gerade ein Plakat über ein Schaufenster geklebt, eine Werbung für Rundflüge, und schmunzelnd fragte er die Angestellte, ob sie auch welche mit Schutzengeln vermiete. »Ach wo«, sagte sie und reichte ihm einen Prospekt, »sowas brauchen wir hier nicht. Wir sind doch gute Menschen.«
Danach, wieder in Berlin, hörte er eine längere Weile nichts von Johannes, fast zwei Jahre. Weder auf seine Karte und das Geschenk zum Geburtstag noch auf seine gelegentlichen Briefe oder E-Mails hatte er geantwortet, und eines Tages googelte Ben ihn erneut und erfuhr,

dass der Schulfreund für seine Verdienste um den Erhalt des alten Orgelbestandes in der Mosel-Region mit der »Ehrennadel des Landes Rheinland-Pfalz« ausgezeichnet worden war. Ein Foto im Lokalblatt zeigte Sophia und Johannes, jetzt mit Brille, neben dem Bürgermeister von Nelden und einer Staatssekretärin. Sein Anzug und der Hemdkragen waren sichtlich zu groß, die Reflexe der Blitzlichter auf den starken Gläsern und das verlegene Lächeln mit neuen Zähnen ließen sein edles Gesicht seltsam fremd aussehen, und in der Bildunterschrift war von einer langen, glücklich überstandenen Krankheit die Rede, nach der ihm die verdiente Auszeichnung endlich überreicht werden konnte.

Ben recherchierte weiter: An seinem sechzigsten Geburtstag in jenem Sommer habe der Dekan eine Feier und sein Chor ein Konzert für ihn veranstaltet, alle Kinder und Enkel waren gekommen, und zwischen den vielen Geschenken gab es eines, über das er sich besonders gefreut hatte: ein Gutschein für einen Segelflug. Damit sei Johannes Farian schon am übernächsten Tag zu dem Startplatz in Koblenz-Winningen gefahren, denn das Wetter war ideal. Bei großflächiger Thermik mit gelegentlichem Horizontalwind habe der Flug in dem Zweisitzer eine Stunde gedauert, ein Rundflug über die Moselschleifen, aber bei der Landung sei dem Piloten dann ein Missgeschick passiert. Aufgrund einer unvermuteten Böe habe eine Flügelspitze einen Baum gestreift, und der Flieger kam von seiner Ideallinie ab und landete steiler als vorgesehen. Die Spitze der Kabine, die Nase,

grub sich in den umgepflügten Rand einer Gartenkolonie.
Während dem Piloten nichts passiert war, kein Bruch, keine Prellungen oder Kratzer, wurde das Plexiglas hinter ihm von der hervorragenden Latte einer Rosenlaube durchschlagen, einer Dachlatte, die Johannes das linke Auge in den Kopf drückte und den Kiefer und das Innenohr zerstörte. Auch die Nackenwirbel und die Nerven, die für die Motorik zuständig waren, wurden beschädigt, und der virtuose Organist, dem Tod nah, musste über ein Jahr in einer Spezialklinik in München behandelt werden, ehe er wieder einigermaßen trittfest gehen und die Arme und Finger so bewegen konnte, dass erste Spielversuche auf dem Klavier gelangen – »Alle meine Entchen« und »O Tannenbaum«, wie er dem Redakteur, angeblich lächelnd, erzählte.
Wer ihm den Segelflug geschenkt hatte, wollte er nicht verraten: »Ein guter Mensch«, war die ausweichende Antwort, und gefragt, woran er sich denn im Einzelnen erinnere, sagte er: »An nichts, an rein gar nichts. Nicht ans Einsteigen, nicht an den Ausblick und nicht ans Abstürzen; alles weg. Nur an den Mokka, den ich vorher im ›Delphi‹ getrunken hatte.«

Abschied von Baden-Baden

Kurz nachdem Theresas Vater gestorben war, machte die Stadt der Mutter ein Angebot für das Haus, den Garten und die Backstuben an der Oos. Man brauchte das beachtliche Grundstück für einen archäologischen Lehrpfad samt Pfahlbau-Siedlung, ein Museum der Eisenzeit, und sie unterschrieb den Vertrag und zog zu ihrem Sohn und seiner Familie nach Magdeburg. Das sollte von Anfang an ein Provisorium sein, denn eigentlich wollte sie die letzten Jahre ihres Lebens am Meer verbringen: Schon vor der Ehe war ihr Traum stets England gewesen, Dorset etwa, wie es in Vorabendserien gezeigt wird, sattgrüne Wiesen, weiße Klippen, Blumengärten, Tee. Doch nun, im Alter, mochte sie nicht mehr in ein Ausland mit ungewisser medizinischer Versorgung, und so informierte sie sich im Netz über private Seniorenresidenzen an der Ostsee. Die Nordsee war ihr zu rau.

Viele befanden sich dort, und in näheren Betracht kam schließlich eine in Updahl an der Lübecker Bucht, die »Rosenhöhe«. Der weithin sichtbare Waschbeton-Turm aus den siebziger Jahren des vorigen Jahrhunderts, in dem es auch ein Hotel und diverse Ferienwohnungen gab, stand inmitten eines Parks an der Strandpromenade, hatte fünfunddreißig Stockwerke plus einer Roof-

top-Bar, und die Standard-Apartments für die Senioren sahen alle ähnlich aus: ein Balkonzimmer mit Küchentheke, ein Schlafzimmer mit praktischen Wandschränken, ein Flur und ein winziges Bad, immerhin mit Wanne.
»Unglaublich«, sagte Theresa, die aus Berlin gekommen war, um ihrer Mutter bei den Formalitäten zu helfen. Der Makler hatte sie allein gelassen, weil er im Haus noch ein anderes »Projekt« betreute, und sie setzte sich die Brille auf und musterte die Wasserflecken an der Decke und die Fensterrahmen aus rissigem Holz, schon mehrfach überstrichen. »Auf der Website sah das alles ein bisschen eleganter aus, oder? Sechshunderttausend für so eine Bruchbude ... Ist dir Papas Geld dafür nicht zu schade? Dieser billige Laminat-Boden, das Plastik-Paneel und die alte Konvektor-Heizung – das muss ja alles rausgerissen werden. Außerdem riecht es seltsam, finde ich, irgendwie nach Müll ...«
Schon vorhin im Lift hatte sie so etwas bemerkt, und als die Mutter antworten wollte, hob sie eine Hand und zischte: »Sei mal still!« Es stürmte an diesem Nachmittag, die schrägen Bäume auf den Steilküsten, die sogenannten Windflüchter, schienen sich noch einmal tiefer zu neigen, und unter der Wohnungstür, die bis in Kniehöhe wie von Krallen zerkratzt war, pfiff die Zugluft hindurch. Stoßweise klang es wie ein Fauchen.
»Na ja, so ist das eben in einem zweiunddreißigsten Stock am Meer«, sagte die Mutter. »Das kann man abdichten.« Sie lächelte auf ihre warmherzige Art und hakte sich bei ihr ein. »Kann man alles abdichten, Kind ...

Natürlich muss man hier etwas reinstecken, geschenkt kriegst du nichts – wobei Vorsicht geboten ist, das Haus steht unter Denkmalschutz, die Behörde überwacht jeden Handgriff. Jede neue Kachel muss abgesegnet werden. Aber sei ehrlich, dir gefällt die Wohnung auch, oder? Hier werden wir es uns gemütlich machen im Sommer, wenn du mal Erholung brauchst von deinen Schülern. Ein Windlicht auf dem Balkon, ein Gläschen Wein ... Man kann im Bademantel hinunter und ist sofort am Strand!«

Theresa seufzte hörbar. »Ich habe keine Schüler«, erwiderte sie, »es sind Studierende, Mama. – Und warte mal: Dieser hässliche Kasten steht unter Denkmalschutz? Im Ernst? Woran soll man denn bitte schön denken, wenn man den sieht? Dass er abgerissen gehört? Der verschandelt doch die ganze Küste!«

Ihre Mutter wiegte den Kopf und schloss einmal kurz die Lider, die sie immer noch mit einem Hauch von Silberschatten schminkte. »Na ja, es stimmt schon, einen Architekturpreis wird der Turm nicht gewinnen, von außen betrachtet. Aber innen ...! Bei klarem Himmel können wir bis nach Dänemark sehen, sagte der Makler. Es gibt zwei Restaurants im Haus, auch für auswärtige Gäste, eine Toproof-Bar, oder wie das heißt, ein Schwimmbad und eine physiotherapeutische Praxis. Außerdem haben die hier einen Laden für Hundeartikel, also Futter und so weiter, verschiedene Modeläden und einen Friseur samt Nagelstudio. Und in der Lobby, in die du nur mit einem Responder kommst, sitzt rund um die

Uhr ein Pförtner. Kann man besser versorgt sein in meinem Alter?«

»Nein«, murmelte Theresa und steckte sich eine Zigarette an, »ich denke nicht. Wenn man Hundefutter mag, ist das schon ideal.«

Die Balkontür ließ sich nur nach außen öffnen, fast hätte ihr der Sturm die Klinke aus der Hand gerissen, und sie drehte sie um fünfundvierzig Grad, wie es auf dem Schild am Rahmen empfohlen wurde. Nun war die Konstruktion arretiert, und Theresa sah in den Park mit den fast kahlen Bäumen hinunter. Im Hotel, das sich in den ersten zehn Etagen des Hauses befand, wurden wohl gerade Zimmer renoviert; vor dem Eingang standen Schutt-Container voller weißer Lampen. Manche der Schirme waren von zu starken Glühbirnen versengt.

»Hundefutter? Wieso jetzt das?«, sagte ihre Mutter. »Ich finde deinen Humor in letzter Zeit etwas seltsam, Kind; immer klingst du so sarkastisch! Bist du sicher, dass dir kein Mann fehlt? Du rauchst zu viel, schminkst dich kaum, sitzt den ganzen Tag ohne Kontakte in deiner Hinterhofwohnung und lernst …«

Meistens paarweise bewegten sich die Passanten über die gepflasterte Strandpromende, winzige schwarze Punkte, und Theresa schnippte ihre Zigarette in den Wind. »Wenn es hier mal brennt, bis du verratzt«, sagte sie beiläufig und schloss die Glastür. »Den Lift kannst du nicht nehmen, die Alten und Tatterigen werden die Treppen blockieren, und bis ihr die Haustür erreicht habt, seid ihr alle am Qualm erstickt … Außerdem, Mama: Ich ler-

ne nicht, ich bin kein i-Dötzchen mehr. Ich schreibe eine Monografie über Gabriele Münter, bereite mich auf Vorlesungen über den Einfluss der deutschen Romantik auf die Kunst des zwanzigsten Jahrhunderts vor und korrigiere nächtelang Seminararbeiten.«
»Ja, ja, das weiß ich doch! Meine Güte, sei nicht immer gleich so empfindlich. Lernen oder lehren – eine alte Frau wird das schon mal verwechseln dürfen, oder?«
Natürlich, keine Frage, aber sie tat es seit nunmehr zehn Jahren fortwährend, genau genommen seit Theresas später Promotion, die ihr endgültig vor Augen geführt hatte, dass ihre Tochter nach dem viel zu langen Studium und dem unsteten Leben mit immer anderen Männern in Berlin nicht das geworden war, was sie ihrer Ansicht nach hätte sein sollen: eine gut kochende und backende Hausfrau im gepflegten Eigenheim, mit einem tüchtigen Gatten, mindestens zwei hübschen Kindern und Ferien und Weihnachtsfeiern bei Oma und Opa in der Luisenstraße, Baden-Baden.
Fast reglos segelten Möwen auf dem Wind vorbei, äugten in die Apartments, und während ihre Mutter die Küchenzeile inspizierte, jeden Schrank und jede Lade öffnete, ging Theresa in den kleinen Flur. Schon beim Eintreten hatte sie die spiralige Klebefalle neben der Lampe gestört, und sie stellte sich auf die Fußspitzen und riss sie ab; ein paar tote Fliegen rieselten auf den Boden.
In dem Augenblick erklang ein Silberton im Lift, und endlich stand der Makler vor der Tür. »Pardon, Frau Dr. Bonné, ich wollte Sie und Ihre Mutter nicht warten

lassen«, sagte er und zeigte ihr sein perlweißes Lächeln. »Aber da ist unvermutet eine Einheit freigeworden, und wir mussten schnell etwas regeln. Konnten Sie sich denn jetzt ein Bild machen, wenn ich fragen darf? Oder haben Sie sich möglicherweise schon entschieden?«
Das Ende der Klebefalle zwischen Daumen und Zeigefinger, musterte sie ihn freundlich: Ein großer, gut frisierter Mann in einem sandfarbenen »Boss«-Anzug, verbarg Herr Kalmbach sein tiefinneres Desinteresse und vielleicht sogar die Verachtung für seine Klienten hinter einer melancholischen Freundlichkeit und einem sorgenvoll sachlichen Blick. Um einiges jünger als sie mochte er sein, Mitte dreißig, und sichtlich ohne ein Geheimnis, das nicht auch andere hätten; dennoch beneidete sie ihn einen Moment lang um die Fraglosigkeit und Überschaubarkeit seiner Welt. Alles, was er dachte, mitteilte oder verschwieg, hatte schließlich mit Geld zu tun, sogar der Tod, und sie sagte halblaut, damit die Mutter es nicht hörte: »Viel Fluktuation im Haus, oder?«
Er nickte scheinbar resigniert, hob eine Schulter. »Nun ja«, antwortete er, ebenfalls etwas leiser, »wir sind eine Seniorenresidenz, und niemand lebt ewig auf dieser schönen Erde …« Er schluckte und musterte sie vom Haar bis zu den Schuhen, wobei sie den Impuls, sich eine ihrer braun getönten Strähnen hinters Ohr zu legen, gerade noch kontrollierte. Aber nach einem Wimpernschlag schien ihm wieder einzufallen, dass nicht sie, sondern ihre Mutter die potentielle Käuferin der Immobile war, und er hob das Kinn und rief über Theresas Schulter hin-

weg: »Frau Bonné? Haben Sie sich denn vielleicht schon entschieden? Ich müsste nachher noch in mein Büro, und wenn Sie ein paar Minütchen Zeit hätten, könnten wir rasch den Vorvertrag durchgehen ...«

Eine Schranktür wurde zugedrückt, und Theresas Mutter blickte in den winzigen, wenig mehr als zwei Quadratmeter großen Flur der Wohnung und lächelte erfreut, was ihrem Gesicht trotz der weißgrauen Haare etwas Blühendes verlieh. »Schau nur!«, sagte sie zu ihrer Tochter, und die hellblauen Augen strahlten. »Das hab ich grade unter der Spüle gefunden. Ein Halsband samt Leine, ganz neu! Ist das nicht hübsch? Mit Strassbesatz, wie damals beim Olli. Wenn das kein gutes Zeichen ist!«

Ihre Tochter stieß etwas Luft durch die Nase; tatsächlich hatte der dauernd haarende Köter sie beinahe umgebracht. Aber in ihrer Angst vor der alles zermalmenden Macht der Zeit, des Schicksals oder des Laborbefunds wollte sie immer und überall Zeichen sehen dafür, dass man noch einmal davonkommen könnte, und Theresa nickte. »Na ja«, antwortete sie und sah den Makler über ihren Brillenrand an, »es könnte aber auch etwas über die erotischen Neigungen der vorigen Bewohner sagen, oder?« – Und da wurde er tatsächlich verlegen, der Hübsche, griff sich an den Krawattenknoten und glitt kopfschüttelnd an ihr vorbei. Die Fliegen, die von dem Klebstreifen abgefallen waren, knackten leise unter seinen Sohlen.

Nach seinem Abschied eine Viertelstunde später – er hatte ihnen bereits den Responder für den Eingang und die

Wohnungsschlüssel überlassen, behielt aber einen für die Handwerker – blätterten die beiden Frauen noch einmal das Heft mit den erlaubten Farbmustern durch und notierten sich die Maße des winzigen Badezimmers. Für die Bewohner der Residenz gab es einen Waschsalon im Keller, doch wollte Theresas Mutter ihre vertraute Maschine hier installieren, was das Herausreißen der Badewanne nötig machen könnte – sofern der Denkmalschutz nichts dagegen hatte. »Wieso sollte er?«, spottete Theresa. »Stammt deine ›Miele‹ nicht aus der Antike?«
Mit seinem weinroten Teppichboden, den nussbraun gebeizten Türen und den Bernsteinleuchten an den Wänden sah der lange Flur sehr edel aus. Namensschilder hatten die wenigsten Klingeln, hier und da konnte man das Bellen kleiner Hunde hören, und auf dem Weg zu den Aufzügen suchte Theresa die Decke nach Rauchmeldern ab und öffnete jede der vier Wandklappen mit dem Flammensymbol: Nur hinter einer hing ein Feuerlöscher, und ihre Mutter sagte: »Die werden sicher gerade gewartet.«
Im siebten Stock des Hotels, in dem sie für eine Nacht eingecheckt hatten – Theresa musste am Montag zurück nach Berlin –, verabredeten sie sich für das Abendessen in der »Käpt'ns Lounge«. Beide hatten sie Doppelzimmer, andere gab es gar nicht; ans Meer fuhr man offenbar nur paarweise, und müde von der langen Fahrt, schlief Theresa sofort ein. Unter dem breiten, sehr leichten Federbett träumte sie von dem Haus ihrer Eltern in der Luisenstraße in Baden-Baden. Es war in sich zusam-

mengesunken, und sie stand mit ihrem Vater auf den efeubedeckten Trümmern und weinte schluchzend, weil sich ihre Lieblingspuppe darunter befand. Aber das Unheil hat Hunger, sagte ihr Vater, und im Traum war das tröstend gemeint.

Dann wurde sie von einem tiefen, die Wimpern kitzelnden Dröhnen geweckt, schreckte hoch und wusste einen Moment lang nicht, wo sie war. Die Beine ihrer Strumpfhose, achtlos über eine Stuhllehne geworfen, bewegten sich leicht in dem Hauch aus der Klimaanlage, und eine riesige, von kreischenden Möwen umflatterte Fähre schob sich vor das Panoramafenster, die Lübeck-Oslo-Linie, wie unter den Bullaugen stand. Passagiere auf den oberen Decks zerrupften ihre Sandwiches und warfen die Stücke in die Luft.

Es war noch Zeit, sich die Nägel zu lackieren und ein Make-up aufzutragen, ein Werbegeschenk, das im Badezimmer gelegen hatte. Dabei fragte sie sich, was man eigentlich ausstellte in so einem Museum der Eisenzeit – Krüge vermutlich, Pfeilspitzen, Helme; sie wusste wenig von der Frühgeschichte. Aber die Reetdächer jener Ära, das konnte sie auf ihrem Handy sehen, waren auf den Halm so konstruiert wie die in diesem Ort, wo Fernseherlicht aus den kleinen Fenstern fiel.

Als sie in die fast leere, mit Schiffstauen und Plastikmuscheln dekorierte »Käpt'ns Lounge« im Parterre kam, wartete ihre Mutter bereits in einer der gepolsterten Nischen und unterhielt sich mit einer Frau, die zwei Tische entfernt saß, einer eleganten Erscheinung mit einer weißen Strähne im dunkel getönten Haar. Der bunte, sichtlich teure Seidenschal, vermutlich von »Hermès«, umschmiegte nicht nur ihren Hals, sondern auch die linke Schulter ihres marineblauen Kostüms. Sie hatte soeben gegessen und erlaubte nun dem Yorkshire Terrier auf ihrem Schoß, den Teller blank zu lecken.

Jedes Gericht auf der Speisenkarte gab es auch in einer kleineren, einer »Senioren-Portion«. Theresa bestellte ein Steak, medium rare gebraten, und einen trockenen Weißwein, und ihre Mutter natürlich Fisch, eine Scholle. Trinken wollte sie ein stilles Wasser, und als der alte Kellner gegangen war, machte sie eine Kopfbewegung und flüsterte: »Ich hab schon mal eine Freundschaft geschlossen. Mit einer von und zu sogar, einer ehemaligen Gutsbesitzerin; Raps und Rinder. Wohnt zwei Etagen unter mir, in der dreißigsten. Wenn mein Wedgwood hier ist, lade ich sie mal ein.«

Sie zog das Kinn an den Hals und sah ihre Tochter wohlgefällig an. »Hübsch hast du dich gemacht, alle Achtung. Willst du noch jagen gehen heute Abend? Na, das würdest du mir natürlich nicht verraten. Wie sieht es eigentlich aus mit einem Mann in deinem Leben? Gibt es wieder einen? Den letzten, diesen Komponisten, fand ich eigentlich ganz nett, wenn auch etwas zu alt für dich. Oder lebst du nur für deine Gabriele Münster?«

Theresa verzog einen Mundwinkel, ein halbes Lächeln. »Es gibt immer einen Mann, wenn ich einen brauche«, sagte sie und blickte dem Kellner nach, der ihr die Karaffe Grauburgunder hingestellt hatte, ohne etwas einzuschenken; wenigstens war er kalt, fast zu kalt. »Und die Malerin heißt Münter, Liebes, nicht Münster. Eine starke Person übrigens, in Berlin geboren.«

»Ja, ja«, flüsterte ihre Mutter, »und ich bin eine simple Frau; streich mir das ruhig aufs Brot. Jedem das Seine. Aber ich hatte nun mal keine Zeit, Bücher zu lesen oder ins Theater oder in Ausstellungen zu gehen ... Nach so einem Tag an der Ladentheke ist man hundemüde. Und der Papa war ja auch nicht gerade ein Bildungsbürger, der hat immer gesagt, jetzt spielen wir erst mal Golf, Kultur kommt dann später.«

Obwohl das Besteck sauber war, polierte sie es, wie immer im Restaurant, mit ihrer Serviette. »Außerdem musste ich mich um euch kümmern, um die Familie, und ich glaube, ich habe es nicht ganz schlecht gemacht, oder? Gute Jahre, aber auch anstrengend, denn euer Vater hatte nur sein Geschäft im Sinn – was ich ihm übrigens nie vorgeworfen habe! Das wäre ja schön dumm gewesen. Sein Erfolg war unser Glück, und das sollte noch eine Weile weitergehen.«

Ihre Litanei, die Theresa so oder ähnlich schon unzählige Male gehört hatte, wurde kurz von einem »Gruß aus der Küche« unterbrochen, und nach einem skeptischen Blick auf die Aalsülze mit Rahm schüttelte die Mutter den Kopf. »Er hatte solche Hoffnungen in euch gesetzt«, fuhr sie fort. »Drei Filialen mit der solventesten Kundschaft, sogar in Stuttgart, in der Villa Reitzenstein! Und dann wird der Sohn des Konditors tatsächlich so ein

Automechaniker, und die Tochter zieht in dieses Chaoten-Kreuzberg. Das ist ihm an die Nieren gegangen, und er wusste plötzlich nicht mehr, wozu er das alles aufgebaut hatte. Ich erinnere mich noch genau, wie es nach deinem Umzug war, Kind: Da hat er die Nachttischlampe ausgeknipst, eine Weile war es ganz still, und dann sagte er aus dem Dunkeln heraus: ›Na, die können wir vergessen; die kommt nicht wieder.‹ Und als der Frederik seine Stelle in Magdeburg kriegte, bei den Asiaten oder Japanern, oder was die sind, musste wir erst mal nachschlagen, wo das überhaupt liegt, dieses Sachsen-Anhalt!«
Sie trank einen Schluck Wasser, wischte den Lippenstift mit dem Daumen vom Glas. »Sie wohnen übrigens ganz schön da, er und seine Wiebke«, fuhr sie fort, »die haben was aus dem Häuschen gemacht. Vom neuen Balkon kann man bis zur Elbe sehen. Und diese Ostler sind eigentlich ganz passabel, ein bisschen schlicht gestrickt vielleicht und nicht übermäßig freundlich, aber sie lassen einen in Ruhe. Bist du sicher, dass du nicht zu der Taufe kommen willst? Das ist doch so ein heiliges Fest!«
Sie war neuerdings Großmutter und Theresa Tante von Zwillingen; das Mädchen der beiden sah ihr sogar ähnlich. »Ich kann nicht, Mama, wie oft soll ich dir das noch erklären«, erwiderte sie. »Ich habe ein Seminar, für das es keine Vertretung gibt, und meine Studis zahlen viel Geld dafür. Das sind Amerikanerinnen mit einem ungeheuren Effizienzdenken; die wollen jeden Tag sechs Unterrichtseinheiten, um ihre Credits für die Heimatuniversitäten zu kriegen.«

»Ja, das habe ich der Wiebke auch erklärt, genau so.« Sie langte über den Tisch und zupfte ihrer Tochter ein Haar von der Schulter, ließ es auf den Boden fallen. »Aber sie meinte, dass das nicht wahr sein kann, weil in der Zeit reguläre Semesterferien sind. Stimmt das?«
Theresa goss sich den Rest aus der Karaffe ins Glas und hob sie hoch, nickte dem Kellner zu. »Na, wenn eine ehemalige Donut-Verkäuferin aus der ostdeutschen Provinz das sagt … Mein Gott, warum gerät mein kleiner Bruder eigentlich immer an solche Frauen? Wie oft habe ich damals versucht, ihn mit einer meiner Freundinnen zu verkuppeln, mit der Ellen, der Ruth, der Elisabeth. Aber er war stets überfordert von ihrer Schönheit oder Klugheit, was weiß ich, und trank lieber Bier mit seinen Autonarren. Und dann suchte er sich verlässlich Trutschen, die bei Netto an der Kasse oder im Frisurenhimmel arbeiteten, schon mit zwanzig keine Taille mehr hatten und glaubten, Esprit sei eine viel zu teure Modemarke.«
Die Mutter, die sich einen kummervollen Anschein gegeben hatte, ballte die Faust und deutete ein Auf-den-Tisch-Schlagen an, wobei sie die Decke freilich nicht berührte. »Was redest du denn da!«, zischte sie und blickte rasch zu der Nachbarin hinüber. Der Kellner hatte der noch ein Schälchen Tatar gebracht, vermutlich aus Rinderfilet. Es war mit einem Petersilienblatt garniert, und sie stellte es auf die Sitzbank neben sich, damit der Hund es leerfressen konnte.
»Die Wiebke hat für Frederik ihre Abendschule abgebrochen!«, fuhr Theresas Mutter fort. »Außerdem hat

dein Bruder Prokura in dieser Lastwagenfabrik. Garantiert verdient er mehr als der Papa in seinen Anfängen und wohnt nicht in so einem schmuddeligen Hinterhof zwischen Möbeln aus zweiter Hand und zerfledderten Büchern über Gabriele Günter. Ein wunderschönes Häuschen im Grünen haben sie, mit Pool und neuen Wärmepumpen, mit einer ›Bulthaup‹-Küche und …«

»Ja, ja, das sagtest du bereits, Mama, schon zehn Mal. Und wie immer hast du die Autobahnauffahrt und die ganzen Chemiefabriken und Raffinerien vergessen. Viele Bewohner dort, auch die im weiteren Umkreis, kriegen Krebs, meistens Leukämie, das kannst du im Internet nachlesen. Sich und den Seinen neben solchen Anlagen ein Haus zu kaufen, weil es natürlich billig ist, das macht einer, der kein Gewissen hat oder dem es ausgeredet wurde – aber kein verantwortungsvoller Familienvater!«

Das Essen wurde serviert, und seufzend sah ihre Mutter auf die Speckscholle hinunter. »Ach Kind, Kind, warum bist du nur immer so bitter«, murmelte sie. »Liegt das an diesem Berlin? Krebs bekommt man heutzutage doch von allen möglichen Sachen, sogar von Käseverpackungen, hat der Frederik gesagt. Du bist jetzt Ende vierzig und erfolgreich in deinem Beruf, wie es scheint, und du hast dich famos gehalten, das muss man zugeben. Ein richtig apartes Weibsbild, hat die Frau Giebel mal gesagt, Gott hab sie selig. Aber es beengt mir das Herz, dass du nie erfahren hast und auch nicht mehr erfahren wirst, was eine eigene Familie mit Kindern ist und was für ein Glück und ein Wunder sie sein kann, trotz allem.«

Eine Gruppe Touristen betrat das Lokal, das kühle Meer-Aroma ihrer Wetterjacken erfrischte die Luft, und erneut hob sie ihr Wasserglas an die Lippen, trank aber nicht. »Hat die Wiebke übrigens recht?«, fragte sie und sah sie aus den Lidwinkeln an. »Ich meine, sind wirklich Semesterferien, wenn die Kinder getauft werden? Dann könntest du doch kommen, oder? So weit ist das ja nicht entfernt von dir, und wir wären alle mal wieder gemütlich zusammen.«

Theresa schnitt in ihr Fleisch, das viel zu kurz gebraten war, das Blut lief in die Pommes frites. »Ja«, sagte sie und winkte dem Kellner. »In Deutschland sind Ferien, das stimmt. Aber ich unterrichte internationale Studentinnen, wie ich gerade sagte, und die haben andere Semesterzeiten; ich kann dir gern mal den Kursplan schicken. Im Februar bin ich definitiv nicht frei.«

Sie reklamierte das Steak, um Freundlichkeit bemüht. Stumm begann die Mutter, an ihrer Scholle herumzukratzen, und nahm immer nur winzigste Portionen auf die Gabel. Grau das bekümmerte Gesicht, schlaff die Haut – und dennoch zog sie plötzlich die Schultern zurück und lächelte strahlend, als die Frau am Nachbartisch sich erhob, den kleinen Terrier auf den Arm nahm und mit einer etwas wackeligen Gravität zu den Aufzügen ging. »Einen schönen Abend noch!«, rief sie ihr nach, erhielt als Antwort aber nur ein Nicken.

Der Hund leckte sich das Maul, es dauerte einen Moment, bis die Tür zuglitt, und vielleicht hatte die Frau ja etwas von ihrem Gespräch mitgehört; aus dem Liftspiegel heraus traf Theresa ein Blick, der ihr zunächst missbilligend vorkommen wollte. Aber bei genauerem Hinsehen erkannte sie, dass er wohl eher nach innen gerichtet war, in eine stille, nebelgraue Einsamkeit, in der nichts und niemand mehr von Bedeutung war. Und während die Frau an ihrem kostbaren Tuch zupfte, um den alten Hals zu verbergen, dachte Theresa unwillkürlich: »Nicht einmal der Tod.«

Das Steak wurde serviert, als die Mutter den Fisch fast aufgegessen hatte, und nun war es natürlich durchgebraten und zäh. Sie aß es nur zur Hälfte und überlegte einen Moment, ein Dessert zu nehmen. Es gab ein Büfett voller Süßigkeiten, von Weitem konnte sie Kuchen, Quarkspeisen und verschiedenfarbige Mousse au Chocolat erkennen. Auf der Ablage darüber standen Glasschalen voller Saucen: Erdbeere, Schokolade, Vanille und Maracuja, wie es schien. Ein weißhaariger Mann, offenbar ein Bewohner der Residenz, denn er trug Pantoffeln, karierte Filzpantoffeln zu der scharf gebügelten Anzughose, konnte sich gerade nicht entscheiden, welche er über seinen Obstsalat geben wollte. Die Krawatte mit der flachen Hand bedeckend, zog er einen Schöpflöffel nach dem anderen aus der jeweiligen Sauce, leckte ihn an und steckte ihn nachdenklich wieder zurück.

Die Rechnung, die der Kellner schließlich vor ihre Mutter legte, war erstaunlich, und als Theresa sie an sich nahm und bezahlte, konnte sie sich einen Kommentar dazu nicht verkneifen; immerhin sei das Steak zwei Mal gebraten worden ... Der sichtlich desinteressierte Mann

hob nur eine Braue, und sie fuhren in die Lobby des Hotels hinauf, wo Theresa nach einem Blick auf die Uhr in der Kabine stehen blieb und sagte: »So richtig müde bin ich noch nicht, hab ja vorhin eine Stunde geschlafen. Ich schau mir mal die Panorama-Bar auf dem Dach an, magst du nicht mitkommen? Auf einen Sekt oder Aperol? Wenn man schon so hoch hinaus kann …«
Ihre Mutter, die kaum noch gesprochen hatte in den letzten Minuten, verneinte mit einer Kopfbewegung und kramte ihre Keycard aus der Tasche. »Ist gut, Kind, dafür bin ich umso müder. Ich werde noch kurz mit denen in Magdeburg telefonieren und mich ins Bett legen … Trink nicht so viel, bitte; du musst morgen lange Auto fahren.«

Ehe sie das Penthouse über dem fünfunddreißigsten Stock betrat, rauchte Theresa eine Zigarette auf der Veranda davor. Der Wind wehte ihr das Haar ins Gesicht, an der Küstenlinie funkelten die Lichter kleinerer oder größerer Ortschaften, aber vom Meer konnte sie wenig sehen in der mondlosen Nacht, oder nur ein Blinken in der Schwärze hier und da, ein Fischerboot vielleicht, eine Patrouille vom Zoll. In der Bar war jeder der dänischen Swan-Sessel besetzt, und der Keeper in der Kapitänsjacke wies einladend auf einen Hocker an seinem Tresen. Sie zögerte kurz, weil dort schon der Makler stand und sich mit einem älteren Paar besprach, doch dann hockte sie sich an die gegenüberliegende Ecke und bestellte einen Rémy Martin.

Die Hände verschränkt, blickte sie sich um und registrierte mit leisem Unbehagen, dass einige der Frauen mit den obligatorischen Markentäschchen auf dem Schoß sie eingehend musterten. Offensichtlich war sie die jüngste im Raum, und viele der Männer, vom Segeln oder Golfen braungebrannt, schienen noch erstaunlich gut in Form zu sein; es gab ein Fitness-Studio im Souterrain. Die meisten hatten tatsächlich das orangefarbene Modegetränk vor sich stehen, und sie schloss die Augen und roch an dem Cognac, der mindestens ein doppelter war. Wie ein Glutstrom glitt ihr der erste Schluck in die Brust.

Das Paar – beiden steckte eine weiße Rose mit etwas Schleierkraut am Revers – verabschiedete sich von dem Makler und ging eingehakt hinaus, und er raffte seine Papiere zusammen und stutzte gespielt, als würde er Theresa erst jetzt bemerken. Gewinnend nannte man wohl so ein Lächeln, bei dem er sich den Krawattenknoten lockerte, aber unter dem Spotlight überm Flaschenregal konnte sie erkennen, dass er sogenannte Veneers trug, vage durchscheinende Haftschalen, die auf den spitz abgeschliffenen Resten toter Zähne klebten. »Mein Gott«, sagte sie, »immer noch im Dienst?«

Der Keeper stellte ein kleines Bier vor ihn hin, und er hob die Schultern und schloss kurz die Augen. »Ja, man kann es sich nicht aussuchen«, seufzte er und stieß mit ihr an. Manikürt seine Nägel, die Monde frei, und er leerte das Glas mit einem Schluck bis zur Hälfte und tupfte sich den Mund mit dem Handrücken ab. »Alle wollen immer ans Meer, verständlicherweise, und ich würde so gern mal wieder in die Berge. Aber in letzter Zeit kommt die Familie sogar am Wochenende zu kurz.«

Er roch sehr gut, musste sich frisch eingesprüht haben mit etwas, das an Moos und Bergamotte denken ließ, und obschon die leichtsinnige Hoffnung, die sie sich einen Lidschlag lang gemacht hatte, gerade wie sein Bierschaum in sich zusammensank, drückte sie den Rücken etwas durch, um ihre Silhouette auszuformen, die schlanke Taille. »Ja«, sagte sie in ihr Glas hinein, »lassen Sie Ihre Frau nicht warten.«

Wieder lächelte er melancholisch. »Meinen Mann«, korrigierte er. »Die Frau bin ich ... Unseren Handwerksmeister habe ich übrigens schon instruiert, Ihre Mutter hat Glück: Bereits übermorgen reißen seine Leute die Tapeten, das Paneel und den Fußboden raus und zimmern ihr eine schicke neue Verkleidung für die alte Konvektor-Heizung. In zwei, drei Wochen kann sie einziehen. Wohnt sie denn in der Zwischenzeit in ihrer Immobilie in Baden-Baden? Oder bleibt sie hier im Hotel?«

»Nein, nein«, sagte Theresa, leicht verärgert über den hörbaren Hintergedanken des Mannes, »mein Bruder und seine Familie in Magdeburg beherbergen sie, bis hier alles fertig ist und sie ihre Möbel und den Hausrat unterbringen kann. – Da fällt mir ein: Wo befindet sich eigentlich der Lastenaufzug? Bei meinem Gang über den Flur vorhin habe ich keinen entdeckt.«

Er verzog das Gesicht, scheinbar zerknirscht. »Das konnten Sie auch nicht, denn leider gibt es keinen«, antwortete er. »Das ist seinerzeit nicht bedacht worden – ebenso wenig wie ein Müllschlucker. Die Bewohner müssen ihren Abfall selbst in die Tiefgarage tragen, zu den Containern. Seltsam und unerklärlich, oder? Offenbar waren die Planer in den siebziger Jahren noch nie in Amerika gewesen.«

Theresa stutzte. »Ja, Moment! Wollen Sie mir ernsthaft erzählen, dass alle Möbel in diese kleinen Kabinen gestopft werden müssen? Ein Meter zwanzig im Quadrat für den zwei Meter breiten Bauernschrank, das Ledersofa und den Jugendstil-Sekretär meiner Mutter? Von dem schweren, elektrisch verstellbaren Bett ganz zu schweigen? Wie soll denn das gehen?«

Er trank den Bierrest aus und nahm seine Unterlagen von dem Hocker zwischen ihnen; eine kleine Zeichnung rutschte heraus. »Tja, im Vertrag, unter der Rubrik ›Vermischtes‹, können Sie es nachlesen. Bei der Einrichtung zählt leider nicht nur, was einem gefällt, sondern, was in den Lift passt. Genau genommen sind die Kabinen übrigens ein Meter zwölf im Quadrat … Und schauen Sie mich jetzt bitte nicht so an! Ich war noch gar nicht auf der Welt, als dieser Bau konstruiert wurde! Sie werden einen guten Tischler brauchen, der Ihnen die größeren Möbel im Foyer zerlegt und die Einzelteile oben wieder zusammenleimt.«

Er bückte sich nach der Grundrisszeichnung und wies damit in die Runde. »So haben es hier alle gemacht, auch die mit den Luxusapartments. Man könnte sich natürlich einen Hubschrauberdienst leisten, das ist nicht unbezahlbar. Allerdings haben die Hornissen, wie wir sie nennen, schon viele Balkonbrüstungen zerschrammt – und flugs steigt Ihnen wieder der Denkmalschutz aufs Dach …« Sanft legte er ihr eine Hand auf den Arm. »Aber keine Sorge, wir bringen die Lieblingsstücke Ihrer Mutter schon unter. Der erwähnte Handwerksmeister hat fünf Angestellte, darunter einen Tischler. Der lebt von uns und hilft Ihnen gern.«

Er zog die Hand zurück, und Theresa trank einen Schluck und nahm sich eine kleine Salzbrezel aus der Schale, die zwischen ihren Gläsern stand. »Das glaube ich sofort. Dass er von Ihnen lebt, meine ich.« Sie zwinkerte ihm zu, zerbrach das Gebäck und schob sich eine Hälfte in den Mund. »Dann macht er bestimmt auch die Särge, oder?«

Der junge Mann zeigte ein leicht irritiertes, vielleicht aber auch frivoles Lächeln; seine Lider flatterten, und sie konnte sehen, dass er die Reste seiner ursprünglichen Zähne hinter den Veneers mit der Zungenspitze befühlte. »Nun ja«, erwiderte er, legte seine Unterlagen noch einmal ab und winkte dem Keeper, wies auf eine Flasche im Regal. »Unsere Gäste sind leider nicht mehr die jüngsten, schauen Sie sich um. Für die meisten ist das hier die letzte Adresse, das kann man wohl sagen, ohne pietätlos zu sein. Aber das ist ja gewünscht, und manche fühlen sich schon sehr viele Jahre bei uns wohl.«

Auf dem Schnaps, den der Keeper vor ihn hinstellte, lag ein Zitronenschnitz, und sie sagte: »Natürlich … Aber

Hand aufs Herz, Herr Kalmbach: Falls nun doch einmal jemand in einem der vielen Stockwerke stirbt, was um Gottes willen nie vorkommen mag, denn Geld lebt ewig: Wie bringen Sie eigentlich seinen Sarg in diesen engen Kabinen rauf und runter, wenn ich fragen darf? Schräg hochkant, oder? Und dann steigt so ein argloser Residenz-Bewohner dazu, ist völlig schockiert und kriegt einen Infarkt – und Sie dürfen gleich die nächste Kiste bei Ihrem Tischler bestellen? Logisch, dass der gut von Ihnen lebt.«

Sie hatte einen Schwips, das merkte sie nun, einen beträchtlichen; als sie sich die Brille abnahm, griff sie mit dem Daumen auf ein Glas. Aber in seinen Augen funkelte es, und das Zischen der Zitrone, in die er gerade biss, konnte auch ein leises Kichern sein. »Na, Sie wollen es aber genau wissen, Frau Doktor!«, sagte er und nippte an dem Schnaps, leckte sich die Lippen. Dabei sah er sich rasch einmal um.

»Ich kann Sie jedoch beruhigen«, fuhr er gedämpfter fort. »Selbstverständlich kommen die Särge erst gar nicht ins Haus. Die bleiben in der Tiefgarage, es gibt einen Spezialraum hinter den Containern. Die Bestatter fahren hoch, schnallen den Verstorbenen auf einen Rollstuhl, fahren wieder hinunter, und zusteigen und in Panik oder Depressionen geraten kann sowieso niemand. Es gibt in jeder Kabine einen Knopf, nur mit Schlüssel zu bedienen; ›Sonderfahrt‹ steht daneben, haben Sie vielleicht schon bemerkt. Wenn man den betätigt, rauscht man ohne Zwischenstopp in den Keller, wo der Kunde eingesargt wird, und schon fährt der Leichenwagen davon. Niemand merkt etwas, zumal wir immer einen neutralen Kombi bestellen.«

»Donnerwetter!«, sagte Theresa. »Wenn das nicht human ist. Ich bin beeindruckt!«

Wieder lächelte er, was nun fast stolz aussah, als wäre das ganze Prozedere seine Erfindung, und dann neigte er sich vor und flüsterte: »Trotzdem passieren da Sachen ... Kann man keinem erzählen. Wahrscheinlich bin ich auch schon traumatisiert. Am schlimmsten ist es, wenn so ein armer Mensch ohne Verwandtschaft in seinem Apartment liegt und man erst nach Wochen bemerkt, dass er längst das Zeitliche gesegnet hat. Die meisten Türen sind ja stramm abgedichtet wegen der dauernden Zugluft, die sich am Meer kaum vermeiden lässt, und ehe dem Portier oder den Nachbarn etwas auffällt, kann es eine Weile dauern. Und kriegen sie danach mal den Geruch aus den Räumen, damit sie wieder veräußert werden können! Es gibt ja permanent Anfragen!«

»Gott, passiert denn das oft?«, fragte Theresa. »Sind die Menschen so allein, dass sie unbemerkt sterben?«

»Na ja, die meisten zum Glück nicht; manche wohnen auch mit ihrem Partner hier oder werden täglich angerufen von der Familie. Aber die ohne Verwandte oder Haustiere können schon mal sang- und klanglos ... Das passiert. Darum raten wir unseren Gästen übrigens immer, sich ein Hündchen anzuschaffen. Nichts ist schöner als ein Strandspaziergang mit so einer vitalen Begleitung. Das lindert das Gefühl der Einsamkeit, strukturiert den Tag und hält den Halter beweglich und gesund. Und falls es mal eine Notsituation gibt, einen Schlaganfall zum Beispiel, und der Gast nicht mehr ans Telefon kommt oder gar im Koma liegt, ist so ein Tier wirklich Gold wert. Denn wenn es eine Weile nicht gefüttert und ausgeführt wird, fängt es eben an zu winseln und zu bellen und an der Tür zu kratzen, tagelang. Und irgendwer aus der Putzkolonne oder von den Haustechnikern wird dann aufmerksam … Vielleicht sprechen Sie mal mit Ihrer Mutter darüber?«

Theresa schnaubte amüsiert. »Über einen Hund? Völlig ausgeschlossen«, sagte sie. »Wir hatten mal einen in der Familie, so einen Mischling aus Jack Russell und … Ameisenbär, keine Ahnung. Olli hieß er und hat meine Mutter fast umgebracht; jedenfalls kriegte sie einen Asthma-Anfall nach dem anderen. Dabei wurde der gekauft, weil sie dachte, sie hätte eine Katzenallergie.«

Er trank den Rest aus seinem Schnapsglas und griff wieder nach den Unterlagen. »Oh, das dürfte kein Problem mehr sein«, sagte er. »All diese neuen hypoallergenen Rassen, die es inzwischen gibt, Malteser, Havaneser, Zwergpudel … Ich kann Ihnen die Adressen von Züchtern mailen. Oder Sie fahren nach Travemünde, ins Tierheim; da sind schon viele Hunde aus unserer Residenz gelandet, wenn die Erben keine Verwendung hatten. Und nicht wenige sind auch wieder zurückgekommen … Das ist oft rührend anzusehen, denn in der ersten Zeit laufen die natürlich immer vor die Wohnungstüren ihrer ehemaligen Halter und wollen rein, wo Totenstille herrscht. Oder längst jemand anderes wohnt.«

Er gab ihr die Hand, verabschiedete sich mit einem Zwinkern, das ihm besser gelang als ihr vorhin, winkte dem Keeper und fragte scheinbar beiläufig: »Was, sagten Sie übrigens vorhin, passiert mit dem Grundstück Ihrer Familie in Baden-Baden?«

Sie schmunzelte. »Nichts«, erwiderte sie, »ich sagte gar nichts. Die Stadt hat es gekauft, für ein Museum der Einsamkeit.«

»Ah ja? Wie schön. Interessantes Projekt.«

Dann ging er davon, und Theresa, momentlang beschämt über ihren entlarvenden Versprecher, blieb sitzen und überlegte, ob sie noch etwas trinken sollte. Doch während sie die Spiegelungen der erleuchteten Bullaugen auf den Bugwellen einer ausfahrenden Fähre betrachtete, rutschte ihr Ellenbogen von der Tresenkante, und sie bezahlte ihre Rechnung. Auf dem Boden des Lifts lag eine jener kleinen Rosen im Schleierkraut, die das ältere Paar in den Knopflöchern getragen hatte.

Im Hotelfoyer war niemand, auch kein Personal, und sie trat durch die automatische Glastür hinaus und verordnete sich ein paar tiefe Atemzüge in dem kühlen Wind, der um die Schaufensterecken pfiff. Sowohl der Zeitschriften-Kiosk als auch die Boutiquen für Bernsteinschmuck, Schals und Gemälde – gespachtelte Seestücke meist – waren dunkel. Nur aus dem kleinen Laden für Hundezubehör kam Licht: Unter der Decke, über Fressnäpfen und Körbchen in verschiedenen Größen, blinkten bunte Leuchthalsbänder, und auf einem Schild stand »Frisches Wildragout von unserem Vertragsjäger auf Bestellung«.

Sie schlief nur kurz, nur bis zum Morgengrauen, wie meistens nach zu viel Alkohol. Von einer »weiblichen Kultstätte« in Magdeburg hatte sie geträumt, von verrosteten Gürtelspangen und Haarnadeln im Sand eines rasch fließenden Baches, und fröstelnd schlüpfte sie in den flauschigen Hotel-Bademantel. Er hatte eine eingestickte Muschel auf der Herztasche und sogar eine Kapuze, und sie steckte sich eine Zigarette an, ehe sie auf den großen Balkon trat. Kein Baum bewegte sich mehr, aber der gestrige Sturm hatte viele der vergilbten Lampenschirme aus den Containern gerissen und über den Strand geweht. Einige schaukelten auf den flachen Wellen.
Nicht nur Theresa war wach; auch auf den anderen Balkonen des Hotels standen Menschen in Pyjamas oder Bademänteln. Einzeln oder paarweise, sahen sie unzeitig aus in der Frühe und seltsam befremdet, als hätte alle irgendetwas geweckt, eine Erschütterung vielleicht, ein unvermutet lautes Geräusch oder eine durchdringende Art der Stille. Manche bogen die Köpfe in den Nacken und blickten in die Höhe – auch von dort starrten neugierige Menschen herab –, andere hielten ihre Smartphones über die Brüstungen, und hier und da legte sich jemand eine Hand vor den Mund. Sogar ein Schluchzen glaubte Theresa zu hören, und rasch holte sie ihre Brille vom Nachttisch.

Unkraut wuchs zwischen den beiden Lichtkuppeln auf dem Restaurant-Anbau, verschiedene Gräser und Mauerpfeffer, gelbgrün. Es gab kleine Inseln aus Moos und Flechten längs der Blitzableiter, an denen Möwen- oder Taubenfedern klebten, und sogar ein paar sehr zarte Birken hatten Halt für ihre Wurzeln gefunden auf dem kiesbestreuten Dach und ließen es trotz der Eierschalen, Kronkorken und Zigarettenkippen wie einen vergessenen Garten aussehen. Eine Frau in einem marineblauen Kostüm, die Arme ausgebreitet, die Beine seltsam verquer, an den Füßen nur einen Schuh, lag dort bäuchlings in einem Stern aus verspritztem Blut, und die Feuerwehrleute, die zwei Leitern an den Anbau gelehnt hatten, breiteten gerade eine Folie über sie, eine goldglänzende, und beschwerten sie an den Ecken mit Kies.

Einen Moment lang war noch zu sehen gewesen, dass die Frau offenbar damit gerechnet hatte, von den Hotelgästen oder den anderen Bewohnern des Turms gefilmt oder fotografiert zu werden, denn sie hatte sich vor ihrem Sprung eine Einkaufstüte aus Plastik über den Kopf gezogen, eine große von einem Discounter, und unter dem Kinn mit ihrem Tuch zusammengebunden. Allerdings war die beim Aufprall zerrissen, und während ein Feuerwehrmann das Dach nach dem fehlenden Schuh absuchte – sein Kollege fand ihn schließlich auf der Promenade vor dem Hotel –, konnte man auf einem der oberen Balkone das Kläffen eines kleinen Hundes hören.

Als Theresa eine Stunde später im Lift hinunterfuhr, saß ihre Mutter bereits frisiert im Frühstücksraum, Mantel und Reisetasche neben sich auf einem Stuhl. Fahl sah sie aus, die Augen umschattet, und die Hand, mit der sie den Löffel auf ihre Untertasse legte, zitterte. Doch hatte sie offenbar nichts mitbekommen von dem Vorfall, ihr Zimmer lag auf der anderen Flurseite, mit dem Blick auf Lübecks Backsteinkirchen, den sie sich gewünscht hatte, und als Theresa sie fragte, wie ihre Nacht gewesen sei und ob sie gut geschlafen habe, winkte sie ab. »Hör auf, kein Lid habe ich zugekriegt«, antwortete sie. »Dauernd zischte und gluckerte etwas in irgendwelchen Rohren, der Wind pfiff durch die Fensterritzen, und dann der Gestank und das Tuten und Dröhnen dieser Riesenpötte immer – ich konnte die Schwingungen auf den Lippen fühlen! Du nicht?«
»Nein«, sagte Theresa, über das Display ihres Handys geneigt. »Ich habe eigentlich gut geschlafen, nur etwas kurz. Vielleicht hättest du auch noch ein Gläschen trinken sollen? Es heißt ja nicht grundlos Absacker. An die Fähren und Containerschiffe wirst du dich übrigens gewöhnen, die müssen ihre Positionen kundtun, bevor sie in die Trave biegen, und wenn sie ihre gewaltigen Motoren drosseln, entstehen eben diese Vibrationen. Aber in der Luisenstraße war es bei Westwind auch nicht leise, erinnere dich nur an die Nachtflieger und die Kampfjets aus Söllingen manchmal, ihren Überschall-Knall. Da wackelten unsere Tassen im Schrank.«
»Nein, nein«, murmelte die Mutter entschieden, »so läs-

tig war es nie.« Sie verschränkte die Arme vor der Brust und sah eine Weile stumm aus dem Panoramafenster auf den glatt gespülten, in der frühen Sonne wie eine Folie glänzenden Strand, wo einige Menschen ihre Hunde ausführten. Dann trank sie den Rest aus ihrer Tasse. »Ich habe uns übrigens schon ausgecheckt. Wenn du denn frühstücken würdest ... Nicht, dass wir noch die Bahn verpassen.«

Anders als verabredet, wollte sie keinen Spaziergang mehr durch den Ort machen; angeblich fühlte sie sich erkältet, und nachdem auch Theresa ihre Tasche und ihren Laptop geholt hatte, fuhren sie mit dem Lift in die Tiefgarage hinunter, wo gerade die Müllcontainer zu einem Wagen vor der Ausfahrt geschoben wurden. Das Knirschen und Quietschen der Trommel hallte in dem Betonbau wider, und weil sich irgendeine Stahltür nicht öffnen ließ, blockierte noch ein Lieferwagen die Spur, ein weißer Mercedes-Kombi mit verdunkelten Fenstern.

Als sie den kleinen Ort mit den reetgedeckten Häusern schließlich hinter sich hatten, ignorierte Theresa den Autobahn-Zubringer und fuhr durch Scharbeutz und Timmendorfer Strand, was der Mutter zunächst nicht auffiel. Die halbe Lesebrille auf der Nase, blätterte sie in dem gehefteten Kaufvertrag auf ihrem Schoß. Erst in Niendorf, wo ein Schild mit der Aufschrift »Lübeck« in eine ganz andere Richtung zeigte, runzelte sie die Brauen. »Machst du etwa einen Umweg?«, fragte sie. »Hat dir das dein Handy gesagt? Hoffentlich schaffen wir dann meinen Zug.«

»Keine Angst«, erwiderte Theresa und bog von der B 75 ab, »der geht erst in zwei Stunden. Jetzt leg mal den Papierkram weg, ich will dir was zeigen!«

Irgendwo läuteten Glocken. Nahe der Flussmündung, auf der Höhe des »Skandinavien-Kais«, fuhr sie ein Stück weit zwischen Fabrikhallen und Silos hindurch, bis sie an einen Schrottplatz gelangten; ein Kran mit krallenförmigem Greifer lud Autowracks auf ein Schiff. Vor einer dunkelgrünen Baracke mit geteertem Sockel stellte sie den Motor aus und zeigte auf das Wappen von Travemünde neben der Tür. »Futterspenden« hatte jemand auf eine Plastiktonne darunter gepinselt, und ihre Mutter hob das Kinn. »Ein Tierheim?«, fragte sie verblüfft. »Was wollen wir denn hier?«

Theresa löste ihren Sicherheitsgurt. »Nun ja, ich dachte, wir sehen uns schon mal nach einem kleinen Freund für dich um«, sagte sie. »Platz genug ist ja in der Wohnung, und du wärest nicht immer so allein da oben, in den Wolken. Mit Möwen kann man schlecht kuscheln, oder? Außerdem sorgt so ein quirliges Hündchen dafür, dass du nicht nur vor dem Fernseher hockst und diese dämlichen Verkaufssendungen guckst, sondern dich bewegst, was ja nicht ganz unwichtig ist in unserem Alter. – Wollen wir die Racker mal anschauen gehen? Musst ja nicht gleich einen mitnehmen …«

Das Schiff war beladen, der laute Kran wurde ausgestellt, und nun konnte man das Bellen und Jaulen hinter den Barackenwänden hören und oft auch ein Scheppern, als würden die Tiere sie oder gar ihre Absicht wittern und gegen die Drahtgitter springen, um auf sich aufmerksam zu machen. Theresas Mutter, die mit großen, etwas vorstehenden Augen auf die Plastiktonne starrte, schüttelte ungläubig den Kopf. »Einen Hund?«, sagte sie leise, fast flüsternd. »Ja, was denkst du dir denn, Kind? Willst du mich umbringen? Du weißt doch, dass ich Anfälle kriege, wenn ich so ein Tier nur sehe! Einmal musste Papa den Notarzt rufen!«

»Na, komm, das mit dem Asthma war vor vierzig Jahren«, sagte Theresa. »Inzwischen gibt es ganz andere Hunderassen als den Olli, extra für Allergiker gezüchtet. Diese Malteser, Havaneser oder Zwergpudel haben kein dichtes Unterfell mehr und haaren kaum noch im Frühjahr, das habe ich nachgeschlagen. Dafür frieren sie im Winter zwar ein bisschen, aber dann kauft man ihnen halt so ein witziges Jäckchen. Sogar von Gucci oder Chanel gibt es welche. – Wollen wir mal reingehen?«

Nach wie vor schüttelte ihre Mutter den Kopf, aber es sah nun unwillkürlich aus, wie das Zittern manchmal, wenn sie einen Löffel ablegte. Sie raffte ihr Halstuch unter dem Kinn zusammen und schloss die Lider, die an diesem Morgen ungeschminkt waren. »Nein«, hauchte sie endlich, »das geht nicht, Kind! Das geht ganz und gar nicht!« Ihre Augen wurden feucht, und auch ihr Luftholen klang zittrig. »Ich kann sehr gut allein sein, ich brauche keinen Hund wie all diese traurigen alten Frauen. Habe ich nicht meine Familie? Ich hab doch euch!«

Dann richtete sie sich etwas auf in dem Sitz, strich ihren

Rock über den Knien glatt, atmete tief und fügte heiser hinzu: »Sei mir nicht böse, Theresa, ich weiß, du meinst es gut, aber ich möchte hier weg. Bring mich bitte in die Stadt, ja? Vielleicht könnten wir noch mal in die Marienkirche gehen, bevor mein Zug fährt? Oder die Damastdecke kaufen, die wir in dem Schaufenster am Markt gesehen haben? Die war wunderschön, oder? Obwohl ...«
Sie blickte die Tochter an, und nun liefen Tränen über ihre Wangen, zwei zarte Rinnsale nur, die immer wieder stockten in den Falten ihrer alten Haut. Mehrmals schluckte sie und bewegte lautlos die Lippen, als steckten ihr die Wörter zwischen den Stimmbändern fest, und schließlich räusperte sie sich und sagte: »Ich möchte nach Hause, Kind. Hörst du? Ich möchte wieder nach Baden-Baden, in die Luisenstraße. Das ist doch alles Unfug hier. Kein Mensch braucht das Meer!«
Mit der linken Hand umklammerte sie den Knauf der Schaltung, als wollte sie selbst den Gang einlegen, und Theresa streichelte sie und hielt sie fest. »Ach, Mama, nun sei vernünftig! Wie soll das jetzt gehen?«, sagte sie. »Du wolltest immer hierher, oder? Spürst du nicht die gesunde Luft? Du hast alles hinter dir gelassen, alles verkauft und einen Vertrag unterschrieben. Da ist nichts mehr in Baden-Baden, nicht einmal ein Postfach. Das Haus wird abgerissen, weil sie Platz für dieses Museum brauchen, und du wirst es hier schön haben, glaub mir. Denk an das Halsband unter der Spüle, ein gutes Zeichen! Und ich komm dich, so oft ich kann, besuchen, Ehrenwort!«

Sie kramte ein Päckchen Taschentücher aus dem Kartenfach, legte es ihr auf den Schoß. »Na los, Kleine, wisch dir die Tränen ab, du bist wahrscheinlich nur übernächtigt. Veränderungen haben dich immer gestresst; denk nur an die neue Terrasse damals oder das schicke Apple-Tablet, das Frederik dir geschenkt hat. Aber nach einer Weile warst du stets froh darüber. Also komm, nimm Abschied von der Luisenstraße; wir gehen jetzt mal da rein und sehen uns ein Hündchen an.« Sie öffnete die Wagentür, stellte einen Fuß auf das Pflaster und schloss kurz die Augen. Dann holte sie Atem, lächelte ihr über die Schulter zu und sagte: »Und ich weiß auch schon, wie wir es nennen!«

Psalm und Asche

Solche Dinge kann man nicht erzählen,
die erlebt man einfach nur.
Philip Mechanicus

Es gab Sandstürme in der Heide und eine Fliegenplage im Sommer, das stimmt: Manche schliefen mit ihren Taschentüchern auf den Gesichtern. Aber was konnte ich für die Abwässer in der Ödnis, das Ungeziefer und den Dreck. Ich habe den Leuten beigebracht, wie man sich ordentlich die Schuhe putzt, und nun kommen sie mir mit Schuld oder Gewissen. Aber darüber entscheiden nicht die Zehn Gebote oder irgendeine graue Moral. Seit Menschengedenken tut es die Geschichte, und so gesehen habe ich ein reines. Alles ist abgegolten, es gibt nichts mehr, was man mir ankreiden könnte, von Lappalien abgesehen. Und am Ende ist eh alles verweht unter den Sandstürmen dort, in dieser verfluchten Drenther Heide.

Ich habe meine Arbeit gemacht, auch meine Strafarbeit nach der Verurteilung: Jahrelang war ich Kohlenschlepper in Süd-Limburg gewesen, wo mir eine Lore die Hand zerquetschte, und seit meiner Rückkehr habe ich täglich Tabakwaren verkauft und wie jeder anständige Bürger

Steuern bezahlt. Außerdem habe ich meinem Land gedient, nach heutiger Lesart sogar als Oberleutnant, und hätte Anspruch auf ein gerechtes Ruhegehalt, eine würdige Wohnung ohne Kakerlaken in der Küche und eine Entschädigung für meine Hand. Aber darüber macht sich natürlich keiner ein Gewissen.

Nicht schlimm, gar nicht mal so schlimm. Vor allen Dingen nicht so kalt, wie man befürchtet hatte, trotz der herausgebrochenen Bohle nicht. Hier und da gab es sogar Matratzen für die Kranken, und den Säugling hatte jemand in eine Schublade gelegt. Drei Tage, hieß es, zwei Nächte, so schlimm wird's nicht werden; der Wassertank war gefüllt, alle hatten Brot und manche ein Stück Wurst oder was sich sonst in den Ärmel schieben ließ. Das Dampfsignal der Lokomotive schrillte wie jeden Dienstag gegen elf und meinte nun also wirklich sie – aber auch diese Gewissheit war nicht so schlimm wie gedacht. Nur das Leid der Eltern und des jüngeren Bruders im ersten Waggon, das wollte sie nicht mitansehen und stieg in den letzten. Ein alter Mann, ein braver Bürger mit Krawatte, half den Wachmännern draußen, die Tür zuzuschieben, und trat Etty versehentlich auf den Fuß, nicht so schlimm. Sie rückte weiter hinter das Fass, ein ganz neues aus der Werkstatt, das noch nach Fichtenholz duftete, ein kniehohes Fass für siebzig Menschen. Daneben ein Sack Sand, aus dem sich jeder eine Handvoll nehmen sollte, um seine Notdurft zu bedecken, viele hatten Diarrhö, und sie massierte den pochenden Fuß.

Es ist nicht schlimm, es ist nicht so schlimm, ratterten die Räder, es wird schon nicht so schlimm werden.

Alles hatte glatt zu laufen, da musste ich streng sein; aber auch wenn man mich statt Gemmeker heimlich Gemecker nannte, war ich natürlich kein Tyrann wie mein Vorgänger, ein übler Trinker. Der hat die Leute in die Züge gepeitscht und getreten; ich dagegen, so hieß es später in vielen Berichten, kriegte sie mit einem Lächeln hinein. Unter meiner Verantwortung ging es jede Woche ohne viel Tohuwabohu zu: Geordnet zogen die Leute über die Hauptstraße des Lagers, den »Boulevard des Misères«, wie sie poetischerweise genannt wurde, und sangen irgendwelche Psalmen. Mit Handschlag und ohne viele Tränen verabschiedeten sie sich von denen, die an dem Dienstag noch nicht an der Reihe waren – auch von dem einen oder anderen Wachmann übrigens. Denn nach Maßgabe dessen, was möglich war, betrieb ich ein humanes Lager; das würde ich schon sagen.
Und selbstverständlich hatte ich mich auch um komfortablere Waggons bemüht, meine Gesuche in Den Haag werden dokumentiert sein. Aber sogar in Deutschland stand »Räder müssen rollen für den Sieg!« oder »Erst siegen – dann reisen!« auf den Personenzügen; sie wurden für die Truppentransporte gebraucht, wer sieht das nicht ein, wenn er nicht gerade niederländischer Staatsanwalt ist. Immerhin hatte ich für die Vieh- und Güterwaggons ein paar Stiegen zimmern lassen, was die Unfallgefahr schon mal verringerte; Ältere kamen leichter hinauf und

konnten sich ein bequemes Plätzchen im Stroh oder auf den Matratzen suchen. Und bei jedem Halt, das hatte ich den Begleitkommandos eingeschärft, mussten die Kübel geleert und die Wassertanks gefüllt werden.
Natürlich gab es auch Bürokratie; einen Grund, später deportiert zu werden, erfanden diese Schlitzohren täglich, und Anträge formulieren können sie ja. Aber immer habe ich die Sollzahlen erfüllt, je nach Weisung mal tausend, mal dreitausend Einheiten pro Woche, und die Züge fuhren »wie im Traum«, wie mir von höchster Stelle attestiert wurde. In keinem Lager im Reich ging es so organisiert zu, und das Essen – Kohl und Kapuzinererbsen – war alles in allem zufriedenstellend und erhielt zusammen mit dem, was man sich schicken lassen durfte, die Arbeitskraft aufrecht. Denn das war überhaupt das Wichtigste: Die Menschen mussten beschäftigt werden. Die Zeit von Dienstag zu Dienstag kostete Nerven, und ohne die Ablenkung in einer der vielen Werkstätten, die ich einrichten ließ, hätten sich vermutlich noch mehr ins Gebälk gehängt.
Gute Arbeit abliefern, das war auch immer mein innerster Beweggrund gewesen – und nicht etwa Antisemitismus, wie mir wiederholt unterstellt wurde. All die hohen Tiere vom Judenrat, die vornehmen Bankdirektoren, Diamantenhändler, Professoren oder Rabbiner, die ich vor versammelter Mannschaft im Schuheputzen unterwies, sie könnten bestätigen, dass ich mich mehr als einmal für ihre Bibliothek interessiert habe, nicht nur für »Die Geschichte des jüdischen Volkes«. Und unser Chef-

arzt, der unentbehrlichste Jude des Lagers, zumal er meinen Blutdruck und Elisabeths Migräne in den Griff kriegte, der blieb auch nach dem Zusammenbruch, den ganzen Prozessen und der Haft mein Arzt hier in Düsseldorf, bitte schön! Ganz seinem Mediziner-Eid verpflichtet, behandelte Dr. Spanier mich ohne alle Ressentiments, und das hätte er bestimmt nicht getan, wenn ich ein antisemitischer Schlächter gewesen wäre.

Niemand mehr, quietschten die Räder, nichts und niemand. Nicht Joop, nicht Han, nicht Dicky oder Tide. Schon wurde es dunkel, und dass man durch die Städte des Ruhrgebiets fuhr, war nur zu ahnen an dem gasigen Geruch aus den Kokereien und dem fauligen aus den Abwasserbächen. Im Wagen zuckte ab und zu ein Flämmchen auf, wobei wohl jeder, der nicht rauchte, an das Stroh und die Papiermatratzen dachte, und manchmal versuchte sie dann, das Gesicht der Frau zu erkennen, die neben ihr saß. Die knochige Schulter an ihre gelehnt, das Kinn auf der Brust, schien sie zu schlafen, obwohl ihr Baby in der Schublade schrie.

Niemand mehr, nichts, und ein Mann zwängte sich zwischen den Schatten hindurch, hielt sein Feuerzeug über die Lade und musterte das Kind. Die Lider geschlossen, griff es mit seinen winzigen Fingern ins Leere, und als er Etty ansah, ein fragender Blick, zuckte die mit den Schultern und wies auf die Frau. Der hing ein Speichelfaden an der Unterlippe, die zerschrammten Hände, bläulich verfärbt von der Arbeit in der Batteriewerk-

statt, zuckten im Schlaf, und als er sie anstieß, holte sie erschrocken Luft, ein Japsen fast, und setzte sich auf. »Ganz ruhig«, sagte er, »keine Angst. Ihr Kind hat Hunger, nehmen Sie es zu sich, bitte!« Noch einmal drehte er am Feuerzeug, das Flämmchen wurde heller. »Und es liegt im Urin.«

Vielleicht hat es Fieber, dachte Etty, der die Nieren schmerzten an der kühlen Holzwand, eine Entzündung seit langem, seit den vielen Chinin-Tabletten, und die Frau nickte, neigte sich vor und betrachtete das Neugeborene mit ihren großen, grau umschatteten Augen. Wie eine Südländerin sah sie aus, das Tuch auf dem Kopf im Nacken zusammengebunden, wie die junge Marokkanerin auf dem Illustrierten-Foto über ihrem Schreibtisch in der Metsustraat, und sie schluckte trocken, was ihr weh zu tun schien, griff sich an den Hals und blickte erst den Mann und dann Etty an, ehe sie sagte: »Das ist nicht mein Kind.«

Von unserem Vater, einem Steinmetz hier am Friedhof Eller, hatte ich gelernt, dass eine einzige Unachtsamkeit, ein gedankenloser Schlag in eine Quarzader etwa, ein ganzes Monument ruinieren kann, und das lässt sich auf alle Lebensbereiche übertragen. Kleinste Vergehen in den Baracken, zum Beispiel das Schmieren von Wachleuten, die sich gerne mit sexuellen Gefälligkeiten bezahlen ließen, mussten bestraft werden, sonst hätte mich mein Personal nicht geachtet. Aber ich habe nicht prügeln oder einkerkern oder hinrichten lassen, wie andere

Lagerleiter, das war nicht mein Stil; wir hatten ja die Züge jeden Dienstag, die waren Abschreckung genug, schon für die Kleinsten. Auf meinen Rundgängen habe ich einmal eine Frau zu ihrem Kind sagen hören: »Wenn du jetzt diesen Brei nicht isst, gehst du ohne die Mama auf Transport!«

Unvernünftig wie sie nun mal sind, waren die Kinder überhaupt das größte Problem. Ihr ständiges Weinen und Schreien, vor allem nachts, kratzte irgendwann jedem die Nerven wund, und oft gab es Streit und manchmal auch Schlägereien, und die Strafbarracke war schnell überfüllt. Also ließ ich Spielzeug für die Kleinen herstellen, aus Stoffresten und Holz, was natürlich die Frauen machten, die ein Händchen dafür hatten und die nötige Hingabe mitbrachten. Besonders die Lackierungen mit feinstem Pinsel, die Blumen, Rehaugen und bunten Papageienflügel waren wunderschön.

Ich schickte einen ganzen Karton voller Teddys und lachender Elefanten nach Düsseldorf, zur Freude meiner Mädchen, denen ich damals sicher kein guter Vater war bei all der Arbeit. Doch die Lieben ins Land zu holen, wäre keine gute Idee gewesen. Zum einen war so ein Lager, in dessen unmittelbarer Nähe ich ja wohnen musste, kein Ort für eine deutsche Familie, auch in hygienischer Hinsicht nicht; die dauernden Sandstürme verdreckten das Wasser. Dann hatte man natürlich auch mit dem Bombenterror der Alliierten zu rechnen, trotz der Sperrballons über den Gleisen. Und außerdem wohnte meine Sekretärin bei mir, Frau Hassel, wie ich Elisabeth offi-

ziell anredete, eine unentbehrliche Kraft. Die konnte nicht einfach ausquartiert werden.
Ja, diese Zeit war für uns alle nicht leicht, oder wie Dr. Augapfel, einer der vielen Rabbiner, einmal sagte: Es gibt kein Außerhalb des Weltzustandes, für niemanden. Und wenn man mir heute vorwirft, dass ich nicht nur kräftige und gesunde Menschen, sondern auch Greise, Krebskranke im Endstadium, Schwangere im neunten Monat und Säuglinge auf die tagelange Fahrt geschickt habe, stimmt das natürlich. Aber neben den verordneten Zahlen, denen ich immer Reserven zurechnete, falls es unterwegs Ausfälle gab, hatte es auch einen ganz plausiblen Grund: Ich wollte nicht, dass die Familien, diese oft vielköpfigen jüdischen Familien, deren Arbeit zum Gedeihen meines Lagers beigetragen hatte, brutal auseinandergerissen wurden. Die Großeltern sollten mit ihren Kindern und Kindeskindern zusammenbleiben, das minderte die Angst und sicherte den Frieden, und was Freunde und Liebespaare betraf, berücksichtigten wir natürlich Wünsche. Wenn das nicht menschlich gedacht war, verstehe ich die Welt nicht mehr.

Tee befand sich in der alten Blechflasche mit dem Schnappverschluss, die ihr die Freundinnen in den Rucksack gesteckt hatten, Kamillentee aus den Blüten am Zaun, und sie befeuchtete dem Baby die Lippen. Es gab ein Loch in einer Ecke neben dem Wassertank, ein faustgroßes in den dicken Bodendielen; da hinein stopfte Etty die Windel mit dem winzigen Kotfleck und reinigte das Kind,

einen Jungen, so gut es ging mit ihrem Taschentuch. Halb tastend, halb im Licht, das der Mann mit dem Feuerzeug spendete, wickelte sie es in eines ihrer sauberen Baumwollhemden, polsterte die Schublade mit dem weichen, von Tide gestrickten Skipullover aus und bedeckte es mit ihrem Schal. Aber natürlich schrie es weiter, und sie hob das Kinn und fragte in die Dämmerung hinein: »Hat vielleicht noch eine Frau Milch?«
Nichts war zu hören im Rattern der Räder, die meisten Menschen schliefen oder hielten die Lider geschlossen, und sie kramte in ihrem Rucksack und zog die Süßigkeiten der Freundinnen hervor, eine Schachtel »Van Houten Balletjes«. Eine nach der anderen ließ sie in ihrem Mund schmelzen, wobei sie sich immer wieder ermahnte, den köstlichen Speichel nicht zu schlucken. Nicht schlucken! In ihre Blechtasse spie sie ihn und rührte noch etwas Tee in die nun flüssige, leicht nach Zimt riechende Milchschokolade. Da hinein tunkte sie den kleinen Finger und schob ihn vorsichtig dem Kind in den Mund.
Irgendetwas brannte neben dem Gleis, die Fugen und Nietlöcher in den Bretterwänden glühten, während in der Ferne Sirenen verklangen, ein Fliegeralarm, und nun spürte sie die winzige Zunge, den sanften Druck der zahnlosen Kiefer und des gerippten Gaumens, ein schwaches Festhaltenwollen, und konnte sogar das leise Schlürfen und Schmatzen des Neugeborenen hören. Und plötzlich öffnete es die Augen, helle graue Augen, und staunte sie an.

Das beste Mittel, um Ruhe herzustellen in einem Lager, ist nicht die Knute. Neben der Verpflegung von den Gemüsebeeten, die ich anlegen ließ, und der leidlichen Hygiene war es vor allem die Kultur. Warum denn nicht in einem Zusammenleben mit Spannungen – die gab es, das muss ich einräumen – etwas zur Entspannung organisieren? Darum sorgte ich stets für ein großes Freizeitangebot, war bekannt als Freund und Schirmherr der Künste. Wir eröffneten eine »Bühne Westerbork« und veranstalteten Konzerte mit klassischer Musik, kesses Tanztheater und augenzwinkerndes Kabarett, das den Lageralltag auf die Schippe nahm und in dem auch ich einmal auftrat; man will ja kein Spielverderber sein.
Große Gymnastikgruppen für Frauen und Box- und Fußballclubs für Männer stellten wir zusammen, die Schneiderei sorgte für verschiedenfarbige Trikots, und es gab sogar einen professionellen Kameramann, den ich einen Dokumentarfilm drehen ließ, was sich vermutlich positiv ausgewirkt hat auf meinen späteren Prozess. Die Lagerstraßen sind zu sehen, ordentlich gefegt, die aufgeräumten Baracken mit den Etagenbetten, die still konzentrierten Gesichter bei der Arbeit in den Werkstätten und die glücklichen im Theater oder beim Sport. Illusionen schaffen, darum ging es.
Ich verfügte über enorme, zum Teil international bekannte Talente, die sich bis zum Schluss ins Zeug legten, klar, und zu den Revue-Premieren, zu »Mägdelein, du sollst stets artig sein!« etwa oder zu »Total verrückt!«, lud ich oft die Herrschaften aus Den Haag ein. Haupt-

sturmführer Aus der Fünten oder Fräulein Slottke kamen immer gern aus ihrem Verwaltungs-Alltag und amüsierten sich köstlich. Und nicht selten saßen wir nach den Aufführungen noch bei mir am Kamin, es gab einen guten Tropfen, auch für das Künstlervolk, und meine alte Mutter, die aus Düsseldorf zu Besuch war, strickte unter der Lampe und genoss die Lieder und die Witze dieser Leute.
Natürlich mussten auch sie irgendwann in die Waggons, unantastbar war niemand; aber ich habe es doch so lange wie möglich hinausgezögert. Übrigens bin ich von Umsiedlungen und Arbeitslagern ausgegangen, nicht von Vernichtung, klar; für mich waren die Gerüchte über das Gas damals Feindpropaganda. Denn hätte ich solchen Aufwand betrieben und mir diese Mühe gegeben, wenn mir bekannt gewesen wäre, was mit all den armen Menschen in Polen geschehen sollte, kaum standen sie auf der Rampe? Hätte ich dann ein Krankenhaus mit sage und schreibe eintausendsiebenhundert Betten, tausend Schwestern und Pflegern und hundertzwanzig jüdischen Ärzten eingerichtet, das größte und modernste in den Niederlanden, und nicht vielmehr angestrebt, alle Inhaftierten so schnell wie möglich loszuwerden, um Platz zu schaffen für die Nachrückenden jeden Tag? Gesunde, arbeitsfähige Leute sollte der Osten mit den neuen, vom Führer gebauten Siedlungen bekommen, das war mein Gedanke. Aber am Ende hat man es sogar geschafft, mir den Spielplatz für die Kinder, den ich einrichten ließ – ein Sandkasten, zwei Turn-

stangen und zwei Wippen –, als Zynismus vorzuhalten.

»Und sie roch ihn, den schwarzen Wagen, / um den verhalten das Jagen stand / und die Gefahr.« Sie legte das Buch ins Stroh, denn sie musste schon wieder auf das Fass, hatte einen zerstörten, dauernd brennenden Darm nach den schmutzigen Suppen im Lager. Und während sie dort saß inmitten all der Dösenden im Zwielicht, blickte sie auf das Kind in der Schublade hinunter, auf sein erhitztes Gesicht, die zusammengekniffenen Lider. Mit ihrem kleinen Finger berührte sie die winzige Hand, die sich sofort darum schloss, und das Gefühl, das sie dabei überkam, trieb ihr zum ersten Mal seit langem wieder Tränen in die Augen: Eine hohe Woge der Vergeblichkeit schien ihr bisheriges Leben, ihre neunundzwanzig Jahre zwischen Büchern und Gebeten ohne jeden Wert für die Welt oder Gott zu zermalmen, und es blieb ihr allein dieser winzige Puls, den sie mit der Fingerspitze fühlte.

Dass sie schwanger gewesen war, hatte sie niemandem gesagt, weder in Amsterdam, wohin sie für den Judenrat reisen durfte, noch im Lager – zumal sie bestenfalls ahnte, von wem das Kind war. Wie Brot hatte sie ihren Körper gebrochen und es unter den Männern verteilt, warum auch nicht; sie waren ja so hungrig gewesen und hatten es so lange entbehrt. Aber dass sie das Geheimnis, das in ihr geschah, dass sie das arme Kind retten musste vor dem Stacheldraht, stand für sie fest von dem ersten

Schwindel, der ersten Übelkeit an. Mit aller Gewalt würde sie ihm verwehren, dieses Jammertal zu betreten; nicht schuld wollte sie daran sein, dass noch ein Unglücklicher über die Erde taumelte.
Also zwanzig Chinin-Tabletten auf einmal, immer wieder Fußbäder mit heißem, fast kochendem Wasser und grässliche Instrumente. Dann mehrmals täglich von der Treppe in der Metsustraat springen, der hohen Flurtreppe, dass es einem den Leib zusammenstauchte, und am Ende, als sie endlich blutete und alles wieder in Ordnung war südlich des Zwerchfells, erleichterte sie das Gefühl, eine gute Tat vollbracht zu haben. Du bist in Sicherheit, hatte sie dem weit und weiter sich entfernenden Wesen zwischen den Terminen bei der Gestapo und dem Judenrat zugeflüstert: Sei nicht traurig, du bist jetzt frei. Denn sie hätte ihm ja doch kaum genügend Kraft und Zuversicht mitgeben können – wie sie dieses winzige Bündel, dieses fremde Kind in der Lade, das schon zu schwach zum Schreien war und nur noch greinte, nicht mehr stillen konnte, mit nichts. Die Tasse war leer.

Die Sandstürme trieben einen manchmal zur Verzweiflung, das stimmt. Mit unseren Schutzbrillen sahen wir wie Taucher aus. Trotzdem hatten wir drei schöne Jahre in der tannengrünen Villa mit den Rosenspalieren, Elisabeth verstand es, mir ein behagliches Heim einzurichten. Geschmack hatte sie ja und war ähnlich pedantisch gewesen wie ich, was Ordnung und Sauberkeit anging; die Hausangestellten zitterten vor ihr. Denn war etwas nicht so, wie sie es angeordnet hatte, wurden auch sie verfrachtet, freilich nicht immer gleich nach Polen, da ließ sie schon mal Gnade walten. Mit etwas Glück landeten manche auch in den Personenzügen nach Theresienstadt.

Elisabeth war eine Frau, die nicht lange fackelte; sie konnte den Badenweiler Marsch auf dem Klavier spielen, Reiten wie eine Husarin, und oft ging sie auch mit auf die Jagd. Rebhühner gab es in der Gegend, Sandhasen, Fasane, gelegentlich ein Reh, und einmal kamen wir außen am Zaun vorbei, wo es nicht gerade nach Flieder roch. Wir trugen Wachsjacken, Gummistiefel, grüne Hüte, und der Mann im Lager, der die Böschung des Abwassergrabens harkte, erkannte mich wohl nicht gleich, denn als Elisabeth ihn anherrschte, warum er nicht grüße, blinzelte er durch den Draht und fragte: »Waarom zou ik je moeten begroeten?«

Nun war es nicht diese Frage, die sie empörte, es war der unverschämte Ton bei gleichzeitig müdem Desinteresse, in dem er sie stellte. Noch hinter Gittern hatten diese Niederländer etwas provozierend Freies, ja Aufmüpfiges. Die anderen Arbeiter sahen uns an, und sie stemmte die Fäuste gegen die Hüften und sagte: »Unglaublich! Weiß dieser Kerl nicht, wer wir sind? Geht es deinen Juden hier zu gut? Den solltest du erschießen!«

Na, mir war die Sache nicht so wichtig, ich wollte mich im Wald erholen, träumte von einem Goldfasan, doch sie hielt mich am Ärmel fest und zischte abermals: »Nun schieß!« Unerbittlich konnte sie sein, und ich glaube, ich

hab einen Moment lang genauso verdutzt aus der Wäsche geguckt wie der Mann. Der hatte uns inzwischen erkannt und sich die Mütze heruntergerissen, aber als ich ihm durch den Draht hindurch eine Ladung in den Bauch jagte, war sie es, die schrie und sich mit beiden Händen den Kopf hielt. Erschrocken dachte ich zuerst, sie hätte Schrotkörner abbekommen, Querschläger von den Pfählen, aber sie jammerte: »Bist du denn verrückt, du Blödmann! Wie kannst du so nah an meinem Ohr abdrücken. Ich dachte, mich zerreißt's.«
Vor allen Leuten nannte sie mich »Blödmann«, und die es gehört hatten, mussten natürlich in die Strafbaracke und dann weg. Aber später war mir diese Szene wie ein Schlüssel zu Elisabeths wahrem Wesen vorgekommen: Weil ich jünger und sportlicher war, nicht trank und bessere Aufstiegsmöglichkeiten hatte als ihr Mann, möglicherweise bis nach Berlin, war sie ihm von der Fahne gegangen, und auch in unserer Zeit hatte sie immer mal wieder nach höheren Dienstgraden geschielt; es gibt ein Foto mit dem breitschultrigen Aus der Fünten. Und nun windet sich da ein zermergelter Mensch in seinem Blut und den hervorquellenden Exkrementen, und sie denkt nur an ihr Ohrensausen. Eiskalt.

Mein Mann, mein Mann, mein lieber Mann, ratterten die Räder, es tut nicht weh. Alle Gesichter unter den Taschentüchern und dem Kalk in den Gruben erinnerten mich immer nur an dich. Erste und letzte Liebe meines Lebens, welche Gnade des Allmächtigen, dich sterben zu

lassen, einen Tag bevor sie an deine Tür klopfen wollten. Wie würde ich mich schämen vor dir auf diesem besudelten Fass, dachte Etty, wie würde ich mich schämen für meine Verzagtheit und dafür, dass ich dich nicht schützen könnte vor dieser Enge, diesem Gestank und der Todesangst in den Augen, sobald sie etwas Licht berührt.
Es tut nicht weh, es tut bestimmt nicht weh, ratterten die Räder. Es wird diese Benommenheit geben, einen Engel wie bei tiefen Stürzen oder bei einer Ohnmacht, an die man sich erwachend kaum erinnert, nicht wahr, lieber Julius? »Das reisende Mädchen« hatte er leise, fast nur noch hauchend gesagt, als sie zum letzten Mal sein Zimmer betrat. Lange angesehen hatte er sie und ihren gelben Stern, der alte Mann mit der so jungen Seele, länger als sein Röntgenbild vor wenigen Wochen, die geisterhaften Schatten hinter den Rippen. Es tut nicht weh. Der Unglaube wird uns helfen oder die letzte Gewissheit; frei von Hoffnung werden wir sein und damit frei von der Angst.
Die Sonne ging unter, der Draht vor der Lüftungsluke schien zu glühen. Das Kind auf ihrem Winterpullover weinte erneut, und Etty schob einen Fuß unter die Lade und konnte sie so sanft auf und ab bewegen, indes sie weiter, mit entzündeten Augen, in ihrem Rilke las: »Sie kroch in ihren Mantelkragen / und befühlte ihr Haar, als bliebe es hier, / und hörte fremd einen Fremden sagen: / Ich bin bei dir.«

In der ersten Zeit nach dem Krieg war man zum Glück der Meinung, dass die Berichte über mich und meine Arbeit im Lager kommunistische Propaganda seien. Aber außer in dieser »Weltbühne« in der Ostzone stand auch noch etwas in der »Stimme der Gemeinde« bei uns; die hatten sogar in Erfahrung gebracht, wo in Düsseldorf ich arbeitete. Und plötzlich hörte ich den einen oder anderen holländischen Akzent am Carlsplatz und sah so manches jüdische Gesicht, das ich aus Westerbork kannte, aus den letzten Tagen. Den einstmals gefürchteten Lagerleiter, den »Herrn über Leben und Tod«, wie es irgendwo hieß, wollte man als entlassenen Sträfling und angestellten Tabakverkäufer sehen und belächeln. Aber ich ließ mich und mein reines Gewissen nicht einschüchtern und bediente jeden freundlich und mit gehöriger Sachkenntnis, denn über kubanische Havannas oder Maduros aus der Dominikanischen Republik kann mir keiner was erzählen, da hatte ich mir eine Menge angelesen in der Haft. Auch das ironische, manchmal nur geflüsterte »Herr Oberstürmführer« einiger Kunden machte mich nicht irre; trotz meiner lädierten Finger band ich allen perfekte Schleifen um das Weihnachtspapier.
Richtigen Hass oder gar Rache habe ich allerdings nicht erlebt – was womöglich daran lag, dass ich am Ende selbst ein Opfer der Umstände wurde: Auch mich hatte man ja bis zum Prozess in das Lager gesperrt, in mein eigenes Lager! Durch den Stacheldraht konnte ich auf meine tannengrüne Villa sehen, in der nun kanadische Soldaten ein und aus gingen und sich nicht einmal die Füße

abputzten! Mit all den Kollaborateuren und den holländischen Nationalen in ihren Operetten-Uniformen hockte ich auf den alten Bänken, die ich seinerzeit aus den Synagogen herbeischaffen ließ, und vertrieb mir die Zeit beim Kartenspiel, und ich muss sagen, ich fand es eigentlich ganz passabel dort. Es gab manchmal sogar frische Heringe oder Wurst, und die Papiermatratzen und die Strohkissen waren auf die Dauer vielleicht ein bisschen hart; aber zu meiner Zeit blieb man ja selten auf Dauer.

Montag für Montag diese Stille, die beklemmende Stille nach der Einfahrt des Zuges. Zwölf Wagen oder zwanzig, das war schon eine wichtige Frage; später waren es sogar fünfunddreißig. Jeder duckte sich in den hintersten Winkel seines Herzens, sobald die Listen vorgelesen wurden, die langen Listen in allen Baracken, aus denen plötzlich ein uraltes Heulen und Wehklagen aufstieg. »Esther Hillesum«: Ihr eigener Name, obwohl sein Aufruf so lange erwartet war, klang ihr fremd an dem Abend; stumm neigte sie den Kopf, starrte auf ihre Schuhe. Und dann wurde wie betäubt gepackt und das Liebste an die Lieben verschenkt, die zurückbleiben durften bis zum nächsten Dienstag, zum übernächsten vielleicht. Niemand schlief in dieser Nacht vor dem Transport, auch nicht die Verschonten, viel zu laut war es stets, zu jammervoll. Aber Etty wollte nichts einstecken, gar nichts, oder nur Julius' zerbrochenen rosa Kamm, einen Gedichtband und die Bibel, denn es würde ihr ja doch alles weg-

genommen werden dort drüben, beim angeblichen Arbeitseinsatz im Osten, zu dem man auch Todkranke verschleppte. Und als Mischa, ihr jüngerer Bruder, der gerade die schluchzende Mutter umarmte, sie wütend fragte, woher, bei Gott, sie das denn wisse, das könne sie gar nicht wissen, sagte Etty: »Das weiß ich seit tausend Jahren.«

Aber die Freundinnen hatten trotzdem einen Rucksack für sie gepackt: Wäsche, Socken, Aspirin, Kamillentee und etwas Schokolade. Sie banden ihr die Tasse an den Gürtel, begleiteten sie singend auf dem Weg zu der wartenden Lok, halfen ihr in den Viehwaggon und weinten, als sie noch einmal in der Tür erschien. »Gar nicht so schlecht hier drin. Fast gemütlich mit dem frischen Stroh ...«, sagte sie und winkte. »Seid nicht traurig, hört ihr, ich bin es auch nicht mehr. Macht euch ein schönes Fest heute Abend!«

Denn bevor sie von der Stammliste gestrichen wurde, hatte sie das selbst oft erlebt: die Erleichterung, die hervorbrach, sobald der lange Zug, aus dem hier und da noch eine rasch gekritzelte Nachricht geworfen oder ein langgezogenes »Tschüss!« gerufen wurde, in Dampf oder Nebel verschwunden war. Und während die Männer vom Ordnungsdienst die resigniert abgestreiften Uhren, den Schmuck oder die begehrten Schutzbrillen von den Gleisen klaubten, erfüllte alle eine tief atmende Freude, und das Lachen derer, die zurückbleiben durften bis zur nächsten Woche, zur übernächsten, leuchtete in den Gassen.

Wildfremde Menschen fielen sich in die Arme, manche knieten betend im Gras. Frauen küssten herumirrende Kinder, die nach ihren deportierten Eltern riefen, und dann hatte irgendjemand noch Pfannkuchenteig und ein anderer Konfitüre aus dem letzten Päckchen, oder es gab etwas Lustiges im Theater, ein Tanzstück oder ein Schlager-Konzert, und in der Nacht schliefen alle tief.

Wie im Traum fuhren die Züge, und dass sie nach Auschwitz gingen, war klar, stand ja an den Wagen. Doch die Begleitmannschaften und die Lokführer wurden vor dem Lagertor ausgewechselt, und was tatsächlich dahinter passierte, konnten weder ich noch sonst jemand in meinem Stab in Erfahrung bringen; das habe ich erst nach dem Zusammenbruch in der Zeitung gelesen. Natürlich hat man mir das nicht geglaubt, aber summa summarum gibt es keine Akten, die belegen, was ich wusste. Denn ich wusste ja nichts, und auch Elisabeth, die wahrscheinlich ähnlich oft verhört worden war wie ich, schien sich klug und wachsam verhalten zu haben; es wurde einem immer gern was in den Mund gelegt. Die Richter brauchten Resultate, und die konnten einem den Kopf kosten.
Zwölf Mal bin ich vorgeladen worden, und immer habe ich das Gleiche gesagt: Ich hatte und habe nichts gegen Juden, sie sind mir im Grunde egal, obwohl ich damals sicher ein Opfer der Propaganda war; wer konnte sich dem entziehen? Aber ich hätte auch normale Menschen deportiert, wenn der Befehl aus Berlin oder Den

Haag gekommen wäre, ich bin ein Verwaltungsmann; es ging mir um reibungslose Abläufe. Und hat nicht später sogar der niederländische Staatsanwalt gesagt, dass das gesamte Gewicht für alles Schreckliche, das die Deutschen den Juden angetan haben, nicht allein mir auferlegt werden dürfe? Bitte schön! Ich hätte mich immer korrekt benommen.

Viel genutzt hat mir seine Milde allerdings nicht, die nasskalten Jahre in der Haft und im Bergwerk waren ein Alptraum, und als ich 1951 nach Düsseldorf zurückkam, wollte mich keiner mehr kennen, auch meine Töchter nicht. Die beiden älteren haben später einen Spanier und einen Griechen geheiratet und wohl auch ein paar Bastarde mit ihnen produziert, was mich ehrlich gesagt enttäuschte; Kulturkreise soll man nicht vermischen. Aber dass meine Jüngste, kaum war sie erwachsen, ihrer Tochter demonstrativ den Namen Ruth gab, hat mich im Gegensatz zu allen Gerüchten nie aufgeregt, im Gegenteil. Schließlich machte es deutlich, dass so etwas wie Antisemitismus nicht verwurzelt ist in unserer Familie, nicht die Spur. Aus Rücksicht auf Dr. Spaniers jüdische Patienten – manche standen lieber stundenlang, als sich im Wartezimmer neben mich zu setzen – habe ich sogar den Arzt gewechselt!

Früher hatte sie selbst oft Milch und zerquetschte Tomaten in Flaschen gefüllt für die Kinder, die auf den Listen standen; jetzt gab es nicht einmal mehr Wasser. Das Rattern der Räder klang leiser, die Ritzen in den

Holzwänden wurden grau, und Etty, über das fiebernde Baby auf ihrem Arm geneigt, versuchte summend, es zu beruhigen. Aber von dem kleinen, lediglich mit ihrem Speichel befeuchteten Finger, den sie ihm in den Mund schob, ließ es sich immer nur ein paar Herzschläge lang ablenken und greinte und ächzte weiter. Die Strecke war seit einigen Stunden frei von Trümmern oder anderen Hindernissen, wie es schien, schnell und schneller glitt der Zug gen Osten, und als er plötzlich gebremst wurde, was die Körper noch enger gegeneinanderdrückte, öffneten alle erstaunt die Augen.

Ein neuer Morgen, das Fauchen und Stampfen der Lokomotive, und Wagen für Wagen wurden die Verriegelungen gelöst, die Eisenzähne, und die schweren Türen zur Seite geschoben. Wer aufstehen konnte, erhob sich und blickte hinaus: Soldaten in der frostigen Frühe, eine lange Reihe, die Karabiner locker in den Ellenbeugen, Schäferhunde mit Beißkörben, durch die der Atem wölkte, und jemand brüllte: »Kübel leeren! Tote raus! Tanks nach vorn!«

Im Laufschritt zogen geschorene Männer in Overalls einen Schlauch herbei, einen dicken, hier und da undichten Feuerwehrschlauch, den sie sich auf die Schultern gelegt hatten und aus dem das Wasser in die Blechbehälter und die vorgestreckten Schüsseln floss – mit einem Druck, der es wieder herausschwappen ließ. Barfuß liefen sie durch die Urinpfützen und glitten aus auf dem weggekippten Kot, wenn Soldaten sie mit den Gewehrkolben schlugen, schon wurden die ersten Türen verrie-

gelt. Ein Streifen hellroten Lichts erschien am Rand der Stoppelfelder, und Etty zwängte sich zwischen die anderen Durstigen, die noch nichts in ihren Bechern hatten, hielt den Säugling in die Höhe und rief: »Milch, bitte! Liebe Herren, das Kind braucht Milch!«

Da lachten die Soldaten, schüttelten die Köpfe, und einer schnippte seine Kippe in die Grube am Gleis, auf die kalkbestreuten Leichen, und sagte: »Klar, junge Frau, und ich brauch ein Bier. Schönen Tag noch!«

Das Inferno, das Inferno! Kein Mensch ist stärker als die Geschichte, und niemandem kann man vorwerfen, es nicht gewesen zu sein. Das sind so Wohlstandsgedanken in Zeiten historischer Erschlaffung, das wird sich geben. Mein Lager in dem Meer aus leuchtenden Heideblumen war nicht Dantes Vorhölle, wie dieser Journalist, dieser Mechanicus, gesagt haben soll; manche von unseren hohen Tieren in Den Haag hatten es sogar mehrfach als Kurort bezeichnet, »Bad Westerborg« oder »Westerbork le Bain«. Das war natürlich ironisch gemeint, hatte aber eine innere Wahrheit.

Natürlich sind Fehler passiert, in jeder Verwaltung passieren sie. In einer Registratur wird schon mal eine Karteikarte vertauscht, in einem Bahnhof eine Weiche falsch gestellt, so manchem Chirurgen bleibt ein Patient auf dem Tisch. Wichtig ist doch, ob hier ein Mutwille vorliegt, der macht den Fehler zu einem Vergehen oder gar Verbrechen, und das kann mir keiner nachweisen, mutwillig war ich nie. Und vor allen Dingen, falls man mir nicht noch vorwerfen will, dass sich so mancher Nervöse vor dem Transport das Rasiermesser durch den Hals zog, vor allen Dingen habe ich niemanden persönlich vernichtet, im Gegenteil. Ich habe mich gesorgt.

Auch wenn die Krankenbaracken natürlich voll waren von Leuten, die etwas vortäuschten, um verschont zu werden – ihre Ärzte waren sehr spendabel mit Attesten und operierten manchmal sogar Gesunde –, hatte ich verfügt, dass niemand bei Fieber in den Zug durfte, also ab vierzig Grad. Und dann war da zum Beispiel noch dieses Frühchen, dessen Mutter verschwunden blieb, vielleicht versehentlich deportiert, und dem keiner eine Chance gegeben hatte, nicht einmal Dr. Spanier. Aber ich ließ damals sogar einen Inkubator aus Rotterdam bringen, in Friedenszeiten unbezahlbar, und obwohl meine schneidige Elisabeth mich belächelte, sah ich wochenlang jeden Tag nach dem Kind; man hat ja auch einen sportlichen Ehrgeiz. Erst als es sechs Pfund wog und ab und zu die Augen öffnen und sogar lächeln konnte, habe ich es auf den Transport gegeben.

Das Quietschen der Räder, Knirschen der Puffer und Wackeln der Waggons, wenn es langsam, immer langsamer über krumme Weichen ging, der Geruch nach Rauch und feuchter Asche, der durch die Lüftungsluke drang, drei schnell aufeinanderfolgende Schüsse: Hier und da wurde ein ahnungsvolles Wimmern laut in dem Waggon, und die Frau mit dem Kopftuch neben ihr, die etwa in ihrem Alter war und die meiste Zeit mit geschlossenen Augen dagesessen hatte, griff plötzlich nach Ettys Hand. »Was machen die mit uns? Was habe ich denn verbrochen?«, flüsterte sie. »Religion interessiert mich überhaupt nicht! Ich war noch nie in einer Synagoge, bin nicht einmal eingeschrieben in der jüdischen Gemeinde. Was hat das Schicksal mit uns vor?«

Etty hob die Schultern, atmete tief. »Ich weiß es nicht«, sagte sie, erwiderte den Druck ihrer Finger und ließ den Daumen sanft über den Handrücken kreisen. »Das frage ich mich schon lange nicht mehr; darauf gibt's keine Antwort. Aber am Ende ist auch dies das Leben, oder?«

»Nein, das kann nicht sein!«, sagte die andere, deren Stimme vor Dringlichkeit zitterte. »Wer wird uns denn helfen? Kommen wir jemals zurück nach Amsterdam?«

»Wieso sollte uns jemand helfen? Nichts und niemand wird das tun«, murmelte Etty. »Auch Klagen hilft nichts. Es raubt dir die Kraft, die du dafür brauchst, das Ende zu akzeptieren. Vergiss Amsterdam!«

Sie beugte sich über den schlafenden Säugling, verscheuchte eine Fliege von seiner Stirn. »Das Letzte im Innern, die Wahrheit hinter der Wahrheit, kann dir sowieso niemand nehmen«, fuhr sie fort. »Nirgendwo. Wenn du das verstehst, bist du frei, und das Leben ist wieder wunderbar, auch hier, auch in diesem Moment.« Und leiser, fast nur für sich, fügte sie hinzu: »So wunderbar wie der Tod.«

Die Frau ließ ihre Hand los, rückte ein wenig von ihr ab

und musterte sie aus ihren umschatteten Augen, in denen es funkelte vor ungläubiger Wut. »Aber was redest du denn da! Du bist ja irre!«, zischte sie, und in dem Moment hielt der Zug mit dem Ruck, mit dem man manchmal auch hochfährt aus einem bösen Traum, weil man ihn für wirklich hält. Dem Bellen der Hunde draußen hörte man an, dass sie keinen Beißkorb trugen.

Aus heutiger Warte war es ein Fehler, natürlich, hinterher ist man stets schlauer. Bei Licht betrachtet hatten sie dieses Schicksal nicht verdient, keiner von ihnen, aber was sollte ich tun. – Alle Juden, die auf der Stammliste standen, hatten eine Funktion, erhielten den Lagerbetrieb aufrecht, verzweifelt aufrecht, könnte man sagen, denn sie und ihre Familien wollten natürlich nicht deportiert werden, was unweigerlich geschehen musste bei schlechter Arbeit. Ihre Angst war unser Kapital, zumal mir in manchen Wochen, da konnte ich noch so oft nach Den Haag telefonieren, ganze zehn bewaffnete SS-Leute zur Verfügung standen – für bis zu zwölftausend Häftlingen.
Ohne den internen Ordnungsdienst, der die Registrierungen der Neuzugänge vornahm und die Transporte zusammenstellte, und ohne die locker sitzenden Knüppel der jüdischen Wachleute wäre der ganze Betrieb kollabiert. Und darum musste ich dem einen oder anderen kleine Vorzüge einräumen, so funktioniert der Mensch: besondere Schlafräume, Extraverpflegung, Heizmaterial oder auch die Erlaubnis, ein Tier zu halten.

Im offiziellen Aufruf für das Sammellager Westerbork war von Arbeitsschuhen, zwei Paar Socken, einer Decke und einem Löffel die Rede. Lebender Hausrat blieb verboten, und so wurden viele aus ihren Wohnungen geholt, ohne dass sich jemand um ihre zurückbleibenden Pflanzen, Kanarienvögel oder Hunde gekümmert hätte. Also schrieb ich die eine oder andere Sondererlaubnis für einen nützlichen Häftling und ließ ihn noch einmal für zwei Tage nach Amsterdam. Dass er oder sie fliehen würde, war nicht zu befürchten, wir hatten ja die Angehörigen als Pfand ... Zudem wollte ich auch den Kindern eine Freude machen, denn die liebten die Vierbeiner, mit denen die Juden dann zurückkehrten, nahezu närrisch. Den ganzen Tag spielten sie mit ihnen; so hatten sie keine Zeit, um traurig zu sein.

Auch ich hatte einen Hund damals, ein reinrassiges Airedale-Weibchen, Kopf und Läufe lohfarben, Rücken schwarz, und streifte gern mit ihm durch die Heide. Diva war trotz ihrer Jugend sehr klug und still und schmusebedürftig, und wir verwöhnten sie nach Strich und Faden. Aber wie es dem schönen Geschlecht so passiert, es wird irgendwann biologisch und duftet entsprechend: Als Elisabeth einmal mit ihr über die Hauptstraße des Lagers ging, den gerade etwas aufgeweichten »Boulevard des Misères«, wie die Gebildeten ihn nannten, die anderen sagten »Boulevard der Tränen«, wurden sie plötzlich umzingelt von unzähligen Rüden. Ich hatte Karnevalskostüme für einen Ball bestellt, wollte als Spielkarte auftreten, Herz-As vorne, Kreuz-As hinten, aber

die beiden kamen nicht einmal in die Nähe der Schneiderei. Zwar hatte Elisabeth ihre Reitpeitsche parat und schlug schreiend in die kläffende Meute, doch die Leine der ängstlichen Diva, die schutzsuchend um sie herumlief, zurrte ihr die Beine so zusammen, dass sie vor allen Leuten in den Schlamm fiel.
Erst als zwei Funktionshäftlinge mit Mistgabeln dazwischengingen und ein paar von den Kötern aufspießten, trollten sich die anderen, und es war Ruhe. Aber das Ganze musste natürlich ein Nachspiel haben; Elisabeth, die mit zerrissenen Strümpfen und ruiniertem Mantel in mein Büro kam, forderte es strikt, drohte mir sogar mit der Abreise, zurück zu ihrem Mann, sollte nichts geschehen, und am Ende gab ich ihr Recht. Die Unruhe war schon länger zu groß, in Rudeln streiften die vielen Köter zwischen den Baracken umher, und ich ließ alle einsammeln, auch die Welpen, und in einem Heideloch beseitigen.
Keiner von ihnen hatte das verdient, natürlich nicht, sie waren nur ihrem Trieb gefolgt, die armen Viecher – was Elisabeth aber herzlich wenig juckte. Sie hatte ihre Rache, ein weiteres Bespiel für ihren Charakter, und auch ich kriegte am Ende einen Tritt ins Gemächt: Vor Gericht waren unsere gemeinsamen Jahre plötzlich nichts mehr wert, sie versuchte bloß noch ihren Hals zu retten und sagte ohne ein Wimpernzucken gegen mich aus, unfassbare Lügen.
Aber das Gift der Denunziation schadete ihr letztlich selbst, denn viele der überlebenden Häftlinge, besonders

der Künstler, nannten mich in den Vernehmungsprotokollen »den guten Kommandanten« oder auch »den Gentleman-Kommandanten« – und sie »die böse Kommandantin« oder gar »die Hexe«. Sie musste ihre Jahre absitzen, genau wie ich, und wenn wir uns später in der Düsseldorfer Altstadt oder sonntags am Rheinufer wiedersahen, sie hatte inzwischen einen anderen Mann, ich eine neue Frau, gingen wir gruß- und blicklos aneinander vorbei.
Auch Dr. Spanier hatte übrigens zu meinen Gunsten ausgesagt damals. Er hielt meine Behauptung, nichts von dem Geschehen in Auschwitz-Birkenau gewusst zu haben, für glaubhaft, der gute Mann, und wenn man mich heute, im Jahr 1980, immer noch dafür beschuldigt, dass ich lediglich meine Pflicht getan habe, so schonend wie es die Geschichte eben erlaubte, und mir eiskalt jede Entschädigung für meine lädierte Hand verweigert, dann frage ich mich doch, welche moralische Verkommenheit hier am Werk ist!

Es ging kaum weiter, seit einer Stunde schon. Sie standen in der Sonne, einer nun milden Septembersonne in einem makellos blauen Himmel, unter dem die heliumgefüllten Sperrballons mit ihren Heckflossen wie dick aufgeblähte Fische schimmerten. Links die Männer, eng an eng, rechts die Frauen und Kinder, in der Mitte ein Gang fürs Wachpersonal, ältere Soldaten oft. Das Sprechen war verboten, und wer dennoch um Wasser bat, erhielt Stockschläge.

Das Gepäck – nur das Nötigste hatte man erlaubt, maximal zehn Kilo – war den Menschen schon beim Aussteigen abgenommen worden. Auch Frauen mit Kindern durften nichts behalten, nicht den kleinsten Rucksack; Häftlinge in gestreiften Anzügen beluden Lastwagen damit. Als Etty sich auf die Fußspitzen stellte, erkannte sie weiter vorn den Kopf ihres Vaters, eines zarten, sehr kurzsichtigen Professors, dessen Silberbrille nur noch einen Bügel hatte. Er nahm sich den Hut ab, den beigen Sommerhut mit dem Seidenband, ihr Geschenk zu seinem Sechzigsten, um die Ascheflöckchen von der Krempe zu wischen.
Die fielen aus dem manchmal gelben oder gelbbraunen, manchmal fast schwarzen, von Stichflammen durchzuckten Rauch, der aus mehreren Schornsteinen stieg und träge über die Gleise zog. Von einem Holz- oder Kohlefeuer rührten sie aber nicht her; strich man sie vom Ärmel, blieben weißliche Schlieren zurück, und Etty schützte das Gesicht des Säuglings auf ihrem Arm mit dem Schal und zerrieb die Partikel zwischen den Fingern. Fettig fühlten sie sich an, fast wie Creme.
Ein älterer Soldat kam vorbei, betrachtete sie aus den Augenwinkeln. Der Ring an der Hand, mit der er den Riemen seines Karabiners straffte, ein Ehering wohl, glänzte in der Nachmittagssonne, und als er die Reihen kurz darauf in entgegengesetzter Richtung abschritt, blieb er plötzlich stehen. Schnapsgeruch ging von ihm aus, und er musterte sie erneut vom Haar bis zu den kotigen Schuhen und Strümpfen; das Fass im Waggon war übergelau-

fen. Ein wirklich böses Gesicht hatte er jedoch nicht. Zwar formte eine strenge Sachlichkeit die Miene, aber dahinter gab es auch etwas Mildes oder gar Sorgenvolles, wie bei einem Familienvater. Mit einer Kopfbewegung wies er auf das Bündel in ihrem Arm, das sie vermutlich etwas ungelenk hielt, und sagte: »Das ist nicht dein Kind, oder?«

Die Lokomotive pfiff, als der Zug sich in Bewegung setzte und rasch Fahrt aufnahm, zurück nach Westerbork. Das Stroh wirbelte aus den offenen Waggontüren hervor. In den gepolsterten Abteilen der Begleitmannschaft wurde Akkordeon gespielt, und sie schluckte leer, nickte stumm und schlang die Arme enger um den schlafenden Jungen. »Doch«, sagte sie schließlich und blickte an dem Mann vorbei auf die Bäume neben den Schloten, gänzlich blattlos und aschgrau. Wie ein zusätzlicher Herzschlag durchfuhr sie diese Gewissheit, schwindelig wurde ihr, und sie schloss die Augen und fügte heiser hinzu: »Das ist mein Kind.«